МИХАИЛ ЕЛИЗАРОВ

МИХАИЛ ЕЛИЗАРОВ

МУЛЬТИКИ

ИЗДАТЕЛЬСТВО
Астрель
Москва

УДК 821.161.1-31
ББК 84 (2 Рос=Рус)6-44
  Е51

Иллюстрация и дизайн обложки
В. Половцев

Подписано в печать 16.04.2010. Формат 84×108¹/₃₂. Усл. печ. л. 16,8

Общероссийский классификатор продукции ОК-005-93, том 2;
953000 — книги, брошюры
Санитарно-эпидемиологическое заключение
№ 77.99.60.953.Д.012280.10.09 от 20.10.2009 г.

Елизаров, М.

Е51   **Мультики:** [роман] / Михаил Елизаров. — М.:
Астрель: АСТ, 2010. — 317, [3] с.

ISBN 978-5-17-065809-1 (ООО «Издательство АСТ»)
ISBN 978-5-271-27024-6 (ООО «Издательство Астрель»)

Михаил Елизаров — один из самых ярких и талантливых современных писателей, лауреат премии «Русский Букер». Его проза притягивает, будоражит, действует, не оставляя ни одного шанса читательскому равнодушию.

Главный герой нового романа — советский подросток конца восьмидесятых. Место действия — окраина промышленного мегаполиса, где дворовая шпана зарабатывает деньги на показе «мультиков» зазевавшимся гражданам. Но «произведение о детстве» трансформируется в сюрреалистический кошмар. Реальность подменяет мистификация, пространство и время мутируют, нарисованный мир диафильма оживает, обнажая бездну...

УДК 821.161.1-31
ББК 84 (2 Рос=Рус)6-44

ISBN 978-5-17-065809-1 (ООО «Издательство АСТ»)
ISBN 978-5-271-27024-6 (ООО «Издательство Астрель»)

В мае восемьдесят восьмого года я закончил седьмой класс, сдал на четверку экзамен по алгебре и навсегда простился с родной школой. С сентября меня ждал другой город и новая неизвестная жизнь. Родители после долгих уговоров разрешили мне провести летние каникулы у бабушки в уютном маленьком Краснославске, где так счастливо и быстротечно прошло мое детство.

Нашу огромную краснославскую квартиру в тихом кирпичном центре родители поменяли на двушку в панельном доме на окраине промышленного мегаполиса. Там мне предстояло закончить десять классов и поступить в институт. В любом случае считалось, что в крупном городе у меня больше перспектив, чем в провинциальном Краснославске, где даже нет высших учебных заведений, а только техникумы.

В начале июня мы всей семьей по путевке съездили на Черное море, потом вторую половину отпуска родители обживали новое место, чтобы в июле приступить к работе. Отца взяли инженером на военно-ремонтный завод, а мама устроилась экономистом в финансовый отдел коксохимического института.

Как же я горевал, что мне приходится покинуть Краснославск. Здесь оставались мои школьные и дворовые товарищи, казавшиеся мне самыми замечательными и верными, точно из фильмов про пионерскую дружбу. Каждый день я выжимал до последней минуты. С утра до вечера мы гоняли мяч на школьном стадионе, а затем всей компанией шли купаться на озеро или же велосипедной эскадрильей мчались за двадцать километров на реку Ильму ловить рыбу, жгли высокие, до звезд, костры, пекли картошку, и я говорил ребятам, что не забуду их и обязательно приеду погостить на следующий год.

За каких-то три летних месяца из невысокого плотного мальчика я вдруг превратился в крепкого приземистого паренька. Это произошло во многом благодаря тому, что каждый день мы собирались у турника и играли в «прогрессию». Суть игры состояла в том, что заранее оговаривалось максимальное число подтягиваний — допустим, десять, и мы по очереди подходили к турнику — сначала выполнялось одно повторение, потом два, три, четыре и так до десяти. Это когда заявлялась только прогрессия «наверх». Обычно устраивали полную «прогрессию» — вверх и вниз. Так было куда сложнее, ведь если посчитать количество повторений, то полная прогрессия «на десять» включала сто подъемов, а это было уже немало. Мы играли все лето, и к концу августа я легко справлялся с прогрессией «на пятнадцать», причем наверх и вниз, а за один подход легко подтягивался до тридцати раз. Дома я с удивлением рассматривал в зеркале свое внезапно повзрослевшее тело с небольшими, но очень рельефными мускулами, какие бывают у гимнастов.

Двадцать шестого августа нагрянул отец, погостил денек у бабушки и забрал меня. Бабушка проводила нас на поезд, и я расстался с Краснославском. Ехали мы около суток, по дороге отец рассказывал мне, как славно мы заживем в большом городе, где есть метро и оперный театр.

Город, в котором мне предстояло жить, в десятки раз превосходил уютный зеленый Краснославск, но величина его была какая-то раздутая и в основном достигалась за счет бесконечных многоэтажных районов, тянущихся на долгие километры. Наверное, с высоты эти двенадцати- или девятиэтажные дома напоминали воткнутые в землю надгробья, одинаковые, как на братских могилах. Даже само название «спальный район» лишь усиливало ощущение какой-то коллективной усыпальницы. Повсюду стоял удушливо-сладковатый запах жженой резины и мазута, словно умер неодушевленный предмет, какой-нибудь гигантский механизм с дизельным сердцем.

Наша квартира была уже вполне обустроенной, хотя и совершенно чужой. Родные с детства краснославские вещи: диваны, стулья, лампы, шкафы — походили на палестинских беженцев, точно говорящие чашки и утюги из мультика про неопрятную тетку Федору. Мне отдали меньшую комнату, а родители поселились в гостиной.

Первого сентября я пошел в новую школу. Одноклассники приняли меня холодно. Хотя как еще они должны были принять новичка? Я был маленького роста и по меркам девчонок не особо симпатичным. Кроме того, я был с лета коротко подстрижен и на общешкольной линейке первого сентября краем уха расслышал, как кто-то из моих рослых вихрастых одноклассников под общий смех шепнул, что я похож на детдомовского. Вдобавок на мне была синяя школьная форма, а все были одеты в нормальную модную одежду. Я решил не реагировать на насмешки и познакомиться с теми, кто выглядел не особо заносчивым, поговорить, но никто не проявил ко мне интереса, а сам я не привык навязываться.

Первым был урок истории. Я занял свободное место на предпоследней парте. Соседа у меня не оказалось. От навалившегося одиночества мне сделалось немного тоскливо, но я успокаивал себя тем, что уже к концу четверти все разберутся, что я нормальный хороший человек, и у меня появятся приятели.

На уроках я заинтересовал всех только своим именем — Герман. Каждый учитель во время переклички сообщал: «Какое у тебя редкое имя», а я кивал и старался не обращать внимания на ироничные взгляды одноклассников, мол, надо же, как его назвали — Германом.

В тот же вечер я подрался, и это была первая серьезная драка в моей жизни. Получилось это так. Мама вечером попросила меня сходить за хлебом в универсам. С двумя батонами в пакете я возвращался к дому и с грустью вспоминал маленькую «Булочную» в Краснославске. Все было чужим: бесконечные одинаковые высотки, лобастые троллейбусы, с грохотом теряющие рога на поворотах, прохожие, которые не говорят, а кричат. В Краснославске вдоль улиц росли липы и каштаны, а здесь лишь тополя. И урны были не такие, как в Краснославске, не чугунные чаши-мортиры, а просто облупленные бетонные бочонки. В автоматах с газировкой не было стаканов. Даже пирожок, купленный в передвижном лотке, в тон враждебному городу оказался холодным, жестким и невкусным, и обернули его коротким обрывком кассовой ленты, на которой проступили жирные пятна, схожие с водяными ленинскими профилями, какие бывают на крупных купюрах.

Возле подъезда ко мне обратился какой-то подросток моих лет — может, на год младше. Я сразу попался на удочку его лживого дружелюбия. Он представился кличкой «Шева», сказал, что живет в соседнем доме, спросил: «Недавно приехал сюда?» — и я ответил, что три дня назад. Он оживился и заявил, что хочет познакомить меня с остальными ребятами. Как я узнал позже, понятие «наш двор» составляли пять соседствующих девятиэтажек. И мы двинули с Шевой куда-то за гаражи. Я не чувствовал никакого подвоха и всю дорогу откровенно трепался с простоватым на вид Шевой о Краснославске.

Через несколько минут мы пришли к задворкам гаражного городка. На расставленных полукругом ящиках и бетонных брусках сидели обещанные Шевой «ребята». Их было человек восемь или десять, двум самым старшим было около двадцати. Все курили, в ногах у старших стояли мутно-зеленые бутылки портвейна. В мягкой черной земле виднелись следы прежних бутылок, похожие на отпечатки лошадиных копыт. Всюду валялись окурки и битое стекло. Железные бока гаражей и бетонные плиты забора, за которым начиналась стройка, покрывали похабные надписи, буквы были широкими и лохматыми, точно их рисовали тряпкой или шваброй. Чуть пахло мочой и бензином. Со стройки не доносилось ни звука, разве что слышался ржавый скрип стального троса на подъемном кране.

— Новый, — сказал обществу Шева. — Говорит, только приехал.

— Как зовут? — спросил старший парень. Он был в жатом спортивном костюме красного цвета и шлепанцах. И лицо у него было такое, словно он вспомнил что-то смешное, но не хочет пока рассказывать. На крупной бульдожьей голове с голубыми искорками прищуренных глаз несколько забавно смотрелись светлые, будто чуть смоченные водой кудряшки. Безымянный палец левой руки украшал крупный самоварного цвета перстень.

Я ответил: «Герман» — и по краснославской привычке хотел еще прибавить, что так, к примеру, звали космонавта Титова, но не успел.

— Ну что это за имя?! — фыркнул темноволосый сосед кудрявого. Он был в спортивных штанах с тремя белыми лампасами, синей майке со значком «адидас», и на его ногах были кроссовки. Красивое лицо парня портил острый, утюгом, подбородок. — А фамилия?

— Рымбаев.

— Чурка? — Он неприятно улыбнулся.

— И вовсе не чурка, — обиделся я. — Просто фамилия такая... Восточная.

Фамилия «Рымбаев» досталась мне от маминого отчима, очень хорошего человека, по словам родителей. Он женился на бабушке, когда маме было восемь лет, относился к ней как к собственной дочери, и мама из уважения к дедушке Рымбаеву в свое время взяла эту фамилию. У папы своя фамилия была Хлопик — в общем-то смешная фамилия, что-то среднее между хлюпиком и клопиком, особенно если учесть, что папа был невысокого роста, настоящий хлюпик-клопик, как и все наше семейство. Детство и юность папа промучился с этим Хлопиком. Встретив маму, он взял ее фамилию и стал Рымбаевым. При этом у нас в роду с обеих сторон были только русские люди, и у меня, и у папы с мамой были светлые волосы и серые глаза...

Мне еще не приходилось оправдываться за фамилию. Я уже думал, как преподнести ребятам нашу семейную историю, так, чтобы не упоминалась стыдная правда про Хлопика, но раньше меня пребольно ударили сзади ногой прямо в копчик. Я нелепо вздернулся и схватился руками за ушиб, так и не выпустив пакет с батонами.

— Сма-а-чный поджопничек! — сказал кто-то.

Пацаны заржали. Очевидно, я выглядел смешно и жалко с руками на ушибленном копчике, с качающимся, как маятник, пакетом. Я обернулся и понял, что бил Шева.

— О, Герман щас заплачет, — прыснули на ящиках.

— Ну че, сука?! — Шева глумливо оскалился. — Деньги сюда давай! Остались после хлебушка?

В тот вечер я сам для себя выяснил несколько вещей. Во-первых, что со мной так нельзя. И второе — я умею бить.

Бросив батоны на землю, я засадил кулаком Шеве в лицо. Мне показалось, что я ударил хоть и несильно, но как-то твердо. Под кулаком хрустнуло, словно раздавилось яйцо. Шева прижал ладони к носу, закрякал как селезень и так, крякая, несколько раз быстро присел и встал, точно не мог без этого справиться с болью. Между его сложенных корзиночкой пальцев уже просочилась кровь. Едва Шева разжал ладони, она ручьем хлынула по подбородку на футболку.

В драку бросилось сразу несколько человек. Я отбивался, как умел, сыпал удары во все стороны, уворачивался. В меня даже толком не попали, только, пытаясь схватить за рубашку, оборвали «с мясом» нагрудный карман.

В этот момент старший парень скомандовал:

— Разбежались!

— Лещ, — вкрадчиво запротестовал его сосед, — он же Шеве хобот сломал.

— А Шева сам за себя отвечает, — возразил Лещ. — Э, мелкие, мне два раза повторять? Я сказал, разбежались!

Меня тут же оставили в покое. Троица, дравшаяся со мной, выглядела не лучше Шевы. У одного был разбит нос, у двух других заплыли глаза, алели пятна на скулах. Я, честно говоря, не ожидал, что смогу так за себя постоять.

Лещ с интересом осмотрел меня:

— Прямо не Рымбаев, а какой-то Рэмбо карманный.

— Подкачанный хлопчик, — заметил сосед Леща. — Ты не обижайся, Герман, — продолжал он радушным голосом. — Мы просто с тобой знакомились. Теперь видим, что к нам во двор приехал нормальный пацан, а не бздо. Ты Герман, а я Борман. Боксом, что ли, занимался, Герман? Выпьешь за знакомство? Давай, не стесняйся...

Я хоть и был обижен приемом, согласился. До этого я никогда не пробовал спиртного. Борман, протягивая мне бутылку, взобрался на бетонный брус. Конечно же, я не разгадал этого маневра. Едва я приблизился, Борман вдруг резко лягнул меня ногой под дых, быстро и хлестко, точно бил не ногой, а плеткой. Острый нос его кроссовка, казалось, достал до позвоночника. Я захлебнулся вдохом, согнулся, но все же не упал.

Борман выжидающе смотрел сверху вниз. Удар почти парализовал меня. Тело не двигалось. Я хотел что-то сказать, но голос тоже не подчинялся. Наконец я чуть справился с поломанным дыханием и прошептал:

— Это подло...

— А я подлый, — криво улыбнулся Борман, сунул мне бутылку и сказал: — Пей...

Кудрявый Лещ, глядя на него, одобрительно кивал:

— Не обижайся, Герман, теперь мы с тобой друзья, а Борман тебя для профилактики ебнул, чтобы ты не забывался и помнил, кто в доме хозяин. А так ты нам друг и карманный Рэмбо. Бери бутылку, он больше не ударит.

Я взял портвейн из руки Бормана и чуть отхлебнул. В горле стало горячо.

— На, покури. — Лещ протянул мне раскрытую пачку «Космоса». Я не курил, но, словно повинуясь властному приказу, вытащил сигарету за рыжий веснушчатый фильтр.

Несколько минут Лещ спрашивал меня, из какого я города, кто родители, при этом он в глаза не смотрел, а вроде как играл с электронными часами, запуская в них одну за другой писклявые дурашливые мелодии.

Я отвечал коротко, потом затоптал окурок, подобрал растерзанный пакет с батонами и сказал, что пойду домой. Шева уже куда-то ушел, и вместе с ним еще несколько пацанов. Я думал, что они решили подстеречь меня где-то в гаражных закоулках и поквитаться за сломанный Шевин нос, но мне так никто и не встретился. Возле нашего двора росли яблони-дички, я сорвал несколько твердых кислых яблок, чтобы зажевать незнакомые горклые запахи портвейна и табака.

Родители, по счастью, не догадались, что я дрался. Свое опоздание я объяснил, сказав, что познакомился с ребятами из нашего двора, лазил с ними на гаражи и случайно, когда сползал с крыши, зацепился рубашкой. Мама лишь поохала над оторванным карманом и пошла за иголкой, а папа добродушно сказал: «Свинья везде грязь найдет!» — и на этом все закончилось.

В школе отношения с одноклассниками не задались. Всеми заправлял высокий и, наверное, симпатичный парень по фамилии Алферов. Он считался самым сильным, при этом учился на отлично, приходил школу в модной одежде — всякие курточки и джинсы, и за этим самовлюбленным шатеном увивались все девчонки.

Мне в нашем классе очень нравилась Наташа Новикова. Я даже не думал о том, чтобы подружиться ней — она была очень красивая. Помню, уже прозвенел звонок, я шел по ряду к своей парте, на какой-то момент поравнялся с Алферовым, он брезгливо оглядел меня с ног до головы и вдруг скривился: «Ой, фу-у-у...» — вытянув брезгливой дудочкой гласную «у», словно от меня чем-то воняло. Девчонки засмеялись, и Наташа Новикова тоже. И это было ужасно обидно.

Недавняя драка за гаражами точно освободила меня от какого-то внутреннего телесного зажима.

Я сразу двинул Алферову в челюсть. Он был длиннее меня чуть ли не на две головы, мой кулак пришелся ему в подбородок, второй удар левой в скулу развернул его, Алферов согнулся и как-то надолго замер. Я подождал секунд десять и понял, что он просто боится, что я ударю его еще раз, и потому благоразумно изображает этот скрюченный нокдаун. Злость моя прошла. Я украдкой посмотрел на Новикову, но не увидел ни восхищения, ни хотя бы удивления от моего мужского поступка, а лишь одно недоумение. В этот момент в класс вошла наша географичка и по совместительству классная руководительница Галина Аркадьевна — жгуче-чернявая тетка, поджарая, со звонким собачьим горлом. Я знал, что Алферов ее любимец. Услышав знакомый властный голос, Алферов медленно, распрямился. Уголок его рта был густо испачкан кровью, будто он неопрятно давился вареньем.

— Женя, что случилось, кто тебя ударил?! — Географичка схватилась руками за его лицо и внимательно осмотрела, словно упавшую вазу. — Зубы покажи, зубы целы?! — Алферов послушно, как лошадь, задрал верхнюю губу. Потом, по чьей-то подсказке, Галина Аркадьевна кинулась ко мне, схватила за воротник, точно нашкодившего первоклассника, и начала трясти: — Как ты посмел учинить драку?! Отвечай!

Я тихо, но жестко произнес:

— Галина Аркадьевна, уберите от меня руки. — Мы встретились глазами, и она благоразумно отпустила мой воротник.

— Рымбаев, выйди со мной! — лающе скомандовала она.

Мы оставили за дверью гудящий класс, через полминуты мимо нас проковылял Алферов — наверное, в туалет или в медпункт.

Галина Аркадьевна проводила его поворотом головы, а затем сказала:

— Рымбаев! Без году неделя в новом коллективе — и уже драка... — Она сурово смотрела через увесистые стекла роговых очков. — Рымбаев, ты хоть соображаешь, что несколько минут назад ты зверски избил своего одноклассника?! Ты же мог его искалечить! — Она смерила меня критическим прищуром: — К сожалению, я понимаю причину твоей злобы — это зависть к более красивому, способному товарищу... — Поджала губы, покачала головой, словно действительно меня раскусила. — Растешь мерзавцем, Рымбаев! По-хорошему, мне надо было бы вызвать милицию...

Она говорила, а я читал в ее взгляде, что я более чем средний ученик, что у меня самые заурядные родители, и сам я низкорослый и невзрачный и оттого злой, и фамилия у меня Рымбаев. И еще я вдруг понял, какая она чудовищная махровая дура.

— Я не знаю, где ты раньше учился, но заруби себе на носу, — Галина Аркадьевна потыкала наманикюренным ногтем себе в горбинку на крупной переносице, — в нашей школе тебе никто не позволит хулиганить. Передай отцу, что я жду его в любой день на этой неделе...

Не скрою, избиение Алферова принесло мне некоторую популярность в классе. Ко мне не то чтобы потянулись, но отношение в корне изменилось. Алферов и его ординарцы подбивали класс на бойкот, но эта затея провалилась из-за того, что меня окружало не молчаливое презрение, а безмолвное уважение перед силой. Тем более вскоре на уроке физкультуры я подтянулся на турнике сорок раз и пробежал три километра с лучшим результатом по школе. Физрук не мог на меня нарадоваться и сказал, что отправит на районные соревнования.

После беседы с «классной» папа меня не ругал, но было видно, что он очень расстроен моим поведением. Ночью я слышал, как родители долго шептались, обсуждая мое будущее, и вздыхали.

Дворовые знакомцы с подачи Леща называли меня Карманный Рэмбо или просто Рэмбо, реже Германом. А кто такой Рэмбо, я узнал, когда через пару недель впервые сходил в видеосалон и посмотрел «Первую кровь». Новая кличка и образ, связанный с ней, меня вполне устраивали, особенно без приставки «карманный».

Почти каждый вечер я шел за гаражи пообщаться с новыми товарищами. Меня уже никто не задирал — я стал своим и подрался всего только один раз со старшим пацаном по кличке Шайба. Мы курили, я сплюнул на землю, а ветер отнес плевок Шайбе на кроссовок. Шайба грубо сказал, чтобы я плевок вытер. Я отказался, потому что попал-то я не нарочно. Шайба подошел ко мне и размазал плевок о мою штанину. Я не раздумывая съездил Шайбе в челюсть. Шайба был сильнее меня и второй год занимался дзюдо, но, как выразился Борман, «Шайба отхватил пиздюлей по всему периметру». Но это был единственный случай такой междоусобицы. Позже Шайба согласился, что был неправ.

Лещ и Борман уже отслужили в армии, вроде нигде не работали, хотя Лещ говорил, что он и Борман «держат кооператив». Лещу было двадцать два, а Борману двадцать один. Я не могу сказать, что они верховодили всеми. Единой компании не существовало. Лещ и Борман были сами по себе, и все считались с их старшинством и авторитетом. Моими ровесниками были Боня и Саша Тренер. Серега Козуб — он, кстати, единственный, у кого кличка совпадала с фамилией, мы его так и звали «Козуб» — учился в девятом. Именно от Козуба, Тренера и Бони я отмахивался в тот первый вечер нашего знакомства, когда сломал нос Шеве. Все четверо — Боня, Тренер, Козуб и Шева — были из моей школы. С ними я сошелся наиболее близко.

Шева оказался на год старше меня, но учился вообще в седьмом, потому что дублировал пятый и шестой классы из-за неуспеваемости. Шайба был в девятом, но не в нашей школе, а в сто тридцать восьмой, что за универсамом. Лысый и Куля учились в радиотехническом техникуме, Лысый на втором курсе, а Куля на третьем. Из сто тридцать восьмой на гаражи приходили еще двое: Паша Конь и Тоша. Они были в десятом классе и общались попеременно то с Лысым и Кулей, то со мной, Боней, Шевой, Тренером, Козубом и Шайбой.

Через несколько дней после моей первой драки я встретил в школе Шеву. Нос ему вправили, и мы быстро помирились — на своих Шева зла не держал. Вскоре я узнал, что у Шевы глухонемая мать, что он из многодетной семьи и поэтому может по талонам бесплатно питаться в школьной столовой. Ходил он всегда в затрепанной форме, из обуви у него до зимы были кеды. Шева, наверное, слегка отставал в умственном развитии, я однажды подглядел, как он делал домашнее задание по алгебре, что-то вычитал: так он даже не записывал цифры, а рисовал ряд палочек, зачеркивал вычитаемое число и снова пересчитывал палочки — Шева так и не научился считать в столбик!

Мы как-то сидели на ящиках, и Боня рассказывал анекдот:

— Пацан малой ведет телку на веревке, его спрашивают: «Куда идешь?» — «Телку к бычку веду». — «А что, папка сам не может?» — «Папка-то может, но бычок с пользой выебет!»

Шева смеялся громче всех, а затем добавил:

— Вот ведь телка какая тупая, согласилась с бычком...

— В смысле? — опешил Куля.

— Ну, телка могла же сказать пацану малому: «Ты че, я не пойду, я лучше с обычным мужиком поебусь, чем с быком».

— Шева! Это не телка тупая, а ты тупой! — Куля оглушительно заржал, а за ним и все остальные.

— Видишь ли, Шевочка, — издевательски говорил тогда Лещ, — тебе это будет сложно представить, но «телка» — это не только девушка, но еще и корова!

С тех пор Шеву часто подкалывали, если рассказывался анекдот. Потом кто-нибудь объявлял: «А теперь Шева нам объяснит, что понял!»

Шева обижался и под общий хохот угрюмо отругивался. Это забавляло всех еще больше. При этом к Шеве относились тепло. Он хоть и был физически не особо крепок, но дрался здорово, особенно когда немного выпивал — недостаток мощи у него возмещался приступами расторможенной ярости — Шеву словно разрывало на тысячу кулачных движений. Из-за маленького роста его чаще всего брали как зачинщика в уличных мероприятиях.

А занималась наша компания в свободное время довольно-таки неблаговидным делом. Прогуливаясь по району, мы подстерегали встречных ребят и угрозами расправы вымогали мелочь. За несколько часов такой охоты можно было легко настрелять рублей пять. Деньги делились поровну и тратились обычно на видеосалон и сигареты.

Впервые меня взяли с собой на дело Лысый, Куля, Тоша и Паша Конь. К середине сентября я выучил наизусть все нехитрые речевки и их вариации, предваряющие отъем денег: «Эй, пацан, стоять! Иди сюда, не бойся! Сюда, кому сказали? Ты с какого района? Кого знаешь? Деньги есть? Какие двадцать копеек? А если я больше найду, то хуже будет... Все, щас в торец бью!» — и уже через неделю обучения сам остановил какого-то тощего дылду-десятиклассника и под одобрительные взгляды моих товарищей получил из его кармана мятый пергаментного цвета рубль, пропитанный мокрым теплом и страхом.

Начитанный Борман говорил, что в уличной команде, как в театре, у каждого есть свое, пусть и гопническое, но амплуа, соответствующее внешним данным, ну и характеру. Чтобы успешно работать и производить впечатление на обираемого «зрителя» на сцене, то бишь на улице, для колорита обязательно нужны: «Сильный» — просто крепкий парень, мышечный костяк, гири-кулаки; «Жирный» — громоздкий увалень, символизирующий «мясо», удельный вес команды; «Подлый» — вертлявый, липкий персонаж, от которого неизвестно чего ждать — улыбочки или заточки в бок; «Нервный» — тощий, дрожащий от внутренней злобы, бесноватый отморозок — ой, что будет, если дать ему волю; и конечно же «Главный» — руководитель, в разной степени сочетающий в себе качества всех вышеназванных амплуа. Борман подчеркивал, что лучше всего, когда «Главный» красив — красота всегда царит над жиром, силой и злобой. И нужен еще «Малой» — коротышка, «мелкий», малолетняя наглая рожа. Это он первым подкатывает к жертве из уличных подворотных кулис, открывая бандитский спектакль. От работы «Малого» зависит многое. Если «Малой» умело действует, то остальным, по сути, и стараться нечего — даже если «Сильный» — не силач, а одна видимость, «Нервный» — не сама жестокость, а кривляющийся клоун, «Жирный» — просто трусливое сало, то все искупит и устроит ловкий «Малой». Он в одиночку ошеломит, запугает и соберет дань. «На профессионального «Малого» любая бригада должна молиться», — так говорил Борман.

Сам он когда-то начинал в роли «Нервного», а потом поднялся до «Главного». Лещ, пока не ушел с улицы, всегда был «Сильным». Теперь «Главным» и «Сильным» у нас считался Куля, хотя по мнению Бормана, Куля как был, так и остался заурядным «Нервным». Лысый балансировал между «Сильным» и «Жирным». Тоша неплохо справлялся с задачами «Подлого». Бессменным и непревзойденным «Жирным» был Шайба. Не отличающиеся выраженным актерским колоритом Боня, Козуб, Паша Конь и Тренер участвовали в массовке, попеременно подвизаясь на ролях «Нервного» и «Подлого»...

Нетрудно догадаться, что за амплуа определялось мне самой природой. Я был настоящей находкой для уличных мероприятий — маленький, в разы мощнее любого малолетки и большинства моих сверстников — одним словом, идеальный «Малой».

Раньше наши использовали для этой роли Шеву, в общем-то тоже неплохого «Малого». В отличие от меня, у Шевы был недюжинный опыт, но зато я обладал силой. Шева даже какое-то время обижался, получалось, что я вроде как оставил его без работы...

Вначале меня еще немного коробило от мысли, что я участвую, по большому счету, в настоящем грабеже, но, к своему стыду, я излишне быстро вошел во вкус, освоил нехитрые приемы запугивания, научился вычислять жертву по походке, словам, по особому выражению лица. Я успокаивал совесть тем, что наш разбой обычно не заканчивался рукоприкладством. Если Куля, Лысый и Тоша любили для острастки несильно двинуть особо строптивым «в бочину», то я считал это грубой работой. Мне казалось, что всегда можно ограничиться словами, интонацией, поэтому другие пацаны: Боня, Козуб, Шева, Тренер, Шайба — предпочитали выходить на улицу со мной. Я так умел поговорить с жертвой, что мы расставались почти приятелями. Я никогда не унижал, а убеждал, что это правильно — поделиться с нами. К примеру, я говорил: «Пацан, ты нас не бойся... А ты и не боялся?.. Вот и хорошо, что ты настоящий пацан, а не ссыкло... Тебя как зовут? Меня Германом звать, а тебя? Вова? Будем знакомы... Вова, выручи на рубль... Ты пойми, мы же тебя по-товарищески просим, как своего знакомого... У тебя сколько денег? Семьдесят копеек? Точно? Уверен? Отвечаешь за слова?.. Тоша, ты подожди в карман к нему лезть, пацан правду нам говорит... Н-да... Ну вот, как тебе после этого верить? Тебе самому не стыдно? Ты же своим пацанам неправду сказал... Ладно, я верю, что ты просто забыл... Бывает... Ты не расстраивайся, ты, главное, знай, что как-нибудь и мы тебя из беды выручим...»

Лещ, вспоминая молодость, несколько раз выходил с нами на улицу ради развлечения, видел меня в деле и ставил всем в пример, мол, это и есть «высший пилотаж», когда деньги отдаются чуть ли не с энтузиазмом, как плата за будущую дружбу и покровительство.

Конечно, не обходилось и без провалов. В ноябре, рыская по сто двадцать шестому микрорайону, я, Боня, Лысый, Козуб и Шева в темноте нарвались на двух совсем взрослых пацанов — эти явно были боксеры, потому что постелили нас за минуту. Я тогда легко отделался рассеченной бровью.

Вспоминается один забавный случай. Меня и Шайбу — «Малой» и «Жирный», увы, не самый лучший тандем — признал парнишка, которого мы когда-то раскулачили. Теперь он был не один, а в большой компании. Я геройски махался против четырех, пока кто-то не подкатился мне под ноги. Я упал, меня чуть попинали ногами. Я видел, как рядом месили Шайбу, он жалобно кричал: «А, не бейте, больно!» — и только его переставали бить, он разражался грозным криком: «Гады! Гандоны!» — за него снова принимались, он с ходу менял риторику: «Больно! Не надо! Не бейте! Пожалуйста!» — а потом продолжал свое: «Гады! Мы вас найдем! Гандоны! А-а! Не бейте, пожалуйста! Гандоны! Больно! Гады! Не бейте! Гандоны! Найдем! Пожалуйста! Больно! Гады! Ну, пожалуйста! Больно! Ну, не бейте же, гандоны!..» Это выглядело очень комично, как Шайба пытается не потерять лицо. Я смотрел на него и, не взирая на жуткую боль в ушибленных ребрах, смеялся, и вместе со мной начали ржать и чужие пацаны. На этом разборка закончилась и нас отпустили.

Домой я пришел с подбитыми глазами, чуть ли ни надвое разделанной нижней губой, ноющими от каждого чиха ребрами, и вечером слышал, как родители, переговариваясь перед сном, согласились, что, может, и лучше было бы оставить меня в Краснославске у бабушки.

Кроме синяков и шрамов в конце первой четверти я принес в табеле шесть троек — в Краснославске я все-таки был крепким хорошистом. Отец для профилактики каждый вечер запугивал меня ПТУ, говорил, что я если не буду учиться, то стану сантехником или каким-нибудь другим ничтожеством, но я не особо переживал из-за этого. Меня уважали во дворе новые приятели, побаивались в классе — я был вполне доволен моей новой взрослой жизнью.

Я помнил, что пацаны ценят Рэмбо в основном за силу, поэтому, хоть помаленьку и покуривал, занятий спортом не бросал, прилежно ходил на турники и брусья для поддержания мышечной формы. Еще в сентябре по совету Бормана я записался на бокс в ДК железнодорожников и уже в декабре сдал на второй разряд. Потом в нашей школе бывший «афганец» — сухощавый дядька лет сорока с глубоким, точно его оставил раскаленный палец, шрамом на лбу, — открыл секцию рукопашного боя.

Фильмы из видеосалонов сбили меня с толку, я бросил бокс и два раза в неделю прилежно посещал тренировки рукопашников, чтобы не отставать от времени и освоить всякие хитрые приемчики и удары ногами. «Афганца» звали Сурен Дмитриевич, он говорил, у него «черный пояс» по карате и что он преподает нам особый «русский стиль». Единственное, что я запомнил из его теоретических выкладок: «Главное в бою — это точка опоры, плечо и рычаг». До сих пор не понимаю, что он имел в виду.

В сущности, тренировки заключались в том, что мы, разбившись на пары, дрались кто во что горазд, а Сурен Дмитриевич нас поправлял или рассказывал всякие захватывающие истории о своей службе в спецназе, про войну, как он встречал всяких подпольных мастеров-каратистов, которых он якобы победил, и прибавлял: «Повезло вам со мной, пацанята...»

Еще от Сурена Дмитриевича часто попахивало коноплей — я уже знал этот запах, Борман и Лещ иногда курили такие же трескучие с горелым тряпичным душком папиросы.

После участившихся в школе драк секцию прикрыли. Я вначале очень расстроился, но Лещ и

Борман успокоили меня, сказав, что Сурен никакой не черный пояс, а просто брехло и показывал он нам самые обычные подсечки из дзюдо.

Глубокой осенью зарядили дожди, и мы прекратили посиделки за гаражами. Чаще всего зависали у Тренера. Он жил в частном секторе, отец его год назад переоборудовал пустующий флигель под домашний спортивный зал — там была штанга со скамейкой, наборы гантелей, две допотопных пудовых гири, висела самодельная боксерская груша. Из-за этого флигеля Сашку, собственно, и называли Тренером. Несколько раз в неделю мы приходили к нему поработать со штангой, постучать по брезентовому мешку, ну и пообщаться на разные темы.

Куля рассказывал, что существуют специальные медицинские препараты — «анаболики», от которых быстро растут мышцы. Лещ и Борман, когда качались, кололи себе эти анаболики, и к ним для этого приходила Илонка, тогдашняя подруга Леща. Она работала в поликлинике медсестрой, доставала в больнице ампулы и сама же колола. Куля вроде тоже собирался поговорить с Илонкой насчет таких уколов — десять ампул вколешь, и мышца попрет.

Мы с Тошей немедля выразили желание присоединиться к нему, но Куля со смехом ответил, что я и так Рэмбо, а от анаболиков круглосуточный стояк, и без постоянной подруги нам придется худо, а Паша Конь с выражением продекламировал: «Онанисты, народ плечистый...»

Возле нашей компании крутилось несколько девушек: Марина, Аня и Света. Лысый встречался с Мариной, а вот Аня и Света были ничейными или, лучше сказать, общими подругами. По слухам, они в свое время давали и Куле, и Лысому, и Паше Коню. А Тоша мне по секрету признавался, что Анька даже брала у него в рот, но я ему не особо верил, иначе зачем бы он говорил это по секрету? А до того с Аней и Светой гуляли в свое время и Лещ, и Борман.

Аня училась на третьем курсе ПТУ на швею, Света уже год как закончила десятилетку, говорила всем, что будет поступать в театральное. Они дружили и даже внешне были очень похожи, наверное, за счет одинаково яркого макияжа и причесок «химия с перьями». У них и фамилии звучали почти одинаково — Карпенко и Кириленко. У Светы лицо было эффектное, как у атаманши из «Бременских музыкантов», особенно когда Света собирала на затылке волосы в хвост. Она начинала, по словам Леща, «короветь», и если наклонялась, то у нее из джинсов вываливались белые бока. У Ани лицо, может, выглядело попроще, но зато у нее были стройные ноги и большая грудь. Света в общем-то тоже могла похвалиться немалой грудью, но Куля справедливо замечал, что у Светы «сиськи подвисают, а у Аньки стоячие».

Именно Аня стала моей первой женщиной, и с ней в какой-то степени и связан дальнейший переломный момент моей жизни...

Праздник седьмого ноября мы отмечали у Тоши — его мать работала проводницей, часто отсутствовала дома, и в эти дни Тошина хата была в полном нашем распоряжении. Я любил приходить в гости к Тоше в основном из-за коллекции «выкидух». Брат Тошиной матери был ментом на зоне и на каждый Тошин день рождения дарил ему какой-нибудь зэковский ножик. Эти выкидухи были неважного качества, в них быстро портилась пружинка, а на плашках имелось излишне много украшений — всяких блестящих камушков, типа бриллиантов. Но все равно я мог часами играть Тошиными ножиками — стальные хищные щелчки выпрыгивающих лезвий меня завораживали.

На седьмое ноября к Тоше кроме меня пришли Куля, Боня, Тренер, Шайба и Козуб. Аня и Света сделали оливье, сварили картошки. Мы основательно запаслись выпивкой: было пять бутылок водки и специально для девушек две бутылки портвейна. При этом был еще литр свекольного самогона, привезенный Шайбой от бабки из деревни. Козуб притащил свой магнитофон и кучу кассет с зарубежной и советской эстрадой и нашей рок-музыкой.

Куля почему-то погнал галопом праздник: «После первой не закусывают», «Между первой и второй»... Я как-то очень быстро захмелел, сидел в кресле с полстаканом водки и боялся закрыть глаза, чтобы меня не вывернуло на стол от пьяных вертолетов. Тоша тоже быстро окосел и как зачарованный смотрел в телевизоре «Капитана Врунгеля», имитируя голосом дурацкую звуковую заставку, с которой начиналась каждая серия. Куля увел в соседнюю комнату Свету и закрыл дверь.

На кухне вдруг дико загоготали Боня, Тренер и Козуб, потом пришел Тренер и, давясь от смеха, рассказал, что Боня за собой не смыл и специально оставил плавать в унитазе колбасу говна, и следующим поперся в туалет Шайба, поднял крышку унитаза и с криком выбежал из туалета, чтобы морально обосрать раззяву Боню, но все потешались почему-то над Шайбой, потому что решили, что «с говном» остался он. У меня даже не возникло желания улыбнуться — комната раскачивалась, как палуба.

Ко мне подошла Аня и сказала:

— Пойдем, покурим.

Я поднялся и нетвердым шагом вышел за ней на застекленную лоджию. Там я открыл окно, и свежий ноябрьский вечер немного привел меня в чувство.

Я старался глубоко не затягиваться, чтобы меня не вырвало. Стоял, прислонившись лбом к холодному стеклу. Вместе с отрыжкой неожиданно накатил спазм тошноты, я высунулся из окна и поблевал на излишне звонкую крышу соседского балкона этажом ниже. Затем я снял с полки банку с консервированными огурцами, пальцами открыл ее, чуть прихлебнул, и мне показалось, что я выпил не рассол, а желудочный сок.

На лоджию заглянул пьяный Шайба, сказал заплетающимся языком: «Всё, не выйдете отсюда!» — и закрыл дверь.

Я видел, как он повернул шпингалет и убежал куда-то в комнату. Для проверки я толкнул дверь лоджии, она действительно оказалась заперта.

— Вот дурак! — сказала про Шайбу Аня и улыбнулась: — Он нас закрыл...

На Ане были обтягивающие джинсы-варенки и красивый черный свитер, расшитый бисером и блестками. На фильтре ее сигареты заманчиво алела помада.

— Герман, что ты так на меня смотришь? — прищурилась Аня. — Нравлюсь, что ли?

— Да, очень, — сказал я, удивляясь, как водка отбила во мне всякое смущение. Я взял Аню за грудь, несколько раз стиснул. Сверху, куда не добиралась чашка лифчика, грудь была очень мягкой.

Аня улыбнулась и отвела мою руку. Я порывисто обнял Аню, тычась губами ей в губы, в щеки, в шею...

Она чуть поморщилась от моего кислого дыхания, отодвинулась и как-то по-доброму осмотрела меня:

— Вообще-то у меня сейчас опасные дни... Ну, ладно. В виде исключения. Снимай штаны и трусы... Да не полностью же! Господи!.. Теперь залупи... Ты не понял? Залупи же, дурак... Герман, ты что, дурак?.. Ну-ка, стань чуть к свету... Вот... — Она чуть провела указательным пальцем по краю открывшейся головки, и от одного этого нежного касания у меня каким-то нутряным зевком подтянуло живот. — Видишь, — продолжила она назидательным тоном, — у тебя еще зелень на залупе... Значит, от тебя не залетишь...» Аня убрала палец и, лукаво посмотрев на меня, им же и погрозила. — Только все равно не вздумай кончить в меня. Если кончишь, больше никогда не дам, ясно? — Она приспустила джинсы.

— На колготы не глядим, они дырявые, — приказала Аня. — Я же не знала, что придется раздеваться...

Она быстро освободила левую ногу от штанины, колготок и трусов, повернулась ко мне наполовину оголенным задом. Ее ляжка сразу покрылась гусиной кожей и сделалась на ощупь колючей, как огурец.

— Только по-быстрому. — Она оглянулась. — ну, давай помогу, горе мое. — Она плюнула себе в ладонь, смочила между ног, затем влажной рукой пристроила и меня.

— Во-о-т... А спускай прям на ногу. Надеюсь, сам понимаешь на какую. Заляпаешь джинсы — больше не дам...

В Ане было горячо и мокро. И очень, до обидного, быстро.

— Вот, хороший ты человек, не обманул! — сказала Аня, сорвала с натянутой поперек лоджии бельевой проволоки какое-то полотенце и вытерла мою сперму с продрогшей ляжки. Потом вдела ногу обратно в штанину и застегнулась. Взяла сигарету, поискала зажигалку: — Блин, в комнате осталась... Герман, постучи им, пусть откроют. А то я уже замерзла!..

Я принялся колотить по дверному стеклу, пока хмурый от перепоя и Врунгеля Тоша не освободил нас.

На следующий день я с гордостью проговорился пацанам про Аню, и Боня бегал по школе и кричал: «Рэмбо в дупло попал, Рэмбо попал в дупло!» А я гонялся за ним, чтобы отвесить подзатыльник, и на душе у меня было по-майски солнечно.

— Можно поздравить? — с веселым удивлением спросил у меня Лещ, когда заглянул к Тренеру в гараж. — Ну, молодец, Рэмбо. А то у нас имеются в коллективе некоторые, — он с кривой ухмылкой многозначительно посмотрел на Лысого. Все начали улыбаться, а Лысый занервничал. — А то у нас имеются такие, которые, можно сказать, до бабы не донесли...

— Лещ, че ты гонишь! — шумно обиделся Лысый. — Кто не донес? Ты там свечку держал?

— Да-да, не донесли, — безжалостно закончил Лещ. — По дороге расплескали...

— Да я ей четыре палки кинул, понял? — взвился Лысый.

— Вылил на пол... — ласково глумился Лещ. — Палочник какой выискался...

О «мультиках» мы впервые услышали от Бормана где-то в середине декабря. Мы зависали у Кули — ему досталась комната в коммуналке от умершей бабки. Были почти все наши. Мы выпивали, Боня, Шева, Тренер и я хвастались недавней успешной дракой со сто двадцать шестым микрорайоном.

И вот тогда Борман, как бы между прочим, рассказал нам, что слышал про такой прикол: пацаны берут с собой на улицу девушку, под шубой она совсем голая. И девушка перед встречным мужиком на несколько секунд распахивает шубу — показывает грудь и все остальное, а сопровождающие пацаны спрашивают: «Мультики видел?» — и поскольку мужик отказаться от увиденного не может, пацаны говорят: «А раз видел, тогда плати!» — и тот вынужден раскошеливаться за увиденные сиськи, причем не рублем и даже не трешкой, а как минимум десяткой. И это не грабеж, ведь мужик видит сиськи и получает интересное впечатление.

Звучало это очень забавно и, чего греха таить, заманчиво. Понятно, что голая грудь под шубой была рассчитана не на школьников, а на взрослых дядек, с которыми, что вполне логично, могли возникнуть взрослые трудности. Но и деньги-то светили другие — не детские.

— А у нас, кстати, и кандидатуры подходящие есть, — задумчиво произнес Куля.

— Кого ты имеешь в виду? — спросил Лещ.

— Ну, Светка и Аня, — ответил Куля. — А что? Сиськи у обеих в порядке.

— Я думаю, если им пообещать половину... нет, половину им жирно будет, — сказал Лысый, — если им треть от навара пообещать, они согласятся...

— Вот и решайте, пацаны, — засмеялся Лещ. — Борман вам классную тему подкинул. Хватит вам полтинники у малолеток сшибать. Надо заниматься серьезным бизнесом...

А через неделю Борман попал в больницу с тяжелыми черепно-мозговыми травмами. Его «постелили» в видеосалоне ДК строителей. Я сам видел, как это произошло. Мы небольшой компанией пришли на Фредди Крюгера II. В тот вечер я с Боней и Тошей — Малой, Подлый и Нервный — удачно стрельнули денег и решили посмотреть ужасы.

Мы уже заняли места перед телевизором, когда в салоне появился Борман. Он подмигнул нам, затем подошел к владельцу видеосалона и начал с ним о чем-то беседовать. Разговор явно не клеился. Лицо Бормана перекосила злая и неуверенная улыбка — я понял, что он растерялся. Пока он общался с владельцем, в зал зашли еще пятеро мужиков. Они выстроились позади Бормана. Он тоже их заметил, что-то сказал, хозяин пожал плечами. Борман говорил, медленно отступая к маленькой сцене, на которой был установлен стол с телевизором и видеомагнитофоном. Мужики и владелец салона не торопясь шли за Борманом. Вдруг Борман легко вскочил на сцену, резким толчком повалил со стола телевизор, а упавший видак крепко припечатал ногой, так что сделалось ясно, что Фредди Крюгера II на сегодня не предвидится.

Борман развернулся к набегающим врагам и со своего возвышения стал отбиваться ногами. Мы тоже повскакивали со своих мест, чтобы кинуться ему на помощь. Борман крикнул: «Мелкие — не лезть! Мое дело!» — и мы замерли на месте. Борман еще минуту успешно раскидывал нападавших, но против шести противников он был бессилен. Кто-то поймал его за ногу и стащил со сцены.

Упавшего, его избивали, он лежал, скрючившись, на полу. Месили долго, минут пять, а потом, даже когда он не шевелился, кто-нибудь, потирая ушиб на лице или туловище, куда пришелся ботинок Бормана, снова возвращался к его неподвижному телу, пинал, а салонная кассирша верещала: «Хватит, вы его убьете!» — затем Бормана вынесли, а кассирша вызвала «скорую».

Мы догадывались, что Борман и Лещ давно хотели взять под свой контроль видеосалон. Они уже запугали владельца, и тот был готов платить им небольшую дань, но в последний момент передумал и нанял специальных людей. В итоге Борман оказался в больнице с серьезными травмами. На следующий день Лещ облил бензином и поджег красную «восьмерку» владельца видеосалона, сам же благоразумно скрылся из города.

И мы остались без старших. Теперь всем заправляли Куля и Лысый. Они и договорились с Аней по поводу «мультиков». Она соглашалась работать за половину от выручки. Куля пытался торговаться, говорил, что дело новое, незнакомое и может вообще не выгореть, но Аня была непреклонной, сказав, что по-хорошему она вообще может потребовать денежную компенсацию за каждую прогулку впустую. И мы, подумав, приняли Анькины условия — в конце концов, все завязывалось на ней.

Первый раз мы вышли на промысел в канун Нового года. Куля справедливо предположил, что на праздник вечером будет много пьяных, и мы отоваримся по полной программе. Он не ошибся.

Для начала мы выступили всей компанией: Куля, Лысый, Тоша, Паша Конь, Шайба, Боня, Тренер, Козуб, Шева и я. Одевались как для драки —

во все удобное. На мне была легкая, из черной мешковатой материи куртка на синтепоне с отстегивающимся капюшоном — я его заранее отцепил, чтобы не мешал, а на ноги обул любимые подкованные ботинки с очень твердыми носами. В карман я сунул вентиль от пожарного крана — он вполне заменял кастет, им легко крушился твердый силикатный кирпич. Тоша на всякий случай вооружился выкидухой, а Паша Конь спрятал под куртку нунчаки, сделанные из ножек табуретки. Конь, правда, все равно не умел работать этими нунчаками, взял для виду. У Шайбы была чугунная фигурка космонавта — маленькая статуэтка размером чуть поменьше чекушки, гладкая, словно матрешка, но практичная для боя — такой можно было приложить как молотом. Шева захватил солдатский ремень со свинцом в пряжке. Одет Шева был беднее всех — в обычный стеганый ватник, как у строителей. Ватник был достаточно теплым, но делал руки неповоротливыми. Единственное, он был коротким и не стеснял ноги, так что Шева вовсю мог работать своими кирзачами, вполне подходящими для боя. Они уж точно были лучше, чем Бонины «дутики» на поролоне, может и более теплые, но бессовестно смягчающие удар.

Аня надела шубу из коричневого «чебурашки». Грудь Аня оставила полностью голой, на ногах были колготки, но без поддетых трусов, так что сквозь капрон просвечивал заросший лобок, до смешного похожий на какого-нибудь Карла Маркса, отправившегося на разбой с чулком на голове.

Мы решили покинуть нашу панельную окраину и попытать счастья ближе к центру — там было много тихих улиц. Мы понимали, что чем меньше будет свидетелей у нашего представления, тем лучше.

В центр мы приехали на метро. В это время Аня была в свитере и юбке, а когда мы вышли на промысел, она в первом подвернувшемся подъезде сняла их и сложила в сумку, которую повесил себе на плечо Шева. Там же лежала бутылка водки — Ане для согрева. Впрочем, вечер был не холодный.

Центр, перетянутый вдоль и поперек праздничными гирляндами, сверкал как новогодняя елка. Быстрые потоки машин разлетались от перекрестков, оседая оранжевыми бенгальскими брызгами на магазинных витринах. В дымчатом свете фонарей кружили снежные стружки, покрывая нежной голубой искрой вялый городской снег. Вдоль тротуаров узкими лентами вились горчичного цвета песчаные дорожки. Повсюду валялись затоптанные картонные гильзы хлопушек в окружении бесцветных россыпей конфетти. Звучала музыка, приглушенная окнами, так что наружу пробивался только глуховатый ритм, без мелодии и голоса.

За памятником Ленину стояла городская ель — сварной скелет из труб, в растопыренные пазы которого втыкались маленькие елки, изображающие густые ветви. Венчала составную громадину красная звезда. Нижние «ветки» вместо елочных игрушек были украшены надувными клеенчатыми мячами, с которыми обычно летом играют дети на пляже. Боня оторвал один мяч, и пока мы шли по парковой аллее, то гоняли этот мяч, почти такой же невесомый, как пустой полиэтиленовый пакет.

Сразу же возникла непредвиденная проблема. Наша компания отпугивала одиноких прохожих. Завидев нас, люди сворачивали в переулки в сторону многолюдного проспекта или скрывались в подъездах. Мы безуспешно бродили больше получаса, и Лысый разумно предложил разделиться: он и Куля останутся с Аней, а мы должны идти метрах в двадцати поодаль — может, тогда от нас не будут шарахаться.

Хитрость сработала, уже через пятнадцать минут мы выловили первого клиента. Это был мужик лет сорока, он явно чуть принял и возвращался домой или, наоборот, направлялся в гости, чтобы продолжить гулянье. Он был в приподнятом настроении, шел и напевал, чуть помахивая портфелем, как школьник.

Начало этой сцены я видел издалека. Аня распахнула полы своей шубы и стала похожа на летучую мышь. Мужик остановился. На его лице застыло глупое удивление.

— Мультики видел? — спросил Куля.

— Что? — переспросил мужик, водя по нам тревожными, быстро трезвеющими глазами. Он поднес руку к своей ондатровой шапке, словно хотел убедиться, что она еще на голове.

— Ну, мультики, — повторил Куля и сделал руками движение, точно вылезал из шкафа и открывал одновременно две дверцы. Кивнул в сторону Ани. Та улыбнулась и снова на миг распахнулась.

Мужик отступил на шаг, опять коснулся шапки, будто мусульманин своей чалмы.

— Видел? — спросила уже Аня.

— Да, — тихо признался мужик. — И что теперь?

— А если видел, — сказал Лысый, — тогда плати!

— Платить? — осторожно переспросил мужик. — А сколько?

— Сколько? — Лысый задумался, но в разговор вмешался Тоша. — Червонец давай! — строго сказал он и нахмурился.

— Значит, десять рублей... — Мужик полез в карман брюк, вытащил кошелек, разломил, порылся в нем, вытащил пятерку и трешку. — У меня два рубля мелочью будут. Не страшно?

— Нормально, пойдет, — покровительственно сказал Куля, принимая деньги.

— Можно идти? — спросил мужик.

— Пожалуйста, — разрешил Куля. — Позвольте на секунду ваш чемоданчик...

Куля принял у мужика портфель, деловито открыл и вынул оттуда бутылку шампанского и вернул портфель обратно.

— Ну, что, гражданин... С наступающим вас, трудовых успехов в новом году...

Лысый не выдержал и гоготнул. Шева прыснул тонко и с привизгом. Не справился с весельем и открыто засмеялся Боня, а вслед за ним Козуб, Тренер и я. Мужик тоже позволил себе улыбнуться, застегнул пряжку на портфеле, поправил на голове ондатра и пошел прочь от нас. Через шагов десять оглянулся и, подгоняемый нашим смехом, уже больше не оборачивался.

Мы продолжали хохотать, затем Боня от полноты чувств завизжал, толкнул Шеву, тот полетел в сугроб, но не разозлился. Тренер слепил снежок и запустил в Шайбу. Снежок разлетелся. Шайба запрокинул голову и по-волчьи завыл.

Аня встала передо мной и Тошей, распахнула шубу, покрутила сиськами, а потом жеманно сказала:

— Мальчики, мультики видели? Платите! — а Лысый в восторге принялся кидать ей под ноги мелочь.

Паша Конь кружился с Козубом в свете фонаря, они орали дурными голосами: «Лаванда, горная лаванда, наших встреч с тобой синие цветы!..»

В руках Кули выстрелило шампанское, задымилось у горлышка.

— С наступающим! — выкрикнул Куля, и мы, передавая по кругу бутылку, выпили первый тост за Бормана и «мультики».

В тот же вечер до двенадцати мы тормознули еще шестерых запоздалых дядек и настреляли всего семьдесят четыре рубля. Вечером первого января выручка увеличилась до девяноста рублей.

Конечно, все шло не так гладко, как мечталось в первые новогодние дни. Вскоре выяснилось, что в будни лучше вообще не соваться на улицу — бессмысленно. Идеальным зрителем «мультиков» был одинокий и подвыпивший дядька за сорок, лучше всего трусливой интеллигентной профессии, а такие чаще водились на выходные или праздники. С понедельника по пятницу они куда-то исчезали, словно впадали в спячку. Самым доходным временем был субботний вечер. Пятница и воскресенье тоже бывали неплохи, хотя и проигрывали субботе — если по пятницам мы собирали рублей тридцать—сорок, то это было неплохо. В праздники наши заработки увеличивались втрое. К примеру, на старый Новый год, когда по улицам шлялось много подвыпивших клиентов, мы собрали уже сто двадцать рублей. Кстати, не все нас боялись, некоторые восторженно говорили: «О, стриптиз!» — и сами просили Аню оголиться еще раз, на бис, и прибавляли денег.

Света, узнав о том, что Аня получила от нас за четыре вечера зарплату инженера — чуть ли не сто пятьдесят рублей, тоже изъявила горячее желание поработать. Аня вначале была недовольна новостью, что у нее появится конкурентка, но дружба все же взяла свое.

Новая пара «мультиков» подтолкнула нас к мысли разбиться на две бригады. Ведь раньше нам приходилось остаток делить на десятерых, а так наши доходы возрастали вдвое. Понятно, что, проиграв в численности, бригады резко слабели, от чего значительно увеличивался риск провала, но уже с середины января мы разделились, постаравшись, чтобы в каждой бригаде были свои Сильный, Жирный, Подлый, Нервный и Малой.

Одной бригадой командовал Куля, и «мультиками» там была Аня. У меня имелся выбор, но я предпочел бригаду Кули, чтобы остаться с Аней — что поделаешь, я был в нее влюблен. С нами еще трудились Тоша, Шайба и Козуб. Второй бригадой руководил Лысый, и с ним ходили Паша Конь, Боня, Тренер и Шева.

За пару недель мы здорово поднаторели в новом деле и порядком обнаглели. К февралю девчонки наши приоделись и очень похорошели. Аня наконец смогла избавиться от опостылевшей «чебурашки» и приобрела красивую дубленку с пушистой оторочкой.

У нас завелись деньги, которые уже странно было называть карманными. За три дня в неделю я зарабатывал в среднем не меньше тридцати рублей. Через месяц я обзавелся стационарным магнитофоном «Маяк» и электронными часами «Монтана» с семью мелодиями. Чтобы дома не возникло вопросов, я сказал, что все это добро я очень дешево купил в комиссионке, и продемонстрировал выпотрошенную копилку. Родители поверили.

Я хотел и дальше продолжать близкие отношения с Аней, но не знал, как ей об этом сказать. Для этого нужна была подходящая обстановка праздника, а именно на праздники мы всегда работали.

Познакомиться с девушкой на улице у меня не получалось — я стеснялся и роста, и детского своего вида. Помню, я поверил Тоше, что он умеет снимать телок, и пошел с ним за компанию. Мы, как дураки, плелись по парковой аллее за какой-то пэтэушницей, которая делала вид, что не замечает наших ухаживаний.

Тоша нес ахинею:

— Девушка, гы! А вы знаете, что вы, гы... мой идеал... девочки?..

А потом, когда выяснилось, что никакое знакомство, уже не говоря про большее, нам не светит, Тоша выкрутился, сказав, что ничего не получилось из-за меня, дескать, телка решила, что я — его младший брат.

Десятого февраля был день рождения у Козуба — ему исполнялось шестнадцать. Отмечали за городом, в каком-то номенклатурном профилактории, где мать Козуба работала администратором. Зимой там никого не было, кроме двух сторожей, которым мы проставились литром самогона, сардинами и тушенкой. За это нам отдали в полное распоряжение целый этаж одного из корпусов и связку ключей от номеров — двух- и четырехместных, причем с постельным набором. В просторном холле был телевизор, магнитофон и две больших колонки к нему, одним словом, место оказалось шикарным — все, как и обещал Козуб.

Поехали, конечно, всей компанией, ну и Лысый взял свою губастую Марину — «Соси Лорен», как за глаза называли ее Лещ и Борман...

Водки было мало, до этого мы оббегали весь район, но смогли затариться только «Горькой стрелецкой настойкой» — пойлом в тридцать пять оборотов, на поверку оказавшимися злее сорока водочных. Кроме того, был еще самогон. Всю еду мы привезли с собой: оливье, селедку под шубой, колбасу, консервы рыбные и мясные, хлеб. Козуб прихватил пару трехлитровых банок с компотом и томатным соком.

Вручали имениннику подарки. Лично я подарил металлистскую кожаную перчатку без пальцев, украшенную стальными шипами. Выглядела перчатка очень агрессивно. Я снял ее в декабре с какого-то неформала после рок-концерта в ДК строителей. Отбившийся от своего кожаного стада неформал был совсем не воинственным, в отличие от перчатки. А сам концерт мне в принципе понравился — и атмосфера, и публика. Я раньше и представить не мог, чтобы зрители танцевали у сцены, размахивали руками. Случился, помню, смешной эпизод: у патлатого в очках солиста неожиданно отцепился гитарный ремень, так что его акустическая гитара звучно стукнулась об пол, и в зале кто-то сказал: «О, страдивари поломали!» — в это время как раз по телевизору шел многосерийный фильм «Визит к Минотавру», — и все вспомнили про скрипки и засмеялись. Мне даже показалось, что эту группу на сцене больше всерьез никто не воспринимал, хотя они и пели что-то гражданско-продвинутое: «Новое время не терпит соплей! Новое время тара-та-та-та» — забыл...

Тоша вручил Козубу выкидной ножик — он всегда, если что, дарил ножик, благо у него их была куча. Куля — чистую кассету «Sony», Шева — болгарскую зажигалку, Паша Конь — пластинку: на одной стороне «Наутилус», на другой — «Бригада С». Боня подарил Козубу фотографии с приемами карате — отснятые страницы с дерущимися фигурками, Тренер — плакат: смерть в фашистской каске и мантии с топором выходит из клубов дыма, а внизу надпись «Kiss». Шайба подарил набор одноразовых бритв, и Лысый посмеялся, что зачем, Козуб вполне еще сможет побриться вафельным полотенцем. Козуб спросил, это как, Лысый принес из номера полотенце, обернул им подбородок Козуба, а потом резко дернул, так что чуть кожу ему не сорвал — это была такая шутка, Козуб обиделся и несколько минут гонялся за улюлюкающим Лысым вокруг стола и по коридору. Сам Лысый подарил колоду порнографических карт — черно-белые парнашки. Правда, сразу предупредил, что колода не полная, не хватает пары карт, и прибавил: «Но ведь ты же не собираешься в дурака играть! Правильно?»

Поначалу было радостно. Пили за Козуба, за родителей, за «мультики», за Бормана и Леща. Громко слушали «Машину времени», подпевали, танцевали, дурачились под советскую эстраду, орали как сумасшедшие: «А-а-а-ппп! И тигры Боярского съели! А-а-а-ппп! И струны из жопы торчат!» Лысый вскакивал и тряс стол так, что падали бутылки, и кричал, что это Спитак, землетрясение в Армении, и мы смеялись. Затем Козуб достал свои подарочные карты, мы сели играть в тысячу, но партия быстро заглохла, потому что все больше разглядывали фотки.

Семерка треф своим кукольным личиком была очень похожа на Наташу Новикову. Эта другая, взрослая, но все равно Новикова сидела, расставив согнутые ноги в сетчатых чулках. На ней бы-

51

ла короткая майка-тельняшка, чуть сползшая с плеча, так, чтобы обнажить одну грудь. Пальцами правой руки «семерка» раздвигала кудряшки на лобке, и при этом ничего толком видно не было, один тусклый расфокус, а указательный палец левой руки «семерка» сунула в рот. Эту карту я, каюсь, под шумок припрятал. Впрочем, так поступил не я один. Козуб на следующий день ругался, что вот, сволочи, треть колоды своровали!

Раньше всех напился Шева. Я отлично помню, как ему за столом рассказывал Куля:

— Знаешь, что телкам поет кукушка? В пятнадцать лет: «Никому, никому, никому», в шестнадцать: «Одному, одному, одному», в восемнадцать: «И тому, и тому, и тому», в двадцать: «Кому?! Кому?! Кому?!» Шутку понял?

Шева смеялся: «Кому, кому! Понял!» — и так кивал, что казалось, у него отвалится голова. Когда мы вышли на крыльцо курить, я, зачарованный первым хмелем, наблюдал, как Шева палит расческу. Едкая пластмасса капала и чадила приторным, травяным запахом, какой бывает в церкви. А Шева гудел, изображая одновременно мотор самолета и рев падающих фугасов, и увлеченно бомбил коптящими каплями какие-то пятна на ступенях. Потом я замерз и вернулся в дом.

В коридоре Козуб точно заведенный щелкал своей выкидушкой, рядом с ним стояли Лысый, Боня и Паша Конь. Боня говорил:

— Знаешь, у чурок, у зверей всяких, так заведено — есть специальный нож исключительно на человека. Им колбасу не режут, только в кармане носят для случая. Я считаю, это правильно.

— Ну, а мы-то не звери, — возражал Лысый. — Можно и колбасу порезать. Сало там, хлебушек.

— А по-моему, нож носить вообще глупо, — сказал Паша Конь. — Ты же все равно зассышь его доставать — уголовное дело. Тюрьма... — Тут он увидел меня: — Вот у Рэмбо спросите, нужен нож или нет?

Я отделался фразой, которую когда-то слышал от Бормана:

— Пусть лучше трое судят, чем четверо несут! — и оставил их спорить.

— Золотые слова! — сказал мне вслед Козуб и клацнул ножиком. Где-то крикнул Куля: — Светка, плесни компотику!

Как-то резко закончилась в магнитофоне кассета. Я вдруг поймал себя на мысли, что сижу на стуле и роняю под ноги тягучие плевки. Стол опустел. Все куда-то разбрелись. За спиной раздавались мерные водопроводные звуки. Это шел Шева и на ходу рыгал какими-то одинаковыми, словно их отмерили половником, порциями. Я такого еще не видел.

Я плеснул себе в стакан немного «стрелецкой» и разбавил горечь остатками компота. Потом вытащил украденную карту с семеркой и за минуту разглядывания так распалился, что чуть ли не бегом рванул на поиски Ани.

По коридору плелся из сортира Шайба. Видимо, ему было нехорошо, ворот его рубашки был мокрый, и на подбородке блестела густая, как жир, слюна. Я спросил про Аньку. Он сказал, что она с Козубом пошла на второй этаж, и вызвался проводить. Мы пробовали одну за другой двери, они были закрыты. Третья или четвертая отворилась.

— Вот они, — пьяно обрадовался Шайба. — Парочка — Абрам и Сарочка... — Шайба засмеялся и вывалился в коридор. Я услышал на лестнице его удаляющиеся шаги.

Козуб безмятежно спал. Аня сидела бесстыдно, как «семерка треф», и раскладывала пасьянс из парнашек прямо между раздвинутых голых ног.

— Герман, ты озабоченный? — язвительно спросила Аня. Она даже не подумала прикрыться или сдвинуть колени. — Интересно? Все рассмотрел?

То, что я увидел, было похоже на оплавленную расческу, ту самую, которую жег пьяный Шева — коричневые лепестки, наверняка пахнущие химическим ладаном. На какой-то момент мне показалось, что черный расфокус у «семерки» лучше, чем этот бесстыдный коричнево-оплавленный пигмент. И еще мне было очень горько. Напрасно я говорил себе, что ревновать глупо, что Аня никогда не считалась моей девушкой. Она всегда была, в известном смысле, общей. Я все это понимал, но боль не отпускала, точно у меня из сердца рос саженец, который кто-то пытался с корнем выдернуть.

Аня вдруг догадалась, что я чувствую.

— Обиделся? — ласково поинтересовалась она. — Зря. У него, — она посмотрела на Козуба, — все-таки день рождения. Вот у тебя когда день рождения будет... — начала Аня, но ее перебил внезапно появившийся Шайба:

— Пошли, быстро! — Шайба потянул меня за рукав. — Там это, карусель...

— Что? — не понял я.

— Светка дает сеанс одновременной игры! — пояснила Аня. — Иди, иди, пока она добрая, — сказала и вернулась к своему пасьянсу. Я же поплелся за Шайбой.

В коридоре курили и гоготали Куля, Тоша, Паша Конь и Тренер.

— О, вот и Рэмбо, первая кровь. — Куля кивнул на дверь номера. — Подожди малехо, там щас Бонька старается.

— Уж так старается! — подхватил Тоша. — Аж штаны до полжопы сползли!

— Кое-кому рекомендую в щелочку подсмотреть, — сказал Куля, — чтоб заранее встал! Чтоб как у волка на морозе стоял! — Тут он оттопырил согнутую в локте руку со сжатым кулаком — известный похабный жест, одновременно имитируя металлический звук, будто выпрямилась тугая пружина. — Бдяум! — прогудел Куля, пацаны засмеялись, а Паша Конь чуть приоткрыл дверь.

В сумрак номера сразу врезался тонкий полупрозрачный ломоть света и чуть проявил кровать. Там, между расставленных Светкиных ног, смешно прыгала толстая белая жаба. Она существовала отдельно от спины в задранном свитере, от взлохмаченной Бониной головы, безвольных ног, словно Боне до того перебили позвоночник.

— Э, але! — Голова чуть повернулась. — Дверь закрыли!

Света стеснительно посмотрела на меня из-за плеча Бони:

— Не понимаю, что оно вам дает...

Я закрыл дверь.

— Кто следующий? Рэмбо, ты пойдешь? Или Шайба?

— Пусть он, — предложил Шайба.

Боня через пару минут вышел, застегивая ремень. Штаны возле ширинки были полностью угвазданы белыми разводами.

— Ну, че? — подмигнул Тренер.

— Как обычно. — Боня приосанился. — Две палки, не вынимая!

— Рэмбо, твоя очередь, — подтолкнул Куля, и я зашел в номер.

Света стояла раскорячась и вытирала между ног уголком простыни:

— Да сколько же вас, а?! — Она снова легла на спину, раздвинув согнутые ноги, как роженица. — Давай по-быстренькому, — шепнула Света. — И кончай в меня, разрешаю, я по-любому после вас пойду подмываться...

Не пойму почему, но это «подмываться» подействовало на меня возбуждающе — в нем ощущался какой-то плеск мыльной воды, рука с маникюром и промежность. Я тотчас же кончил. Только для вида еще поелозил на Светке минуту. Потом с каким-то холодным, бесчувственным любопытством потрогал Светкины «мультики» — белые большие полушария с крупными, как мизинцы на ногах, сосками. Вокруг «мизинцев» торчали редкие длинные волоски. Стало неприятно.

— Их это... выдрать надо, — сказал я, складывая пальцы пинцетом.

— Я тебе выдеру! Кое-что! — недовольно отозвалась Света и ударила меня по руке. — А теперь слазь быстро! Не нравится ему! Хера теперь получишь...

Когда отстрелялся Шайба, Света пошла в душ, а мы всей толпой сели за стол и допили «горькую стрелецкую». Из закуски оставались лишь маринованные кальмары. Всю эту смесь заполировали самогоном, после чего мир настолько накренился, что едва держался на ногах. Мелкими шажками, вдоль стеночки, я кое-как добрался до кровати.

Заснуть не удалось. Едва я прилег, налетели пьяные пропеллеры. От муторных тошных виражей захватывало дух. На соседней кровати прорвало Боню. Он блевал, повернувшись на бок, не вставая, как раненый. Вслед за ним вырвало Тренера. Паша Конь стащил наволочку и рыгал в нее. У меня мелькнула мысль добежать до умывальника, но кислый запах чужой рвоты подстегнул рефлекс, и я просто свесился с кровати, чтоб не пачкать постель...

Наступило утро горько-стрелецкой казни — чудовищное коллективное похмелье, одно на всех.

Насвинячили не только мы. Соседний четырехместник тоже оказался заблеван. А в коридоре еще раньше постарался Шева — весь пол был в подсохших лепешках. Козуб с больной головой, охреневший от такого невиданного разгрома, крыл нас на каждом шагу матом, ведь отчитываться перед сторожами предстояло ему, а те уж наверняка нажаловались бы его матери...

Вскоре выяснилось, что никто не хочет убирать. Лысый кричал, что он с Мариной вообще ни при чем, и это была правда — они не мусорили. Куля хотел припрячь на это дело Аню и Свету, но девчонки ответили, что согласны прибрать со стола, а подтирать, как сказала Аня, «чужую рыгачку» они не собираются. Козуб то бесновался, то совестил нас. Мы и сами понимали, что надо бы взяться за уборку, но без подручных средств — тряпок, совков — всем было западло.

Время шло, мы вяло переругивались, потом Козуб опомнился и раздобыл две лопаты для чистки снега. Этими лопатами мы сгребали лепешки и выбрасывали в открытые окна — комнаты все равно необходимо было проветрить, дух там стоял ужасающий. Снаружи мы для маскировки присыпали блевотину снежком, хотя Тоша и говорил, что пусть лучше расклюют вороны, ведь им тоже жрать надо. И всю обратную дорогу в электричке мы донимали Тошу, что он «юннат», шутили, что вороны, наклевавшись пьяной каши из кальмаров со «стрелецкой», будут криво летать, с веток падать... В общем, возвращались более или менее весело. Так мы отметили день рождения Козуба. Это была суббота, а в воскресенье мы снова вышли на промысел.

С февраля школа ушла на самый дальний план. Одноклассники казались мне сущими детьми, огорчающимися из-за оценок, передающими какие-то записочки — пятнадцатилетние лбы! Учился я спустя рукава. С гуманитарными предметами как-то справлялся сам, а для алгебры, геометрии и физики вовремя приспособил сидящего за соседней партой Илью Лившица. Его не особо любили в классе за язвительность и самомнение. И еще дразнили, потому что у него уже росли усы — не реденькие, подростковые, а черной густой щеткой.

Где-то в ноябре я подошел к Лившицу и сказал:

— Лившиц, если тебя кто обижать будет — сразу говори мне. И на улице вдруг проблемы какие возникнут — отвечай, что Рэмбо знаешь...

И Лившиц без лишних намеков все понял. У нас обычно всегда совпадал с ним вариант, Лившиц сначала решал задания, потом передавал мне черновик минут за пятнадцать до звонка. Этого вполне хватало на четверку. Так что с грехом пополам учеба двигалась. Однажды, правда, Лившиц взбрыкнул. Как на грех, он попался каким-то посторонним пацанам, покладисто доложил, что «знает Рэмбо», но пацаны-то были чужие и решили, что Лившиц просто издевается, говорит о персонаже из фильма. В общем, у Лившица деньги отобрали.

Прагматичный Лившиц на следующей контрольной по алгебре помощь урезал. Когда я стал его дергать, он зашипел, что не успевает сделать свой вариант, и только за десять минут до конца урока передал мне всего два задания, которых впритык хватило на тройку. Я ничего ему не сказал, но решил пошутить. Поговорил с Лысым и Шайбой, и они подстерегли Лившица возле школы.

Лысый, сдерживая смех, строго спросил Лившица:

— Национальность? — Тот стушевался и пробормотал:

— Русский...

Вмешался Шайба и несильно ткнул Лившица кулаком в грудь. И тут как бы невзначай, эдаким Трубадуром из-за поворота появился я со словами:

— Пацаны, а че это вы моего дружбана Илюху обижаете? Не надо... — Затем с укоризной повернулся к Лившицу: — Я же тебе говорил, Илья, если что, говори: «Я Рэмбо знаю, это мой кореш, я ему контрольные решаю»... Все ты, Илюха, забыл! Ну, ладно, иди домой, не бойся...

После такой профилактики с Лившицем проблем больше не возникало. Ну, а по всяким глупым предметам типа истории, биологии, химии и английского у нас все равно меньше тройки никому не ставили. Трояк по географии — наша классная Галина Аркадьевна не простила мне Алферова — меня не волновал. А двойки бы она все равно не влепила, чтоб не портить успеваемость по классу. По русскому языку и литературе у меня были крепкие четверки, а единственная пятерка — по физкультуре.

Родители в какой-то степени махнули на меня рукой. Даже перед сном они уже шептались не о моей успеваемости, а все больше о Горбачеве, академике Абалкине, кооперативах. Я сознавал, как отдалился от семьи. Ничего толком не рассказывал, на все расспросы отделывался дежурным «нормально», произнесенным чуть раздраженным тоном. Однажды от такого особо резкого «нормально» у мамы задрожал подбородок. Вместе с уколом стыда я вдруг испытал прилив неожиданной злобы — за этот мой нечаянный стыд.

Особенно я почувствовал духовную дистанцию, когда меня потащили в гости к новым родительским знакомым. Я до последнего сопротивлялся — была суббота, меня ждали пацаны и наша работа, но отбиться не получилось. В метро, стоя рядом с ними, я боролся с незнакомым мне раньше чувством неловкости за родителей. Мама казалась жалкой и смешной в своем белом берете из ангорки, с нелепой авоськой, в которой покачивалось завернутое в бумагу блюдо с пирогом. Меня колотило от злости, когда папа, присаживаясь на лавку, обеими руками подбирал полы своего пальто, будто собирался срать, а не сидеть. Я специально отошел от них, а они, не понимая моего состояния, на весь вагон кричали то «Герман», то «сынок», пытались поправить шарф, вынуждая грубить и стыдиться самого себя — ужасная поездка.

Что было еще... Мы не забывали про Бормана, навещали в больнице, приносили гостинцы, рассказывали о наших успехах, но он, по-моему, плохо воспринимал обращенную к нему речь. Иногда мы заставали там его мать — красивую, хорошо одетую женщину. Она всегда благодарила нас за гостинцы, но смотрела со скрытой горечью, так, словно это мы были виноваты, что ее Борман — неподвижный овощ.

На двадцать третье февраля был поставлен новый рекорд по «мультикам» — сто шестьдесят рублей. Аня распахивала свою шикарную дубленку и говорила: «Мужчина, с праздником!» — и ей щедро совали деньги, правда иногда лезли пощупать, но за прикосновение мы снимали с нахала дополнительную плату в размере одного тарифа.

В принципе, это было очень веселое время. Куля и Лысый называли Свету и Аню ударницами порнографического труда, шутили, что наши бригады устроят социалистическое соревнование, возьмут новые обязательства и перевыполнят план.

Сбои случались, но были нечастыми. Несколько раз попадались герои, которые отказывались платить, возмущались: «Что за безобразие! Хулиганы! Надо вызвать милицию!» — таких приходилось усмирять, но без особого членовредительства.

Как-то нам повстречался какой-то молодцеватый дедушка, ветеран войны. Аня хотела отшутиться, сказала, что у нас для ветеранов ВОВ скидка, но дед, как дурак, поднял крик, принялся стыдить нас, обозвал Аню проституткой и рванулся к ней с пощечиной. Тоша с разворота залепил ему в скулу, и дед упал, пришептывая: «Подонки, подонки...»

На третьем этаже раскрылась форточка, и какая-то тетка, взобравшись с ногами на подоконник, закричала, что все видела и вызовет милицию. Мы побежали прочь, поругивая Тошу за несдержанность. Одно дело — добровольно отданный червонец, и совсем другое — битый ветеран. Сознательный дед наверняка, едва очухался, поперся в отделение и накатал заяву.

Очередной финансовый рекорд пришелся на Восьмое марта. Собрали без малого двести рублей. Пожалуй, это был самый легкий вечер, все клиенты поздравляли нашу Аню с Международным женским днем и не скупились на вознаграждение. А уже через неделю нагрянула беда, изменившая всю мою последующую жизнь.

Мы рассчитывали в тот вечер на обычный субботний улов, вышли в половине шестого, решив прошвырнуться по самым «рыбным местам» в старом центре — среди подворотен малоэтажных купеческих улочек. С погодой не повезло. В начале марта была оттепель, а к середине снова ударил мороз, и город превратился в каток. Чертыхаясь, мы шли вереницей по узким песчаным тропам вдоль тротуаров, проклинали нерадивых дворников и гололед.

Начиналось все не так уж и плохо. Остановили какого-то едва стоящего на ногах ловеласа с букетом цветов — он летел к своей зазнобе на хмельном автопилоте. Аня распахнула дубленку, но это был случай, когда нельзя было сказать с уверенностью, что нетрезвый клиент действительно «видел». Сказали: «Плати», — он покладисто вытряхнул содержимое кошелька на землю: всего шесть рублей с мелочью. Тоша сноровисто обыскал его карманы, но не нашел больше ни копейки. С досады мы тормознули двух немолодых дядек — это было против техники безопасности, потрошились только одиночки. Но «двойня» благополучно сошла нам с рук. Аня показала сиськи, дядьки стушевались, но не оробели. С них, чтобы не будить лихо, мы сняли по пятерке с носа, в итоге получилась десятка, как с одного полноценного зрителя.

Потом даже эта сомнительная удача отвернулась. Повстречался одинокий щуплый хач, бредущий с центрального рынка. Этот удивил с первых же секунд. Едва увидев Анькину грудь, хач бросился наутек, причем настолько быстро, что сразу стало ясно, что за ним не угнаться. Такого еще не было. Мы предпочли отнести это к курьезам и издержкам работы...

Мы шлялись битый час по темным переулкам, и никто не попадался нам на пути. Аня капризничала, мол, как же так — всего шестнадцать рублей! Куля психовал, что в этот момент Лысый наверняка работает по полной субботней программе. Но что мы могли сделать, если прохожие из-за гололеда точно вымерли?!

Тогда и нарисовался этот чахлый аспирант или кто он там был — узкоплечий доходяга в вязаной шапке с помпоном, в синей болоньевой курточке, кургузых штанах, с кожаной папкой под мышкой. Может, он и не был аспирантом, просто выглядел, словно какой-то кислый ботаник, не нормальный школьный учитель, а подавала на институтской кафедре. Мы его вообще сперва приняли за подростка, но потом он повернулся, и мы увидели, что это уже взрослый дядя, правда, очень смешной: роговые очки, кудрявые волосы, одинаково длинные нос и подбородок, которые можно было без ущерба для внешности поменять местами.

Чахлый вначале страшно перепугался, затем полез в кармашек и вытащил мятую трешку.

В другое время мы бы взяли эту трешку и, дав аспиранту под зад, благополучно отпустили, но скользотень и загадочная непруха здорово подпортили всем настроение.

— Это, что ли, все, падла? — ощерился Куля. — Я не понял? Это все?

— Честное слово... — детским голоском промямлил «аспирант». — Больше ни копейки. Точнее осталось пять копеек на метро. — Он продемонстрировал грязный, точно картофельный очисток, пятак.

Куля брезгливо обшарил аспиранта и вдруг как фокусник выудил из кармана его куртки железный рубль, загадочно лунный, будто древняя монета. Даже Ленин в профиль напоминал какого-то позабытого императора.

— Слово у тебя свинячье! — прошипел Куля и двинул «аспиранта» по лицу, тот, всхлипнув, упал, словно его сразил грузовик, хотя я отлично видел, что Куля бил осторожно, в четверть силы.

Тоша предложил:

— А давайте этого брехуна вообще на хер тут убьем! — и несильно пнул «аспиранта» ботинком в бок. Тот неожиданно зарыдал, и нам всем стало неловко и как-то стыдно, что взрослый человек плачет навзрыд, как первоклашка.

— Опера Чайковского «Ссыкунчик»! — гоготнул Шайба.

— И куда же нормальные мужики подевались? — вздохнула Аня. — Одна хрень какая-то...

— Если так будет продолжаться, — пробухтел Козуб, — то Лысый точно нас задрочит. Надо в парке попробовать, где «Кристалл».

— Там сейчас должно быть достаточно народу, — поддержал Козуба Тоша и сунул еще дымящий окурок в подвешенную к ветке кормушку из треугольного кефирного пакетика. — Надо крошки птичкам подогреть...

— Ладно, двинули, — скомандовал Куля, и мы, хмурые и озлобленные, оставили скулящего на земле «аспиранта» и пошли в сторону проспекта Ленина.

Козуб предлагал дело. Раньше в укромных парковых аллеях с тусклыми фонарями нам уже удавалось обработать подвыпивших посетителей «Кристалла». Но подозреваю, что именно эта «мысль вслух» куда податься и погубила нас.

Через пару минут Куля глянул на часы:

— Десять минут восьмого. А может, вернемся к Чеховскому? А если не выгорит, тогда в парк...

Два переулка — Чеховский и Васнецовский — были вполне прибыльными местами. В замечательных проходных дворах с глухими без окон стенами было удобно устраивать засады, и желающие срезать с проспекта Ленина на улицу Доватора не переводились.

Мы свернули на Дзержинского, издалека я видел, как две аварийные машины с подъемными люльками сноровисто разбирают городскую ель — зимний сезон официально закончился.

Народу в тот час было немного. Мимо нас прошли три семейные пары, несколько теток с букетами мимоз, протопали курсанты из Летной академии, повстречались несколько старух с детьми. Вдалеке мелькал бегущими огоньками машин бульвар имени Конева.

Сзади послышался шум мотора, из подворотни выкатил и остановился милицейский «бобик». Сердце тревожно дернулось. Я сообщил нашим:

— Менты...

Куля пожал плечами:

— Ну, менты. И что теперь?

Мы остановились возле арки пятиэтажного дома, с которой начинался Васнецовский переулок.

— Хер с ним, — сказал Куля, заглянув в тускло освещенную арку. — Идем лучше в парк, от греха подальше...

Прошли еще метров сто. От сверкающей ледяной корки тротуара отразились длинные радужные лучи фар. Я опять обернулся: за нами ползла уже ментовская «пятерка», а «бобик» отстал.

— Пацаны, — сказал я, — снова...

— Не ссы, — прошептал Куля, — мигалка не включена... Подумаешь, едут по своим делам мусора...

Он ошибался. «Жигули» обогнали нас, чуть заехали колесом на тротуар.

— Не дергаться, — приказал Куля сквозь зубы. — Суббота, выходной, мы просто гуляем...

Из «пятерки» грузно вывалился жирный усатый мент и сказал:

— Ребята, погодите!..

— А что случилось? — вежливо осведомился Куля.

И тут приоткрылась первая дверь — рядом с водителем. Выглянул чахлый «аспирант», ткнул пальцем:

— Это они! Они! — прокричал писклявым, как у лилипута, голоском. — Это их девушка! — Он указал на Аню и нырком спрятался в машину.

— Тикаем! — скомандовал Куля, и мы побежали обратно по Дзержинской.

— Стоять! — крикнул жирный мент. — Ни с места! — и дернул за нами. Из задней двери выкарабкался второй мент и присоединился к жирному. В «Жигулях» рыкнул мотор, водила стал спешно разворачиваться.

Скользкий, будто каток, тротуар превращался в настоящую пытку. Мы бежали, расставив широко ноги, чтобы не поскользнуться. Особенно трудно приходилось Ане — она сдуру напялила сапоги с каблуками. Единственно, лед создал такую же проблему и для погони. Менты пару раз уже распластались.

Показалась спасительная арка Васнецовского переулка. Внезапно где-то впереди яркими сполохами ударили фары «бобика». Из него выскочили еще четыре мента и ринулись нам навстречу.

— Разбегаемся... — выдохнул Куля.

— Я не смогу дворами, — простонала, задыхаясь, Аня. — Там такие колдобины, я ноги переломаю...

В арку юркнули Тоша, Шайба и Козуб.

— На Аллею Героев, — определился Куля. Он схватил Аню под руку. Я оглянулся и увидел, что трое ментов из «бобика» побежали за пацанами, а четвертый присоединился к нашим преследователям.

Я легко мог скрыться, но чувство товарищества не позволяло мне так вот бросить на произвол судьбы неуклюжих, спотыкающихся Кулю и Аню. Один раз они вдвоем рухнули, матерясь, и мне пришлось помогать им подняться. Менты настигали.

Началась Аллея Героев — большой кустистый сквер с памятниками героям Краснодона. Куля заволок Аню на промерзший газон, где вроде было уже не так скользко. Там Куля отпустил ее руку и со всех ног припустил куда-то влево, за деревья. Менты тоже разделились, двое свернули за Кулей как за главным, а жирный мент, оценив, что меня ему не догнать, кинулся к Ане. Она бежала ужасающе медленно, будто в кошмарном вязнущем сне. На это невозможно было смотреть. Мент тоже был какой-то замедленный, перемещался, точно канатоходец, балансируя руками, но все равно неумолимо настигал ее.

Аня вдруг остановилась, и я догадался, что она от страха выдохлась. Мент рванулся к ней, зацепился за корень ботинком и рухнул, так что с головы слетела ушанка. Лежа на пузе, он поймал полу дубленки с криком:

— Попалась, красавица!

Аня взвизгнула. Я в два прыжка подскочил к упавшему менту и с разбегу заехал ногой ему по ребрам, но и сам поскользнулся от удара. Мент от неожиданности выпустил Аню. Я, барахтаясь на спине, двинул ногой ему по роже и крикнул Ане:

— Беги, что уставилась! — Она, наконец, поняла, что от нее требуется, и потрусила вперед по газону.

— Ах ты, падлючонок! — Жирный мент перевернулся, подполз на четвереньках и попытался схватить меня за ногу, я взбрыкнул, приложил каблуком ему в лоб. Мент охнул.

Аня уже скрылась за памятником Кошевому, в последний раз мелькнул и пропал рыжий бок ее дубленки.

Я вскочил и побежал по аллее влево. Наперерез мне понеслись двое ментов, упустивших Кулю.

— Держите его! — заорал жирный. — Не дайте ему уйти!

Я вильнул в сторону, выскочил на тротуар. Улица была мне незнакома. Я видел, как за мной галопом мчались два более прытких мента, за ними, похожий на пингвина, поспешал жирный. Вдалеке, рассекая темень фарами, катила ментовская «пятерка».

Мне удалось оторваться от погони. Какой-то немолодой прохожий вздумал помочь ментам, встал поперек тротуара, как вратарь. Я отчаянно крикнул:

— Порежу, гад! — и он тут же посторонился.

Из ближней подворотни выкатилась загулявшая компания. Не знаю, почему, но я решил, что двор проходной, нырнул туда и очутился в каменном мешке. Вместо обычных подъездов, где так легко спрятаться, были одни крылечки с запертыми входными дверями — я проверил каждую. В панике кружил я по внутреннему дворику, но прохода нигде не нашлось. Еще не веря в случившееся, я побежал вон из западни, в которую сам же себя и загнал, но уже в подворотне увидел двух ментов, за ними жирного с собачьей одышкой, квадратные желтые фары «пятерки» и, холодея, понял, что попался.

Один из ментов стал демонстративно расстегивать кобуру:

— Стой, или стрелять буду!

Ко мне приблизился жирный мент. В одной руке он сжимал снег и по очереди холодил им то скулу, то лоб. Свободной рукой он резко толкнул меня, так что я отлетел к стенке, стукнувшись затылком. В голову сразу плеснуло тошной мутью от сотрясения, словно я плашмя упал на спину. Второй мент с усами подковой сделал жирному замечание:

— С ума сошел? Это ж пацан. Зашибешь еще, а потом отвечай...

— Он, сука, меня дважды ногой по лицу двинул! — капризно сказал жирный, но больше не дрался, а поднял меня и прислонил к стене.

Я сделал вид, что мне очень больно, притворно, без слез, захныкал, вспоминая интонации из фильмов про беспризорников:

— Ай, дяденька милиционер, за что вы меня бьете? Я ничего не сделал, я домой к маме и папе шел!

— Перестань кривляться! — строго сказал худой мент с погонами старшего лейтенанта. — Мы все видели твои геройства, и нечего теперь из себя целку-пионера строить... Сухомлинов! — приказал он жирному менту. — Отведи задержанного в машину! — И меня, будто настоящего преступника, повели к «Жигулям».

Особенно было неприятно видеть пялящихся прохожих. Я представлял, как потом они придут домой и расскажут домочадцам: вот шли мы, а на наших глазах малолетнего бандита обезвредили...

Из «пятерки» выполз тщедушный «аспирантишка» и торопливо сообщил старлею:

— Про «мультики» спрашивал и бил меня другой, который постарше, высокий. Но этот хулиган был с ними, я его отлично запомнил!

Я в ответ улыбнулся:

— Тебя, гниду, я тоже отлично запомню!

— Вы слышали?! — плаксиво вскричал аспирант. — Меня грозят убить!

Старлей отвесил мне перчаткой легкий тряпичный подзатыльник:

— А ну заткнись!

— А чего он врет, товарищ милиционер?! — вскинулся я. — Клевещет на невинного человека!

— Это мы после разберемся, кто и в чем виноват, — сказал старлей. — Садись в машину... А вас, — обратился он к «аспиранту», — мы еще вызовем, если понадобится...

— Я теперь опасаюсь за свою жизнь, — проскулил «аспирант». — А вдруг дружки этого уголовника меня найдут?..

— Правильно, гнида, бойся! — сказал я. — Нечего на порядочных людей наговаривать!

Старлей плоско улыбнулся аспиранту:

— Мне кажется, ваши опасения преждевременны... Вы свободны, спасибо за помощь...

«Аспирант» угодливо кивнул и откланялся.

Меня наскоро обыскали. Уже когда рука жирного Сухомлинова скользила по моим карманам, я вспомнил про пожарный вентиль, который таскал с собой в последнее время.

Раздалось торжествующее:

— А что это у нас здесь?! Оп-па! — и Сухомлинов с видом фокусника извлек из кармана злополучный вентиль. — Кастетик у нас самодельный! Товарищ старший лейтенант! Холодное орудие!

— Да какой это кастет? — проклиная свою забывчивость, поспешно возразил я. — Это ж от пожарного крана! Я на улице нашел!

— Экспертиза проверит. — Сухомлинов опустил вентиль в полиэтиленовый пакет. — Давай садись...

Справа от меня плюхнулся жирный Сухомлинов, с другого бока подпер мент Усы Подковой, тот, что за меня заступился. Старлей уселся спереди рядом с водителем. Машина тронулась.

Сухомлинов чуть повозился, пристраивая зад на тесном сиденье:

— Это ведь чего только шпана не выдумает, а? — Он цокнул языком. — С голой бабой ходить! Да...

У старлея на портупее зашипела рация, трескучий голос спросил из динамика:

— Как успехи?

— Погано! — буркнул старлей. — Разбежались, как тараканы. Но одного взяли. Пацан. С виду лет четырнадцать...

— А девку тоже упустили?

— Увы...

— Раззявы! — хрипнул голос.

— Ну, извините, — обиделся старлей. — Надо было два наряда высылать...

Из услышанного следовало, что попался только я. Остальным, в том числе и Аньке, удалось сбежать. С души точно скатился тяжеленный валун. Теперь против меня были лишь показания чахлого «аспиранта». Мы его по настоящему-то и не били, значит, побои он не предъявит. Про отнятые три рубля и Анькины «мультики» еще доказать надо. Плохо, что забыл выбросить вентиль — так ведь это же не настоящий кастет. Но была погоня и битая скула Сухомлинова... Я украдкой посмотрел на него. Жирный выглядел вполне добродушно — может, и простит, не станет устраивать истерик за нанесение при исполнении служебных...

Я чуть успокоился. Было, конечно, обидно, что именно меня угораздило попасться, но с другой стороны, я сознавал, что совершил в каком-то смысле подвиг, ценой своей свободы спас друзей. Я чувствовал себя героем-партизаном в плену у полицаев.

— И что, много денег зашибали? — добродушно спросил меня Усы Подковой и по-приятельски толкнул локтем.

— Я не понимаю, о чем вы говорите, — отозвался я ноющим голосом. — Меня мама дома ждет...

— Ага, — веселясь, сказал водила старлею. — Такого бандюгана небось уже баба дома ждет, а не мама!

Менты заулыбались. В машине они не казались страшными, а выглядели как обычные дворовые дядьки, что по вечерам забивают «козла».

— Я не бандит, я в восьмом классе учусь. Дяденьки милиционеры, отвезите меня домой! Мама очень волнуется!

— Твой дом — тюрьма! — вдруг сказал Усы Подковой голосом актера Папанова. Менты грянули заразительным смехом.

Ободренный их весельем, я продолжал:

— За что в тюрьму?! Я ничего плохого не сделал! Вы что, поверили этому странному гражданину в шапке с помпоном? Он все врет. Отпустите меня!

— С дружками людей грабил? — Старлей загнул палец. — Грабил. И не просто, — он загнул второй палец, — а с особым цинизмом!

На этих словах Усы Подковой изобразил руками перед собой два пышных женских объема. Водила аж захрюкал от смеха.

— И еще прибавь ношение и наверняка применение холодного орудия. — Сухомлинов выразительно похлопал себя по карману, где лежал злосчастный вентиль.

— Никого я не грабил! — вступился я за себя. — И не было у меня оружия! Я гулял!

— Хорошо так погулял! У одного пожилого ветерана войны вообще от этих фокусов инфаркт случился! — хмыкнул Усы Подковой.

— Не ваших ли рук, пардон, сисек дело?! — саркастично уточнил старлей, и все засмеялись.

— А умер ветеран-то? — с преувеличенной серьезностью спросил Сухомлинов. — Если умер — так на тебе еще и убийство! На полжизни, хлопчик, в колонию загремишь!

— Так что если совсем по-честному, — благодушно улыбнулся старлей, — влип ты, парень, по самое не хочу!

Нет, я понимал, что менты больше шутят и запугивают, но даже разделив эти шуточные угрозы на десять, в остатке я получал серьезные неприятности.

— Как твоя фамилия? — Старлей раскрыл планшетку.

— Иванов... — буркнул я.

— Фамилия? — строго переспросил он.

— Петров...

— В третий раз Сидоровым назовется! — возмутился Сухомлинов.

— Выступает... — произнес торжественным дикторским голосом Усы Подковой, — сионист Пидоров! Извиняюсь, пианист Сидоров!

Салон «пятерки» сотрясло от хохота. Старлей поглядел на меня с хитрой улыбкой:

— Я ведь так и запишу, что «Пидоров». Я не шучу, потом в документах и останется. Вот я тебя сейчас как отвезу в следственный изолятор, проще говоря, в тюрьму, а там с такой-то фамилией — ого-го!..

Водила снова захрюкал, прикрываясь рукавом.

— Лучше сразу настоящую называй... — продолжал старлей. — Что? Пидоров писать? — Он занес ручку. — Ладно, пишу... Пи...до...

— Рымбаев, — поспешно признался я. Конечно, я не был настолько наивным, чтобы поверить, что человека можно так запросто отвезти в тюрьму или записать Пидоровым. Я бы все равно, чуть покуражившись, назвал свою настоящую фамилию. Я только лишний раз поразился, каким простейшим способом меня вынудили говорить правду.

— Рымбаев, — записал старлей. — Чурка, что ли? Шучу... Имя-отчество?

— Герман Александрович.

— Александрович... Год рождения? Домашний адрес? Номер школы? — один за другим сыпались вопросы. Я неохотно отвечал и глядел, как подвешенный к зеркалу на лобовом стекле дергается крохотный скелет-висельник.

Узнав необходимое, старлей захлопнул планшетку и бросил ее в бардачок.

— Ну и куда вы меня везете? — поинтересовался я.

— Насчет тюрьмы — это, разумеется, шутка. А вот в детскую комнату милиции доставить тебя придется. Ну что, Герман, — он усмехнулся, — ты рад? — И менты заливисто расхохотались. Я понял, что они заранее знали, куда меня везти, только издевались.

— А ты что думал, — похлопал меня по плечу Усы Подковой, — в следственный изолятор повезем? Нет, брат, у тебя дело серьезное. — Он подмигнул. — С особым цинизмом. Такими рецидивистами у нас исключительно Детская комната милиции занимается!

Очевидно, от нервного потрясения на меня снизошла какая-то отвага и гибельное чувство юмора. После каждой моей фразы менты буквально покатывались со смеху. Водиле даже пару раз напомнили, чтоб он не ржал, а смотрел на дорогу.

— Товарищ страшный, ой, я хотел сказать — старший лейтенант! — кривлялся я. — Ну, отпустите! Я хороший послушный мальчик! Я собираю макулатуру и металлолом! Я отличник и тимуровец! Ну, товарищ страшный лейтенант!

— Страшный лейтенант! — заходился смехом Усы Подковой. — Страшный! Ну, сказанул!

Ободренный хохотом, я продолжал:

— А хотите анекдот расскажу?

— Давай, валяй! — утирал выступившие слезы старлей.

— Значит, Рейган прислал Горбачеву подарок на день рождения — огромный лимузин и к нему записка: «Это сюрприз. Багажник открывать только в чистом поле». Ну, Горбачев поехал в поле, открыл, а из багажника выскочила голая девка. Горбачев бегал за ней, бегал — не догнал. И тоже посылает он Рейгану подарок. Черная «Чайка» и записка: «Багажник открывать в чистом поле». А Рейган заперся в гараже, закрыл все окна, щели законопатил. Открывает багажник, а оттуда вылазит здоровенный волосатый грузин голый и говорит, потирая руки: «Ну, што, дарагой? Пабэгаем?!»

— Веселый хлопчик, — сказал, отсмеявшись, Усы Подковой, — даже жалко его. Товарищ страшный, — тут он хохотнул, — может, отвезем все-таки к нам в отделение? Там оформим, а?

— Нет, — отмахнулся старлей. — Не наша забота. В Детскую комнату!

— Ну, извини, Герман, — развел руками Усы Подковой. — Выходит, судьба твоя такая.

— Судьба... — повторил Сухомлинов и почему-то вздохнул.

Менты вдруг посерьезнели и остаток дороги уже не шутили. Да и мне тоже было не до смеха. Значит, Детская комната милиции. Меня там поставят на учет. В школу придет соответствующая бумага. Я вообразил, как злорадно будет потирать руки Галина Аркадьевна, получив официальную возможность поквитаться со мной за любимчика Алферова. Еще бы, ее прогнозы оправдались: Рымбаев — преступник, которого следует немедленно отчислить из нормальной школы. Я представил огорченное и растерянное лицо отца, заплаканные глаза матери, муторный запах корвалола по квартире...

«Ну и пусть, — угрюмо думал я. — Перейду в другую школу, в двести тридцать восьмую, где Шайба. Там как-нибудь доучусь до конца года.

Буду осторожным, подтяну успеваемость, а потом подамся в радиотехнический техникум, и все забудется...»

Вскоре машина подкатила к девятиэтажному зданию, облицованному светлой плиткой — жилому дому так называемой «улучшенной планировки» с высоким первым этажом, в котором располагался продуктовый магазин. У нас на районе тоже был такой «улучшенный» дом.

— Приехали. — Старлей потянулся к бардачку за планшеткой. — Не обессудь, Герман, — сказал он чуть извиняющимся тоном, — но придется надеть на тебя наручники. Чтобы ты от нас не дернул...

Пока он это произносил, Усы Подковой защелкивал на моих кистях пахнущие ружейным маслом браслеты.

— Вы б тогда уже кандалы надевали. — Я постарался вложить как можно больше презрения в голос и вслед за Сухомлиновым вылез из машины. Сухомлинов тотчас вцепился в мою руку чуть выше локтя и не ослаблял мертвой хватки, пока не убедился, что Усы Подковой — тот выбрался из другой двери — так же цепко держит мою правую руку. Эта осторожность показалась мне нелепой. Я все равно не собирался убегать.

На улице было безлюдно. Не мартовская, а черная январская ночь обступила нас. Сеял мелкий, колючий, как железные опилки, снежок, под фонарем превращаясь в какую-то брызжущую сварочную окалину. За витринами продуктового мерцали холодильные камеры, но их слабое бледное свечение совсем не напоминало природу электричества, как если бы в цинковых лотках стали матово фосфоресцировать бруски маргарина.

— Нам туда, — старлей согнул указательный палец, — дом обойти... — и пошел вперед, а мы двинулись следом за ним.

Усы Подковой и Сухомлинов вели меня под руки. Я не отказал себе в удовольствии через несколько шагов поджать ноги и повиснуть между конвоирами, как на гимнастических кольцах.

— Не дури! — сказал Усы Подковой, а Сухомлинов в отместку больно лягнул меня сапогом по ноге. Я же делано расхохотался.

Сзади дважды коротко посигналили. Я оглянулся. За лобовым стеклом, тусклым, но достаточно прозрачным, как первый лед над глубокой водой, похожая на белый рыбий хвост, трепыхалась прощальная ладонь нашего водилы. Мои кисти были скованы, и я просто кивнул ему. Кивнул и, признаться, оторопел. Я был абсолютно уверен, что приехал на «пятерке», а со мной почему-то прощались из «уазика», обычного ментовского «бобика», желтого, с синей ватерлинией на брюхе. Ошибки тут быть не могло — я узнал лицо нашего водилы. И оглянувшийся Сухомлинов подтвердил:

— О, Берсенев шлет тебе воздушный поцелуй! Попрощайся с дядей, Герман...

Может, конечно, водила по-быстрому сменил машину, но я не слышал ни шума мотора, ни хлопанья дверей. Да и прошло-то всего меньше минуты.

— А как это? — спрашивал я одновременно у всех. — Мы же вроде в «Жигулях»... — но меня никто не удостоил объяснением. Старлей только прибавил шаг, Сухомлинов и Усы Подковой, поспевая за начальством, тоже ускорились.

Я так и продолжал бы оглядываться, но вскоре зацепился ботинком за ледяной гребень чьего-то вчерашнего следа и наверняка упал бы, если бы не конвой. Следующие несколько метров меня больше волокли, чем сопровождали.

— Под ноги лучше смотри! — досадливо взвизгнул Сухомлинов. — А не башкой во все стороны ворочай, как гусь!

Окрик отрезвил меня. Удивление, оставшись без объяснения, улетучилось. В конце концов, какая разница, на чем мы приехали. Главное — куда...

Как-то сразу из темноты выросла высокая арка — темная глыба, подходящая для исторического музея, настолько широкая, что на ней могли бы разойтись два встречных поезда. Наши торопливые шаги отдались под ее сводами гулким тюремным эхом.

Двор опоясывал кирпичный забор, на вид довольно старый — кирпич был почти черного цвета. Забор смыкался с аркой и тянулся до противоположного конца дома. Посреди двора торчала бетонная избушка с окошками из рифленого железа — то ли бомбоубежище, то ли вентиляционная шахта — я никогда не понимал назначения этих построек. Росли раскидистые деревья — каштаны или клены, без листвы я бы все равно не определил, какие именно. Стояли три мусорных бака, набитые доверху.

Изнанка дома разительно отличалась от фасада. Плитки не было — лишь серая стена с узкими окнами, похожими на амбразуры. Они светились одинаковым оранжевым светом, словно за стеной горел единый для всех огненный источник.

То, что я в профиль принял сначала за техническую пристройку — нечто вроде склада продуктового магазина, — анфас оказалось отдельным одноэтажным особнячком, наполовину утопленном в окружающем его доме. На стене у водосточной трубы был отдельный номер, подтверждающий самостоятельность строения. Бровастые с лепниной окна были большими, со ставнями, их степенный купеческий вид портили только белые, как кости, решетки. Было сразу понятно, что этот дом стоял здесь и сто лет назад и, судя по всему, был ровесником черного кирпичного забора, а потом в семидесятых вокруг него надстроили многоэтажку.

Старлей шел прямиком к крыльцу с навесом. Поднявшись по ступеням, он потянул тяжелую дверь. Она крепко примерзла к порогу, и старлею пришлось несколько раз ее дернуть, прежде чем дверь поддалась. За это время я успел прочесть надписи на табличке. Верхняя, из крупных, покрытых облезшей серебрянкой букв, гласила: «Детская комната милиции № 7». И ниже буквами помельче: «Линейный отдел внутренних дел Орджоникидзевского района». Под строчками была стилизованная фигурка милиционера, ведущего за руку малолетнего правонарушителя. Последний едва доходил до пояса милиционеру, и было непонятно: то ли это милиционер ростом с дядю Степу, то ли правонарушитель уж совсем малолетний, какого-то детсадовского возраста.

Старлей галантно придержал нам дверь. Подпружиненная, она со стуком закрылась, едва он убрал руку.

— Добрались, — сказал Сухомлинов.

Усы Подковой длинно выдохнул, словно вынырнул после долгого погружения. Затем снял шапку и, зажав ее в кулаке, четырьмя касаниями вроде смахнул с себя налипший снег, точно скрыто перекрестился.

— И кто это ко мне в гости пожаловал? — наконец-то отозвался на произведенный нами шум певучий женский голос. Впрочем, певучесть его была ватная, будто кричали через подушку.

— Свои! — гаркнул старлей.

Стены небольшой прихожей покрывала эмульсионная краска, когда-то белая, а теперь серая, вся в мелких трещинах и вмятинах, похожая на осыпающуюся глазурь — такую приятно от нечего делать поддевать ногтем, отламывать чешуйку за чешуйкой. Друг напротив друга стояли фанерные кресла с откидными сиденьями, какие бывают в кинотеатрах. Висели стенды, густо облепленные всякими приказами, постановлениями и вырезками из газет. Из латунной рамки глядел портрет воспитателя Макаренко.

В прихожей было две двери. Одна, с замутненным окошком и ручкой-скобой, очевидно, вела в уборную — я слышал ржавый шум водопровода. Вторая дверь увесистой канцелярской породы напоминала вставший на дыбы кожаный диван.

— Ну, тогда милости просим, если свои! — снова прозвучал законопаченный ватой голос.

Старлей стукнул костяшками пальцев по глухой кожаной обивке, вроде спрашивая разрешения, и скрылся за канцелярской дверью.

Я присел на скрипнувшее кресло. На душе было не то чтобы спокойно, а как-то безразлично. Сухомлинов, заложив руки за спину, прохаживался вдоль стендов и то и дело зачитывал вслух мысли, вроде как приглянувшиеся ему содержательной глубиной:

— Центром учебно-воспитательной работы среди несовершеннолетних была и остается школа!.. Золотые слова... — Сухомлинов кивал, цокал языком, будто эта казенная газетная банальность действительно открыла ему глаза. — Именно школа... Была и остается...

Он повторял фразу на все лады, потом на минуту замолкал и снова разражался:

— Работники органов внутренних дел осуществляют не только функции принуждения, но и в первую очередь воспитания и перевоспитания!.. В самую точку! Не принуждения, а воспитания...

В отличие от Сухомлинова Усы Подковой проявлял болезненную озабоченность по поводу грязных подтеков с его оттаявших сапог:

— Надо же, как наследил! Ах ты!.. — полушепотом переживал он, перебегал с места на место, похожий на трусливого дога, у которого от гневного окрика хозяина вокруг оробевших задних лап всякий раз набегает внушительная лужа.

Про меня менты словно забыли, но это невнимание было подозрительно нарочитым. От скуки я пытался их расшевелить, заговаривал с ними, шутил. Они отвечали невпопад, вроде как и не на мой вопрос, или же просто отмалчивались, отводя глаза.

Мне вдруг стало не по себе от выразительного фальшивого надрыва, с которым читал Сухомлинов:

— Не дать оступиться человеку, предотвратить опасные последствия легкомыслия, безответственности!.. До чего замечательно сказано... Легкомыслия!..

Я уже обратил внимание, что паузы между отрывками были одинаковыми. Казалось, Сухомлинов панически не выдерживает тишины собственной подлости, борется с ней до последнего, а если становится совсем невмоготу, истерично читает со стенда любую подвернувшуюся чепуху — что угодно, лишь бы не начать передо мной оправдываться.

Я обратился к Усы Подковой:

— Товарищ старшина, а вы, оказывается, верующий. Я видел, вы перекрестились, когда зашли.

Усы Подковой вздрогнул и, проклиная новую лужу, переступил на чистый участок пола.

— А что, милиционерам разрешается верить в Бога? — наседал я.

Усы Подковой засопел, словно я сказал ему что-то обидное.

— А просто не надо подглядывать за мной! — вспылил он. — Я тебе не изверг какой-то!

— Ты знаешь, брат, ты тоже хорош! — зачастил Сухомлинов каким-то извиняющимся торопливым говорком. — Сам виноват! Отвечать за свои поступки надо! А ты как думал? Напакостил и в кусты? Нет, брат, не выйдет...

И Сухомлинов, и Усы Подковой определенно вели себя как люди, которые прекрасно осознают, что совершают гнусный поступок, стыдятся его, но при этом ничего поделать не могут.

— Вы бы наручники хоть сняли, а? — Я постарался в интонациях отразить душевное превосходство лихого человека над юлящими слугами закона.

— Да, да, надо снять! — прямо-таки загорелся Сухомлинов, точно только и ждал от меня этих слов.

Усы Подковой оглянулся на диванную дверь, достал из кармана ключик от наручников и протянул Сухомлинову:

— Давай ты...

— А чего я? — насторожился Сухомлинов и даже отступил на шаг. — Ты ж его закрывал...

— Я в этом смысле, что ты наручники снимаешь, — предложил Усы Подковой, — а я в уборную зайду, будто мне надо... Идет?

Создавалось впечатление, что менты заключают между собой какую-то сделку, только непонятно с чем — то ли с подлостью, то ли с совестью.

— Идет, — решился Сухомлинов.

Я с удовлетворением размял освободившиеся запястья. И не потому, что браслеты натерли мне кожу. Это были инстинктивные, из глубины веков, движения заключенного, временно освобожденного от пут.

— Вот и хорошо. Посиди пока... — Усы Подковой выразительно на меня посмотрел, словно намекая на что-то, и закрылся в уборной.

Сухомлинов самозабвенно читал, повернувшись ко мне спиной:

— Среди многих направлений деятельности органов внутренних дел одним из приоритетных и наиболее значимых для нашего общества является профилактика правонарушений и преступлений среди детей и подростков... — Он искусственно кашлянул, коротко оглянулся. — Ведущая роль здесь принадлежит подразделениям по делам несовершеннолетних...

Я поднялся с места и тоже подошел к соседнему стенду. Первым на глаза мне попалась репринтная копия какого-то старого документа. Подражая Сухомлинову, я вслух сказал:

— Декрет о комиссиях для несовершеннолетних от 14 января 1918 года... — Но к сожалению, сам декрет прочесть было невозможно — шрифт состоял из мельчайших расплывчатых буковок.

Я сделал пару шагов в сторону и оказался рядом с входной дверью. При желании я мог бы рвануть на улицу.

Сухомлинов точно прочел мои мысли и переместился от меня еще на один стенд:

— А вот поэзия. Настала ночь. Ни звезд, ни месяца. Сомкнули очи сонные дома. Но кое-где окошки светятся. Ученье — свет, а неученье —

тьма... — Он снова стрельнул глазами, как бы приглашая меня к поступку.

Все это было очень настораживающим. Я сразу вспомнил о милицейских хитростях, позволяющих усугубить вину задержанного, и решил не поддаваться на очевидную провокацию. Во дворе стоит машина с Берсеневым, возможно, подъехал дополнительный наряд, и только я рвану, меня еще на ступенях перехватят, но тогда это уже будет побег.

Сухмлинов, увидев, что я вернулся на место, дернул головой как ужаленный конь. В голосе его звучало отчаяние:

— В системе органов внутренних дел были созданы одними из первых и имеют богатейшую историю подразделения...

Усы Подковой спустил воду. Унитаз зашумел так, словно сошла с горы снежная лавина.

— В мае одна тысяча девятьсот тридцать пятого года постановлением ЦК ВКПб были организованы секции по борьбе с детской беспризорностью и правонарушениями несовершеннолетних...

В уборной звенела водой раковина. Усы Подковой мыл руки. Я слушал Сухмлинова, и меня распирала гордость от того, как я легко раскусил подлый ментовский план.

— Огромный пласт советской литературы и кинематографа, посвященный проблеме воспитания подростков, давно стал классикой, полюбившейся не одному поколению. Фильмы «Путевка в жизнь» и «Заключенные»...

В этот момент отворилась канцелярская дверь, и показался старлей. Сухомлинов умолк. Выскочил из уборной Усы Подковой, точно он, притаившись, ждал появления старлея, и произнес с досадливым удивлением:

— А ты сознательный оказался, Герман. Молодец. Пойдешь на перековку. Только нас в этом уже не вини... — а Сухомлинов развел руками с видом хирурга, сделавшего для безнадежного пациента все возможное.

В прихожую вслед за старлеем вплыла грушеобразная тетка лет сорока с небольшим, вполне миловидной внешности — ей шли и фиолетовые тени, и прическа корзиночкой, и серьги с рубиновыми камушками. Все портили мужицкие, грубой формы малиновые щеки, поросшие белесым пушком, в котором наподобие цветочной пыльцы застряли комочки пудры. Вообще, если бы не китель с капитанскими погонами, ее можно было бы принять за какую-нибудь добродушную гражданскую бегемотиху, старшего товароведа из «Детского мира» или бухгалтершу.

— И кого это мне привезли? — певуче спросила толстуха.

Вопрос явно был риторическим. Старлей наверняка все обо мне рассказал.

— Германа Рымбаева привезли, — поддержал игру старлей. — Знакомься, Герман. Старший инспектор и капитан милиции Данько Ольга Викторовна.

— Так слишком официально. — Тетка отмахнулась. — Ко мне можно обращаться просто, по имени-отчеству.

Чуть поджав губы, она несколько секунд сверлила меня, как ей самой, очевидно, казалось, проницательным взором. На деле только прищурила глаза и склонила голову набок.

— Н-да... Подростковый максимализм на все лицо, — поставила она наконец диагноз. — Рассказали мне тут про тебя, Герман. Хорош... — Она покачала головой, словно под микроскопом рассмотрела всю мою неприглядную суть. — Ничего не скажешь...

— Ольга Викторовна, — заныл я, — я ничего такого плохого не делал. Это какое-то недоразумение. — Тут я решил схитрить и подлизаться: — И с прошедшим вас праздником Восьмого марта!

— Вину отрицает, — сказал старлей. — Упирается, как партизан.

— Нет, — энергично встряхнула серьгами Ольга Викторовна. — Он не партизан, а самый настоящий диверсант! Партизаны за Родину погибали, а этот до других вещей додумался... А за поздравления спасибо, Герман. Для меня это добрый знак, что ты человек не совсем пропащий.

— Уже, наверное, девять часов, — продолжал я жалобным тоном. — А у меня еще уроки не сделаны...

— Сегодня ж суббота, — весело удивился старлей.

— Не ваше дело! — огрызнулся я, досадуя на явную оплошность. — На понедельник много задали. Вы тут меня задержали по ошибке, а мои родители волнуются!

— Вот когда ты о родителях-то заговорил... — закручинилась лицом инспекторша, хотя глаза ее хранили лукавый прищур. — А раньше ты о них подумал, перед тем как... преступление совершать?! Да, большую ты промашку дал, Герман...

— Оступился, — с улыбкой поддакнул старлей.

— Но мы-то для того здесь и находимся, — подхватила улыбку Ольга Викторовна, — чтобы выполнить самую главную нашу задачу — уберечь подростка от дальнейших неверных шагов. Так что не бойся, Герман, в беде не оставим, будем за тебя бороться! — Она решительно рубанула рукой воздух.

Если менты еще отличались живой речью, а значит, и какой-то подвижностью души, способной к неожиданному поступку, то механический голос инспекторши перечеркивал все надежды. Со мной говорил не человек, а методический сборник, от которого нельзя было ничего добиться, кроме того, что в нем написано.

— Ну, мы пойдем, товарищ капитан? — спросил старлей.

— Идите, — кивнула инспекторша. — А мы продолжим с Германом у меня в кабинете. — Она положила руку мне на плечо. — И разговор у нас будет непростой, с песочком разговор.

— Мне в туалет надо, — буркнул я.

— По нужде? — уточнила инспекторша.

Я поежился от гнусного казенного слова.

— Сходи, — разрешила она и сама открыла дверь в уборную.

Возле унитаза на гвозде висел, похожий на хомут, стульчак. Кран был обычный, без смесителя — только с холодной водой, от которой руки, а за ними все тело покрылось мурашками. Полотенце на крючке пахло подмокшей плесенью, так что я предпочел вытереть руки о штаны.

— Счастливо оставаться, Герман! — крикнул из прихожей старлей.

— До свидания! — откликнулся я. — И спасибо вам огромное за все, что вы для меня сделали! — не удержался я от сарказма.

— Не-е-е за что, — это, кажется, проблеял Сухомлинов.

Послышались удаляющиеся голоса и гулкие деревянные шаги на крыльце, словно ступали не ноги, а протезы, потом стало тихо, лишь вода шелестела в трубах.

Ольга Викторовна встретила меня широкой улыбкой. Я заметил, что левый клык у нее выпачкан в губной помаде.

— Оправился? — уточнила она. — А теперь побеседуем, — и гостеприимным жестом распахнула пухлую кожаную дверь.

Я прошел в кабинет Ольги Викторовны. Возле входа, как стражники, стояли шкафы, какие бывают в библиотеках для хранения карточек — с множеством ящиков. Над письменным столом возвышался двухэтажный, выкрашенный голубой краской сейф. На маленькой тумбе электросамовар ронял на поднос редкие капли. Стены были увешаны рядами фотографий в одинаковых деревянных рамках, какими-то вымпелами и почетными грамотами.

Кабинет троился, как сказочное распутье. Смежное пространство слева было занято под кухню — в проеме я увидел газовую плиту, мойку с черной облупившейся подпалиной и посудный шкафчик. Дверь направо — усиленного тюремного типа с внушительным засовом — наверное, вела в изолятор. Третья дверь возле письменного стола была густо закрашена белым в тон со стеной. Возможно, раньше это был черный ход, а теперь дверью не пользовались, поскольку дом замуровали в девятиэтажку.

Лишенный окон, кабинет производил довольно тягостное подземное впечатление.

— Присаживайся. — Ольга Викторовна указала мне на стул, а сама, обойдя письменный стол, уселась напротив.

Стол, почти полностью заставленный, напоминал архитекторский макет: стопки бумаг, как дома-пирамиды, фасад печатной машинки — мавзолей. Лампа, телефон, пепельница с пачкой «Космоса» и вентилятор, сгрудившиеся вокруг бюстика Ленина, — все это создавало подобие городского ансамбля в миниатюре. На «площади» прямо перед Ольгой Викторовной лежала раскрытая папка.

Ольга Викторовна достала сигарету, щелкнула зажигалкой, затем включила вентилятор, и под его мягкий гул холодно спросила, оглядев меня так, точно впервые увидела:

— Фамилия? — Она выдохнула дым и стиснула пальцами блестящую никелем ручку.

— Вам уже сказали, — недовольно поморщился я.

— Есть установленные правила, и не тебе их обсуждать, — строго отрезала Ольга Викторовна. Она схватила какой-то лист. — А чего тут такое написано и зачеркнуто? Пидо... Что за баловство? Это же документ! Как твоя настоящая фамилия?

Меня аж передернуло от злости. Сволочь старлей все-таки не пошутил насчет Пидорова.

— Рымбаев! — чуть ли не крикнул я.

— Имя, отчество?

— Герман Александрович.

Я отвечал, а Ольга Викторовна записывала, то и дело сверяясь с листком из старлейской планшетки. Закончив, Ольга Викторовна прикрепила бумаги к скоросшивателю папки и закрыла картонную обложку. Я перевернуто увидел крупное типографское слово «ДЕЛО», потом свою фамилию и чуть пониже в кавычках — «Мультики».

Ольга Викторовна вынула чистый лист, протянула его мне вместе с ручкой:

— Теперь пиши объяснительную, Рымбаев.

— А что объяснять? — невинно спросил я.

— Как дошел до жизни такой. Про вечер сегодняшний тоже напиши. Только правду. Проявишь сознательность и обо всем честно расскажешь — поставим тебя на учет всего на три месяца. А потом, если на тебя не поступит никаких нареканий, — голос Ольги Викторовны поднялся вверх по бодрой параболе, — снимем с учета, и делу венец! Станешь как и все нормальные советские учащиеся. А врать начнешь, — бодрые интонации свалились в пропасть, — тогда все... Давай посиди, сосредоточься. Я даже выйду, чтобы не отвлекать тебя.

Ольга Викторовна торопливо раздавила окурок и встала из-за стола. Грузным шагом прошла к двери. Я подумал, что ей просто приспичило в туалет, поэтому она сказала, что не хочет мне мешать.

От Бормана и Леща я не раз слышал, что нельзя говорить милиции правду, что отпираться нужно до последнего и ни в чем не признаваться. Я крупно вывел: «Объяснительная». Что писать дальше, я не знал.

Меня отвлекли многочисленные фотографии в деревянных рамках. Они занимали чуть ли не половину торцевой стены. Это были коллективные снимки, какие обычно делают в школах в конце учебного года — заключенные в овал портреты, развешанные в несколько рядов, как бусы: вверху — директор, завуч, преподаватели, нижние ряды — бусины-ученики. Только в этих рамках были люди в милицейской форме, а нижнюю гирлянду составляли перевоспитанные нарушители. Везде имелась надпись: «Детская комната милиции № 7» и стоял соответствующий год. Попадались совсем старые, пожелтевшие от времени фотографии, с какими-то вымершими довоенными лицами. Самая древняя датировалась двадцать первым, а последняя — семьдесят седьмым годом. Я сразу узнал на ней Ольгу Викторовну — «Данько О.В., старший инспектор». Она была еще на полдюжине фотографий. Я из интереса проследил трудовой путь Ольги Викторовны в обратную сторону: от капитана до младшего лейтенанта — когда она пришла на работу в детскую комнату милиции. Юная Ольга Викторовна в окружении своих коллег улыбалась мне из далекого шестьдесят третьего года.

По-хорошему, для полной исторической картины не хватало по меньшей мере половины снимков, но фотолетопись тем не менее производила впечатление очень подробной. У всей этой избирательности определенно имелся какой-то скрытый принцип.

Я еще раз оглядел фотографии, и меня вдруг осенило. Они все были нечетного года. Мне почему-то стало неприятно. В сердце снова стукнуло какое-то нехорошее волнение, как в момент, когда я увидел, что мне каким-то немыслимым образом подменили машину. Хотя я и сам не осознавал, что именно меня насторожило. Может, потому что шел восемьдесят девятый год — нечетный...

Тревога подстегнула мое вдохновение, я сел за стол и буквально за минуту написал: «После школы я решил погулять по проспекту Ленина. Я шел по улице Доватора. Рядом со мной находилась компания подростков. Это были незнакомые мне ребята. В этот момент из какой-то машины закричали: «Стоять!» Подростки испугались и побежали. Я тоже испугался и побежал вместе с ними. Из машины вылезли взрослые люди и погнались за нами. Мне было очень страшно, и я продолжал убегать, так как я не понял сразу, что это сотрудники милиции. Когда они догнали меня, я неожиданно увидел, что это милиционеры. Я обещаю, что впредь больше никогда не буду убегать от милиции». Я перечитал написанное, остался доволен, поставил число и подпись.

Через минуту я заскучал и вернулся к фотографиям. Я обратил внимание, что нарушители появлялись лишь единожды и, видимо, перевоспитавшись, навсегда исчезали, зато воспитатели часто всем составом кочевали из снимка в снимок, иногда к ним добавлялись новые лица, а кто-то из прежних уходил — одним словом, все, как в жизни. К примеру, до Ольги Викторовны с пятьдесят девятого по семьдесят первый год старшим инспектором работала некая Вол М.А., а до нее была Шепетько С.Ф. Карьерный рост отражался на фотографиях перемещением с периферии бус к середине, а потом центральная бусина выпадала, и ее место занимало соседнее лицо. Так Шепетько потеснила Суханову Л.Р., затем Вол отставила Шепетько и пребывала на посту старшего инспектора, пока ее место не заняла Ольга Викторовна Данько. В этом тоже отмечалась своя тенденция. В двадцатые и тридцатые годы, и даже в сороковых среди начальства преобладали мужчины, а вот начиная с пятидесятых годов Детскую комнату милиции возглавляли только женщины.

Я перевел взгляд на пожелтевшую вырезку из газеты — ее тоже поместили в рамку под стекло.

Статья называлась «Вернем ребят!»: «В далеком 1921 году на улице Пролетарской в старом одноэтажном особняке впервые появились люди в милицейской форме, педагоги, что говорится, от Бога, настоящие энтузиасты своего дела. Немало повидали эти стены. Сколько искореженных судеб выправили они — не десятки, сотни! Разными бывали подопечные Детской комнаты милиции № 7. Недоверчивые, злые, отчаянные, молчаливые, угрюмые. Всякими были и начала их кривых дорожек. Но ни одного не оставляла Комната, до последнего боролась за каждого подростка, всех выводила на большой светлый путь!

В послевоенные годы приступила к работе фронтовичка Мария Александровна Вол. Пришла на улицу Пролетарскую 3 и отдала двадцать пять лет делу предупреждения детской преступности. Давно повзрослевшие мальчишки с теплом и благодарностью вспоминают женщину в форме с погонами майора. Худощавое лицо, густые брови вразлет, упрямая линия рта, гладкие темные волосы на прямой пробор, и юные, с добрым блеском, карие глаза. Нет, нет, она скорее похожа на учительницу, чем на воспитателя из исправительного учреждения!

«Большинство ребят, оказавшихся у нас, сразу осмысливают трагизм совершенных ими проступков, — говорит Мария Александровна. — В эти минуты душевного пробуждения важно, чтобы воспитатель стал мудрым советчиком, моральной опорой для провинившегося подростка».

Уже в далекие двадцатые годы при Детской комнате создается реформаторий. Долгое время его возглавлял человек замечательной судьбы, в прошлом беспризорник, а потом Учитель с самой что ни на есть большой буквы — В.Т. Гребенюк. В пятьдесят седьмом году к нему присоединился его ученик, бывший воспитанник реформатория — Р.А. Разумовский, спустя десятилетие сменивший своего наставника на почетном посту заведующего.

Изо дня в день на улице Пролетарской ведется незримый бой за каждого подростка, за будущее, за новую жизнь. Как любит повторять Мария Александровна: «Необходим постоянный контакт с учебными заведениями, профилактическая работа в школах, мероприятия по организации досуга подростков, контроль над неблагополучными семьями».

Не так-то просто найти этот скромный домишко по улице Пролетарской. Да и саму улицу поди поищи. Что такое? Разве может улица состоять из одного дома?! Оказывается, может! В семидесятом году город решил снести все старые дома на Пролетарской и выстроить новую современную улицу имени героя Великой Отечественной войны Яна Миткелиса. Вот тут-то и проявился характер Марии Александровны Вол. А как же пятьде-

сят лет героической истории?! Бывшая фронтовичка надела боевые награды и пошла в обком.
Убеждала, доказывала, спорила — до хрипоты.
После горячих дебатов было принято решение:
особняк оставить в качестве архитектурного па-
мятника. Тогда же был найден и выход. Новый вы-
сотный дом бережно укутал собой маленький
особняк. Как и в прошлые пятьдесят лет Детская
комната милиции № 7 находится по адресу Пролетарская 3, и это одновременно и сама улица, и
единственный дом на ней, заключенный в девяти-
этажную высотку № 49а на улице имени Яна
Миткелиса.

Многое сделано. Недаром после ухода Марии
Александровны на заслуженный отдых в семьдесят первом году среди ее коллег осталась пого-
ворка: «Пахать, как Вол». Педагогическую эста-
фету переняла ее ученица — старший лейтенант
милиции Данько О.В. Но и сейчас Мария Александровна продолжает активно работать и пере-
давать свои навыки молодым сотрудникам право-
порядка, проводит семинары-совещания, готовит
методические сборники о передовом опыте работы инспекторов Детской комнаты милиции № 7.
Как тут не вспомнить слова полковника милиции
Коваля Анатолия Георгиевича, возглавляющего
областную службу по делам несовершеннолетних:
«Всю жизнь посвятили они воспитательной работе, сохранив чудесную способность видеть в ма-

лолетнем правонарушителе прежде всего личность. Через годы пронесли пламенную веру в правоту своего благородного дела — возвращение оступившихся ребят!»

Текст шел вперебивку с фотографиями: Вол одна или в компании сослуживцев. Не знаю почему, но глаза мои зацепились за одно внешне ничем не примечательное мужское лицо, на треть скрытое могучим плечом Ольги Викторовны. Я просмотрел список фамилий под групповым снимком: Ушакова, Прохорова, Юсынюк, Лыкова, Дагаева, собственно, сама Мария Александровна Вол, за ней Ольга Викторовна Данько и какой-то Разумовский. Как-то сразу я вспомнил, что этот Разумовский единожды упоминался в статье, но кроме этого, я определенно видел его на фотографиях «летописи». И уже тогда это лицо чем-то смутило меня...

Обычно все воспитатели носили милицейскую форму, но иногда среди этих служивых людей попадался человек в штатском — ученого вида дядька средних лет, какой-нибудь педагог с большой буквы. Причем у всех под портретами кроме фамилии сообщалось звание. У штатских были только фамилия и инициалы.

Этот Разумовский прописался на коллективных фото с конца сороковых. Вначале Разумовский привлек мое внимание тем, что он почему-то затесался в нижний ряд с воспитанниками. Их юное соседство выразительно обрамляло его очевидно недетский облик. Потом Разумовский исчез на десяток лет, снова объявился. И вот что странно, все лица с годами менялись — взрослели или просто старели, а лицо Разумовского словно и не имело возраста. Такому можно было дать и тридцать, и пятьдесят лет. Я отметил еще одну странную особенность. Его портрет всегда чуть отличался от остальных — если все были матовые, то Разумовский поблескивал в глянце. Если у всех фон шел волнистыми складками, то у Разумовского он оказывался гладким, будто его снимал другой фотограф и в совершенно другом месте. Если все лица на снимке были заключены в правильный овал, то Разумовский помещался в «яйцо» острым концом вниз. Все эти мелочи не бросались в глаза, но при тщательном рассмотрении становились очевидными.

Я не успел даже обдумать, что дает мне это странное открытие. Прямо над моим ухом раздался подкравшийся голос Ольги Викторовны:

— Правильно, Герман! Погляди на достойных людей, тебе это полезно!

Я вздрогнул от неожиданности. Дело в том, что Ольга Викторовна, к моему несказанному удивлению, вернулась в кабинет совсем из другой двери — боковой, что вела, как мне казалось, в изолятор. Вероятно, пространства особняка как-то сообщались между собой, хотя ни в прихожей, ни тем более в уборной я не видел никаких дверей: ни явных, ни скрытых...

— Ну-ка почитаем, что ты там насочинял... — Ольга Викторовна прошагала к письменному столу, грузно уселась, потянулась за моей объяснительной.

— Не густо... — Насупив брови, она быстро пробежала глазами написанное. Затем отложила лист, закурила. — Не этого я ждала от тебя, Герман.

— А чего вы хотели?

— Правды... — Она длинно выдохнула, и сигаретный дым надолго повис над столом, похожий на клубящийся самолетный след в небе.

— Так я правду и написал. Никогда не буду убегать от милиции...

— Герман! — Рот Ольги Викторовны искривился, точно она разжевала какую-то горькую дрянь. — Ты одержим ложным представлением о дружбе и взаимовыручке. Зачем же ты ценой своего будущего выгораживаешь тех ребят, что подучили тебя делать гадости? Ты же хороший парень из интеллигентной семьи. Сам бы ты не додумался до такого!

— До чего такого?!

— До «мультиков» ваших бесстыдных! О них рассказывать надо было! — Ольга Викторовна интонационно перешла на крик, а голос понизила до сорванного прокуренного шепота, как будто боялась разбудить кого-то за стенкой. — Банду сколотили, чтоб девушку голую по улицам водить! Ей же замуж выходить! Детей рожать! Воспитывать! А кого она вырастит?! Об этом вы подумали?!

— Я вообще ничего такого не думал!

— Именно! Не думал! — Ольга Викторовна резко замолчала и полминуты сидела, уставившись в одну точку, как птица. Я так понял, она собиралась с мыслями для второй назидательной атаки.

— Герман, неужели ты не отдаешь себе отчета, в какое сложное время мы живем?! Даже в Великую Отечественную войну нам не угрожала такая опасность. Тогда все было предельно ясно: вот — враг, вот — друг. Врага убивай, друга выручай, хоть и ценой собственной жизни. А теперь так просто не разобраться. Враг стал хитрей, изворотливей. Это он, прикинувшись голой бесстыдницей с журнальной обложки, улыбается тебе. Он, в виде крепыша с кастетом и автоматом, смотрит на тебя с экрана телевизора. Все это — один и тот же враг — капиталистическая идеология и ее верные псы: порнография и насилие. Они рвут на части нашу страну... — Ольга Викторовна резко замолчала, словно позабыла заученный текст, стряхнула столбик сигаретного пепла и продолжила своими словами: — Джинсов всяких напривозили, торгуют на базарах, наживаются. А жвачки ваши! Да ты хоть знаешь, что импортные жвачки вредно влияют на мозг?! Их же специально привозят, чтобы отуплять подрастающее поколение. Жвачку пожевал, фильм, журнал посмотрел и — все, пропал!.. Что ты улыбаешься, Герман, это очень серьезно! — Тут она открыла ящик стола и, сощурившись, поглядела туда, точно разбирала очень мелкий шрифт. — Подростка кругом подстерегают соблазны и опасности. И ты — одна из жертв западной пропаганды. Признаюсь тебе, — Ольга Викторовна взяла негромкий интимный тон, — я часто задавалась вопросом, как же могла партия допустить такое?! Мы, работники правоохранительных органов, недоумевали, роптали. Это же политическая диверсия! К рулю нашей державы пробрались провокаторы и предатели!.. Но потом нам открылся мудрый замысел Партии. Только так и можно было выявить внутреннего врага, подлого скрытного хамелеона! С внешним противником мы давно научились справляться — еще в Гражданскую, а выявлять вредный элемент в своем государстве разучились. И тогда Партия решила пойти на оправданный риск и отворила наши информационные плотины. Страну захлестнули ядовитые щелочные потоки западной пропаганды, но в этой враждебной среде внутренний враг забылся и обнаружил себя, на его подлой лакмусовой шкуре в благодатной для него среде тотчас проступили скрытые фашистские знаки. Кооператоры, спекулянты, барыги, сионисты — все они оказались на виду. Пусть, пусть нам прибавилось работы — не страшно! Как только партия даст сигнал, мы одним махом прихлопнем всю эту гнилую свору! — Ольга Викторовна шлепнула ладонью по столу, словно казнила насекомое. — Так, что и мокрого места от них не останется! — Она победно хохотнула и сразу погрузилась в серьезность. — Но, увы, не обошлось и без потерь. За то время, пока мы выявляли скрытого врага, он успел отравить своим тлетворным дыханием подрастающее поколение. Некоторым не хватило идеологического иммунитета противостоять нахлынувшей заразе. Но поверь, я не виню тебя, Герман. Не все так сильны духом, чтобы противостоять опытному безжалостному врагу и его прихвостням. С предателей мы спросим по всей строгости, а всех, невольно оступившихся, будем спасать, лечить! Я думаю, Герман, теперь ты осознал, в какой ты опасности и кто завербовал тебя на службу? Пришла пора решить, на чьей ты стороне! И первый шаг на пути к исправлению — это правда. Правда о тебе самом и твоих товарищах. Они, как и ты, нуждаются в немедленной помощи. Промедление подобно смерти. Ты же не хочешь смерти своих друзей? Отвечай! Молчишь? Не знаешь, что сказать?!

Я бы по достоинству оценил весь этот пламенный монолог, если бы не озорные искорки, то и дело вспыхивавшие в подведенных глазах Ольги Викторовны. Точно такие же бесовские мокрые огоньки часто загорались в глазах у Бормана, когда он задумывал какую-нибудь злую шутку.

— Ольга Викторовна, честное слово, мне нечего больше рассказать! — жалобно сказал я.

Выдвинутый ящик стола с грохотом вернулся на место.

— Ну что ж, Герман, — сурово произнесла Ольга Викторовна. — Я хотела стать твоим другом, но твоя ложь не оставляет мне выбора. Я так надеялась, что у нас получится душевный разговор, а выходит, что единственная форма общения с тобой — это допрос. Значит, будем разговаривать как следователь и преступник...

— А вы что же, следователь? — удивился я.

— С шестьдесят первого года организация борьбы с преступностью несовершеннолетних возложена на аппарат уголовного розыска. И Детские комнаты милиции переведены в его подчинение. Так что считай, что я следователь и пока — добрый. Но ты, Герман, должен уяснить, что если будешь упрямиться, дело не ограничится тремя месяцами учета. Будешь мешать нашей работе, врать, отпираться — отправим в исправительное заведение, а это уже почти тюрьма! Ты ведь не хочешь в тюрьму?

Я только поразился, с какой скоростью Ольга Викторовна обращала пряники в кнуты.

— Перестаньте меня запугивать, Ольга Викторовна. Никуда меня не отправят. Сами же сказали: на учет поставите. Ну, и ставьте на свой учет... — Я чуть подумал и добавил с оскорбленным вздохом: — невинного человека...

Я пожалел, что наши не могут увидеть меня — Куля, Тренер, Аня... Я держался с достоинством, не поддался панике. Лещ и Борман гордились бы мной.

— Что же делать? Как нам быть? — Ольга Викторовна сморщила лоб. — Как помочь тебе, малолетнему преступнику? — Приоткрыв в задумчивости рот, она звонко постукивала по зубам стальным колпачком ручки. Вдруг одной светлой гримасой — «озарило» — Ольга Викторовна расправила лобные морщины. — Това-а-рищи! Да что ж это я рукавицы ищу, а они за поясом? «Мультики»! Ну конечно же! — Она захлопала в ладоши. — «Мульти-ки»! Даже странно, почему это мне сразу не пришло в голову?! Старею, видимо... — Она рассмеялась тревожным фальшивым звоном, как смеются актеры на детских спектаклях.

Я понял, что она заранее знала «план спасения», просто приберегала его напоследок.

— Пойдем, Герман, — сказала Ольга Викторовна. — Провожу тебя в детскую комнату.

— А мы где? — удивился я.

— У меня в кабинете. — Она улыбнулась моей бестолковости. — А детской комнатой мы называем камеру временного задержания. Она хоть и выглядит как обычная детская, но я хочу, чтоб ты прочувствовал, что находишься в изоляторе...

Ольга Викторовна встала, я тоже поднялся и сделал несколько шагов в сторону тяжелой двери с засовами, откуда таким непостижимым образом инспекторша появилась десять минут тому.

— Куда собрался, Герман? — окликнула меня Ольга Викторовна. — Нам не ту-у-да... — В ее голосе прорезались новые сюсюкающие интонации, будто она говорила с дошкольником. — Нам сю-у-у-да...

Она стояла перед закрашенной в тон со стеной дверью, той, что находилась рядом с письменным столом. Когда я еще только зашел в кабинет Ольги Викторовны, то подумал, что раньше там, наверное, был черный ход, ликвидированный за ненадобностью. По-хорошему, это даже нельзя было назвать дверью. Проем давно слился со стеной, не было дверной ручки — на этом месте зиял узкий черный, словно ткнули трехгранным напильником, провал, с подсохшей масляной каплей. То есть первое, что приходило в голову при взгляде на стену, — там когда-то была дверь, но мыслей о самой двери не возникало. Она воспринималась частью стены. И вот, пожалуйста — рабочая дверь.

Ольга Викторовна нащупала неразличимый просвет, потянула. Дверь легко отворилась. Еще невидимое мной пространство заливал яркий теплый свет.

Я ступил на порог и, признаться, оторопел. Изолятор оказался настоящей жилой комнатой, просторной и неожиданно уютной. Стены были оклеены очень домашними обоями в васильках и колокольчиках. Такие же голубенькие полевые цветочки украшали пышные с рюшами шторы. Имелась кровать детского калибра со взбитой, как акулий плавник, подушкой и красным стеганым ромбом одеяла, глядящим из белоснежного пододеяльника. Рядом с кроватью стояла бамбуковая этажерка с десятком книг, шкаф для одежды, торшер с бирюзовым абажуром. Была маленькая искусственная елка с гирляндой огоньков, хотя Новый год уже два месяца как закончился. На коврике возле окна валялись игрушки: кубики, картонные ломтики настольной игры, грузовик с зеленым жестяным кузовом, резиновый мяч — одна половина красная, вторая синяя, солдатики и прочая пластмассовая звериная чепуха: белки, зайцы, собачки. Особенно меня поразил воспаленно-розового цвета конь на колесиках. На низком столике были разбросаны карандаши и мелки, лежал альбом для рисования. Рядом со столиком опрокинутые лежали два детских стула с расписными спинками.

— Зачем все это? — повернулся я. — Лошадь какая-то? Машинки. Что вообще за глупости?

— Никакие не глупости, — обиделась Ольга Викторовна. Я понял это по ее насупленному виду. — Комната-то какая? Дет! Ска! Я! Сделана для детей!

— А кровать зачем? — настороженно спросил я. — У вас что, ночуют?

— Ночуют, если надо, — с ехидцей подтвердила Ольга Викторовна. — А что тут такого? Матрас почти новый, белье свежее — ложись себе да спи...

Несколько вразрез с интерьером комнаты был светло-серый прямоугольник на одной из стен, размерами примерно метр на полтора. Подойдя ближе, я увидел, что прямоугольник нанесен даже не краской, а гипсом, словно там замазали выпавшую штукатурку, а обои не наклеили.

— Уж не знаю, — ворчала Ольга Викторовна, — сколько здесь детей побывало, всем нравилось, никто не возмущался...

Она прошлась по комнате, наводя быстрый порядок: подняла и придвинула детские расписные стулья к столику, поправила шторы, чтобы струились равномерными волнами, переставила на этажерке покосившиеся книги, завалившиеся под батарею игрушки сложила в общую кучу на коврик. Резкими взмахами взбила подушку. Чуть подумав, привалила к ней раскоряченного плюшевого медвежонка. Оглядела уют. — Ну вот, теперь и гостей пригласить не стыдно... — удовлетворенно заключила она. — Ладно, Герман, посиди пока здесь, поиграй, книжку почитай или порисуй... — Ольга Викторовна вышла, и я остался один.

Я уже обратил внимание, что с моей стороны дверной ручки тоже нет. Я слегка толкнул дверь — она была неподвижна и тяжела будто скала.

Я отодвинул штору. На оконном стекле застыли вырезанные из бумаги снежинки, сохранившиеся, видимо, с Нового года. Вначале я принял отблески елочной гирлянды за живые огни соседней улицы, но как только я переставил елку в другой угол, чтобы она не отражалась в стекле, и для надежности обесточил гирлянду, за окном сразу воцарилась непроницаемая темень.

Я прильнул к стеклу, перекрыв руками доступ света, но ничего, кроме черноты, не увидел. Через минуту пристального вглядывания вроде бы проступили близкие контуры бетонной стены. Я понял, почему на окнах нет решеток. Их тюремную функцию с успехом выполняла многоэтажка, замуровавшая особняк.

Я подошел к выключателю, щелкнул, и мне одним махом точно выбили оба глаза. Не было ни детской комнаты, ни Ольги Викторовны за дверью. Слепой безвоздушный мрак окружал меня. Я зажмурился. Даже под закрытыми веками было не так темно — перед глазами плыли какие-то мерцающие фиолетовые запятые...

Я постоял несколько минут. К этой темноте нельзя было привыкнуть. Я не решился отойти от выключателя — я просто мог не найти его, — снова включил свет, и в этот же момент мне показалось, что за стеклом что-то двинулось, словно размашистым шагом прошел человек. Я кинулся к окну, подвигал шпингалеты, открыл первую раму, потом вторую. Встал коленями на подоконник...

За окном был открытый космос. Как ни тянулся я в надежде коснуться стены, пальцы во всех направлениях хватали бесконечное черное ничто, где нет не то что запахов, звуков, но и самого времени...

Я подобрал с пола кубик и уронил его в пустоту, как в колодец. Напрасно прислушивался я к падению. Кубик бесшумно сгинул в ватной бездонной глубине.

— Здравствуй, Герман, — тихо произнесли за моей спиной. Вкрадчивость этого полушепота содержала невероятную липкость и тяжесть, точно вдруг выпала, вывернувшись наизнанку, какая-то дидактическая кишка. Я вздрогнул от неимоверного испуга, подавился вдохом, закашлялся. Сердце почему-то колотилось как бешеное.

Оглянувшись, я увидел высокого сутулого мужчину в черном пальто. В руке он держал черный переносной сундучок, напоминающий чехол от портативной швейной машинки. Свободной рукой он прижимал к груди шляпу, будто затыкал ей пробоину. Худощавое лицо без четких признаков возраста было знакомым. Я определенно видел эти крутые залысины, редкие грядки зачесанных набок волос, глаза с добрым голубым прищуром, тонкие губы, растянутые в улыбке, длинный острый подбородок. Он был странным образом похож на киношного папу Карло, только черты были резче и в чем-то комичней, словно они уже ушли от оригинала и замерли на полпути к карикатуре.

— Давай знакомиться, Герман, — сказал мужчина, ставя на пол свой сундучок. — Зовут меня Алексей Аркадьевич Разумовский...

И я тут же вспомнил его. Даже странно было, что я не узнал этого Разумовского сразу.

Он поискал место, куда пристроить шляпу, бросил на кровать. Снял пальто и положил рядом со шляпой. Затертый темно-серый костюм Разумовского только подчеркивал его угловатость и худобу. Поверх рубашки лежал засаленный синий с тонкими золотыми полосками галстук.

— Давай, Герман, от греха подальше закроем окно, — заговорщицки улыбаясь, предложил Разумовский, — там все равно ничего интересного нет. — Он захлопнул рамы, плотно задернул шторы и прошелся по комнате, чуть потирая руки, точно они озябли. Движения его были совсем мальчишечьи, разболтанные, со спины вообще могло показаться, что просто долговязый ребенок напялил на себя взрослую одежду. И еще Разумовский приволакивал правую ногу — она словно бы на полшажка не поспевала за более прыткой левой, но потом одним прыжком догоняла.

— В детстве, Герман, у меня было прозвище. Вот догадайся какое... — Он невозможно, как-то всем лицом, подмигнул.

Это подмигивание настроило меня против Разумовского. Он-то небось считал, что такими ужимками «находит со мной общий язык». Я даже не удостоил его ответом.

— Не догадываешься? — Разумовский весело удивился. — От фамилии. Меня называли Разум. И знаешь, Герман, я настолько сроднился с ним, что оно мне стало вместо имени. Так что если тебе все равно, обращайся ко мне: «Разум Аркадьевич». Или еще проще — «дядя Разум». Меня так называли мои ученики... — Лоб его сжался гармошкой морщин и быстро разгладился, будто моргнул.

Я вдруг представил его в школе на уроке и чуть не фыркнул от смеха: нескладный, с какими-то дурашливыми гримасами — странное несуразное существо, ходячий педагогический казус. Над таким потешались бы даже младшие классы в самой прилежной школе: подкладывали бы кнопки, крали журнал, исподтишка плевали из трубочек. Понятно, что и простоватых ментов, доставивших меня в Комнату, и толстуху-инспекторшу качественно преображала милицейская форма — она наделяла их необходимой властной статью, придавала вес каждому слову и жесту. Форма заставляла относиться к себе с уважением. У Разумовского были редкие волосы, сальный галстук, мягкий, точно разваренный голос. «Дяде Разуму» почему-то сразу хотелось тыкать, грубить и вообще любым способом выказывать свое неподчинение.

— Меня попросили помочь тебе, Герман...

— Не надо мне помогать, — отрезал я.

— Это же моя работа, — он словно и не заметил моего откровенно резкого тона, — выручать таких, как ты, оступившихся ребят. Я ведь, Герман, — он прибавил серьезной таинственности, будто собирался мне открыть, как много лет назад где-то за сараем он закопал какую-то свою пионерскую клятву, — я понимаю тебя лучше других. Сейчас в это сложно поверить, — включилась вкрадчивая задушевность, — но когда-то еще мальчишкой я был, — он широко раскрыл глаза, будто от удивления, — настоящим хулиганом!

Я с презрением оглядел его. Такой мог быть хоть затюканным отличником, хоть пришибленным хорошистом или задротом-троечником, но уж никак не хулиганом. Да и само это слово — «хулиган», точно вынырнувшее из какого-то стариковского лексикона, говорило само за себя. Он бы еще назвался «шалуном» или того хуже — «проказником», или «забиякой»...

— Ой, заливаешь, Разум Аркадьевич! — Я шутки ради поддержал его разговорную манеру, явно позаимствованную из детских фильмов — задорные пионерские пересуды у пруда. И при этом хоть и скрыто, но все-таки «тыкнул», чтоб проверить его реакцию.

— Да, да, — Разумовский только чуть кольнул взглядом, так, что я понял — он заметил мою фамильярность. — Был, что говорится, сорвиголова. — Тут он вздохнул и виновато развел руками. — Много чего натворил...

— Ну какой из... вас хулиган? — Заготовленное «ты» растворилось на языке, так что субординация восстановилась помимо моей воли. — Чернильницы с парт опрокидывали? Девчонок за косички дергали? Дважды урок пения прогуляли?

Разумовский как-то нарочито расхохотался, даже чуть выгнулся назад, точно его прихватил радикулит. — Что ты, Герман, гораздо хуже! — Его лицо лучилось веселыми морщинками. Меня тоже разобрал смех — уж очень глупо выглядел этот гогочущий педагогический клоун.

— Но пока не об этом речь. — Отсмеявшись, Разумовский снова принял серьезный вид. — Да, я тоже в твоем возрасте вел себя, мягко скажем, не очень. И было бы мне, Герман, совсем худо, если бы вовремя не повстречался один замечательный человек, чуткий наставник — Виктор Тарасович Гребенюк, перевернувший всю мою жизнь. Благодаря ему я нашел свое призвание, получил профессию — помогать сбившимся с пути ребятам. И знаешь, чего я больше всего хочу, Герман? Сделаться для тебя таким же поворотным человеком, каким для меня в свое время стал мой учитель. Как думаешь, получится? — спросил он с задорной надеждой.

Я уже спокойнее реагировал на его вычурные фразы, даже не улыбнулся:

— Конечно, Разум Аркадьевич, само собой. А я, кстати, видел вас на фотографиях в кабинете Ольги Викторовны.

— Верно, Герман, — Разумовский картинно замечтался. — Целая жизнь связана с этим местом. Большая, яркая, полезная. В далеком сорок седьмом году я появился здесь воспитанником, а спустя десять лет снова вернулся, но уже сотрудником, и двадцать счастливых лет посвятил работе с трудными подростками, вплоть до семьдесят седьмого года...

— А почему же вы уволились?

— Я не увольнялся, Герман.

— Значит, на пенсию вышли? — уточнил я.

— Нет, что ты! — Разумовский даже отмахнулся. — Какой из меня пенсионер! Тружусь вовсю! Мне без педагогики — труба!

— Так где вы теперь работаете? В школе?

— Почему в школе? — удивился он. — Здесь, — пояснил Разумовский, — в Детской комнате милиции № 7.

— Вы же сами только что сказали, что до семьдесят седьмого года работали...

— Я сейчас все объясню, Герман... Если ты не против, я пока подготовлю аппарат, чтобы время не терять. — Разумовский подошел к своему сундучку и перенес на стол, смахнув с него предварительно карандаши и альбом. Странно, но этот шлепок альбома об пол резким болезненным эхом отозвался в моей груди, словно бы сердцу залепили пощечину.

— В семьдесят седьмом году на базе детских комнат милиции была создана новая служба: «Инспекция по делам несовершеннолетних». А детские комнаты милиции попросту упразднили. — У Разумовского дрогнул подбородок. — Такой вот печальный факт...

В основании сундучка имелись две защелки, как на лыжных креплениях. Разумовский одновременно освободил оба зажима, взялся за ручку на крышке сундучка.

Я хмыкнул:

— Тогда где я сейчас нахожусь?

— А вот ты находишься именно в Детской комнате милиции, — серьезно сказал Разумовский.

— Так их же упразднили! — воскликнул я.

— Во-о-т!.. — Разумовский улыбнулся и поднял палец: — Понемногу начинает доходить.

— Наоборот, я совсем ничего не понимаю.

— Но не торопи события, Герман. — Разумовский, как фокусник, снял фанерный колпак сундучка. То, что я увидел, напоминало либо очень древний любительский фотоаппарат, только без кожаного раструба между корпусом и объективом, либо портативный кинопроектор — черная металлическая конструкция на подставке с вытянутым пятачком-линзой. На кожухе и на подставке были прорези-отдушины, предохраняющие от перегрева. Прибор источал очень знакомый уютный запах. Так пахло в кинотеатрах — нагревшейся пленкой и кулисной пылью. Кстати, точно такой же дух источал сам Разум Аркадьевич, правда, не так интенсивно.

— Это — фильмоскоп, — сразу пояснил Разумовский. — Или диапроектор. — Он ласково погладил горбатый кожух прибора. — Мы с ним давние друзья... С пятьдесят седьмого года со мной. Нравится?

— Старье какое-то, — честно ответил я. — У меня когда-то был диапроектор, только более современный.

— Это ты зря, Герман, — деликатно пожурил меня Разумовский. — Ты что же, в детстве не любил смотреть мультики?

Мне показалось, что вопрос был с подвохом. Наверняка Разумовский успел перекинуться парой фраз с Ольгой Викторовной.

— Может, и любил, но ведь в диапроекторе мультики какие-то ненастоящие — по одному кадру.

— Ну, не знаю, — Разумовский от моих слов явно расстроился. — В моем детстве мультиков было куда меньше, чем в твоем. Диапроектор был почти что кинозал. Даже в чем-то лучше кино, потому что ты мог в любой момент посмотреть, что захочешь. У нас диафильмы так и назывались — «мультики»...

Я постарался представить Разумовского, пойманного нашей бригадой где-нибудь в подворотне. Интересно, как бы отреагировал Разум Аркадьевич на Анькины «мультики»? Я улыбнулся — была бы еще та потеха. Покраснел бы словно мальчик, бросился запахивать дубленку, растекся каким-нибудь липким воспитательным занудством: «Ребята, как же вам не стыдно?!.»

Разумовский достал из кармана пиджака маленькую круглую коробку — алюминиевый бочонок. Вместо бумажки с названием фильма бочонок опоясывал пластырь, надписанный шариковой ручкой. Я разглядел только два слова: «новой жизни».

— Жаль, конечно, что ты мультики не любишь. Что ж это выходит, я даром все это тащил? — Разумовский сокрушенно вздохнул, а я пожал плечами и кивнул на дверь, мол, все вопросы к Ольге Викторовне.

127

Но Разумовский и не думал складывать свое хозяйство. Он присел на детский стульчик, колени его сразу оказались чуть ли не на уровне плеч, и в его фигуре проявилось что-то хищно-насекомье.

Он откинул на приборе черный кожух. Лампа и установленное за ней круглое зеркало вместе напоминали танкиста, до пояса высунувшегося из люка. Разумовский нашел в стене розетку и подключил проектор. Щелкнул туда-сюда тумблером, голова танкиста на миг вспыхнула и погасла. Затем Разумовский перевернул алюминиевую коробочку, легко постучал ободком по столу, потянул край пленки пальцем, извлекая наружу целую перфорированную башню. Пленка неожиданно выскочила, завертелась, как освобожденная пружина. Разумовский умело скрутил пленку в рулон, вставил в приемник над кожухом, дважды скрипнул поворотным колесиком — настоящий виртуоз-пулеметчик, заправляющий ленту. Я невольно залюбовался им — каждое действие Разума Аркадьевича было отточено долгим опытом.

Снова щелкнул тумблер, и на противоположной стене, практически по периметру гипсового прямоугольника, возник такой же световой двойник. Так вот для чего был нужен этот голый, без обоев, участок на стене! Он был экраном. Выходит, в детской комнате сеансы с диафильмами случались довольно регулярно, иначе зачем было бы портить стену?

Разум Аркадьевич чуть поправил проектор, чтобы совпали вертикальные грани.

— За что, Герман, люблю эту старую модель, так это за регулятор высоты! — Разумовский расторопно поскрипел очередным колесиком, и на стене выровнялись горизонтальные линии экрана, так что световой контур полностью совпал с гипсовым. — Под твой проектор пришлось бы книжки подкладывать, а здесь видишь как удобно. Отличная штука — с душой сделано и на века... — Он обратил ко мне счастливое и чуть возбужденное лицо: — Гаси свет!

Я почему-то снова вспомнил абсолютный безвоздушный мрак Комнаты, так потрясший меня. Нет, я понимал, что сейчас никакой темноты не будет — полстены вполне сносно освещал проектор, но все же я фактически заставил себя подойти к выключателю и потом еще несколько секунд набирался решимости. Я думал — а что будет, если в проекторе перегорит лампочка? Тогда я окажусь с Разумовским в полной темноте. Я не боялся его. Вообще, сама мысль о том, что этот немолодой чудик с щуплой как у подростка шеей может представлять какую-то физическую угрозу, казалась мне смешной. Я был на сто процентов уверен в своем физическом превосходстве — я, Герман Железные Кулаки, Герман, подтягивающийся на турнике полсотни раз, Герман Рэмбо!..

И все-таки мне становилось не по себе от мысли, что где-то рядом со мной во мраке будет липко бормотать и шевелиться странное, не от мира сего существо — Разум Аркадьевич. Я заново ощутил частое сердцебиение, не унимавшееся, оказывается, с того самого момента, когда появился Разумовский.

— Ну, давай же, Герман, — торопил Разум Аркадьевич. — Ты что, темноты боишься?

Я набрал полные легкие воздуха, точно готовился нырять, и надавил на выключатель.

Ничего особенного не произошло, лишь белой лунной яркостью высветился гипсовый экран.

— Садись, Герман, — пригласил Разумовский. — Начинаем!

Я вернулся к столу, прошел мимо проектора, так что по экрану пролетела моя похожая на мумию тень, и уселся слева от Разумовского. Детский стульчик с низкой посадкой словно уменьшил меня вдвое. Я почувствовал себя каким-то пятилетним ребенком рядом с Разумовским — так он разительно возвышался надо мной, и этому неуютному эффекту дополнительно способствовала его необычайно долговязая тень на стене — проектор тускло лучился сквозь вентиляционные прорези в кожухе и двоил Разумовского.

Стульчик мне попался неудачный. То ли одна из задних ножек была короче, то ли просто сказывалась неровность пола, но устойчивым стульчик был только на трех ногах, и в том случае, если я наклонялся вперед. Стоило чуть откинуться назад, как терялось равновесие, создавая отвратительное ощущение, что я сейчас опрокинусь на спину, а короткая ножка со стуком упиралась в пол. Сидеть на таком стульчике было неудобно, я просто чуть нагнулся, чтобы его не раскачивать.

Закрутилось колесико, на стене появилась настроечная таблица — коричневые, охровые, розовые квадраты в легком расфокусе. Разумовский покрутил объектив, подтягивая резкость. Затем вытянул руку перед линзой, и на экране возник крокодил. Он чуть пощелкал пастью — указательный и средний пальцы, потом перевоплотился в собаку и загавкал. Я ошеломленно покосился на Разумовского. По Разуму Аркадьевичу явно рыдала психушка.

Выползла вторая таблица, похожая на металлическую дверцу с кодовым замком в вокзальной камере хранения.

— Механика на мыло! — пискнул не своим голосом Разумовский и вслед разразился подростковым баском: — Кино давай!

Я догадался — таким образом он изображал нетерпеливый зрительный зал. Появилась надпись — «Диафильм». Буква «Ф» была в виде подбоченившейся птицы с радужными крыльями-дужками. Разумовский принялся гудеть какой-то мотив, в первых тактах напоминающий

131

трагическую песнь про «Орленка», а потом оптимистично сползающий на «Если с другом вышел в путь». Верхнюю часть следующего кадра занимала полуарка размашистых заглавных букв: «К новой жизни!», которые в тот же миг с выражением озвучил сам Разумовский, затем прибавил короткое слово: «Быль!» — звонкое, как упавшая посуда, и снова замычал «Орленка, вышедшего в путь». Тут я наконец-то понял, что Разумовский не просто так напевает, а создает музыкальное сопровождение к истории, назидательная суть которой в принципе угадывалась по заглавной картинке.

На песчаном обрыве взрослый мужчина в армейской форме опирался на плечо хрупкого белокурого подростка, одетого в шорты и белую рубашку с алыми языками пионерского галстука. Немым жестом: «Гляди!» — мужчина указывал на промышленную городскую панораму: под обрывом виднелись река и железнодорожный мост с летящим составом. В двух шагах от пары возвышался обелиск с красной звездой на макушке. Рисунок был выполнен в манере советской послевоенной анимации — яркие выпуклые краски, совсем не хуже диснеевских. Под кадром мелким шрифтом сообщалось: «Художник Борис Геркель, 1951 год».

В груди Разума Аркадьевича задрожала тревожная монотонная нота. На экране возникла ночная улица — пустынные тротуары в легкой синей дымке, звездные бенгальские искры над покатыми крышами. Мальчик прильнул к стволу дерева, с тревогой оглядывается на угол дома. Проезжающей машины еще не видно, только два рассеянных желтых луча на асфальте, их отблески в черной листве. По напряженной фигуре мальчика видно, что до того он бежал. Светлая рубашка пузырем — выбилась из штанов. Заслышав машину, спрятался. К груди прижат тряпичный узел размером с футбольный мяч.

Под картинкой находился текст — сопроводительный абзац, как во всех диафильмах. Из пяти обычных вопросительных предложений Разумовский разыграл театральную феерию.

— Кто это спрятался за раскидистым каштаном?! — с утрированными драматическими интонациями вскричал Разумовский. При этом он умудрился не прервать фоновый грудной гул. Тембр его словно прищурился, силясь разглядеть детскую фигурку. — Неужели Алеша?! — Он всплеснул голосом, точно руками. — Что делает ребенок ночью на улице? Отчего не спит, как все обычные дети?! Куда он спешит, почему прячется?

Второй кадр крупным планом показал лицо мальчика. Я всмотрелся в эти приближенные черты. На картинке явно был изображен Разум Аркадьевич, только в детстве. Художник Борис Геркель отлично передал портретное сходство — те же ужимки, прищур глаз, лицевая костная щуплость. На лице Алеши застыли партизанские тревога и ненависть, словно он готовился увидеть за поворотом фашистов на мотоциклах.

— Разум Аркадьевич, — не выдержал я, — а ведь это вы там нарисованы!

Разумовский раздраженно дернул плечом, шикнул, как гусь:

— Мож-ш-но потиш-ш-е, ребята, вы меш-ш-аете! — давая понять, что мои замечания неуместны и отвлекают его, и продолжил полным голосом: — Что это у него в руке?! Узелок?! Похоже, мальчишка удрал из дома. Мать с отчимом, что ли, допекли? Наверняка случилось что-то серьезное, раз Алеша решился на такой отчаянный шаг, как побег!

Конечно, все эти завывания «с выражением» были дико комичны. За Разумовского делалось стыдно. Как может взрослый человек, хотя бы и претендуя на актерскую работу, так себя вести?! От неприличного хохота меня удерживал лишь тот факт, что я единственный зритель, а подобного толка веселье все-таки нуждалось в компании. Мне оставалось потешаться про себя, глядя на это бесноватое представление.

Выполз третий кадр: мальчик под деревом сжался в комок, по дороге катила черная, скользкая, как рептилия, «Победа».

— Полыхнуло фарами. Алеша теснее приник к дереву, даже дышать перестал, мозг сверлила единственная мысль: «Только бы не заметили!» — Разумовский выдержал тревожную паузу, потом с облегчением выдохнул: — Обошлось! Скрылся автомобиль, вот и мотор уже не слышен. Алеша зорко оглядел темноту и побежал дальше. Куда он так спешит, неужели к брошенному стекольному заводу?

Разумовский в очередной раз скрипнул колесиком. Улицу сменила желтая, будто присыпанная пшенной кашей, дорога, ведущая к внушительным развалинам: бурой кирпичной стене забора, корпусам с выбитыми окнами, покосившимся железным воротам, искореженной заводской трубе, похожей на разорвавшийся пушечный ствол.

— Недоброе это было место, — охарактеризовал кадр Разумовский. — Говорят, в сорок втором фашисты расстреливали там подпольщиков. После войны завод восстанавливать не стали. Среди этих мрачных руин и днем жуть накатывала, что уже про ночь говорить. Так может, Алеша, что называется, испытывает характер? Тогда это похвально...

Следующий кадр показывал бегущего Алешу со спины, правая нога его, словно подстреленная, волочилась по земле подвернутой ступней.

— Алеша уверенно приближался к воротам. Губы неслышно шептали: «Ненавижу! Всех ненавижу!» Ах, вот оно что! — Разумовский искренне огорчился. — Оказывается, обида погнала мальчишку ночью на стекольный завод. Может, с родителями или с одноклассниками повздорил? Ну, с кем не бывает...

Крупный план преподнес искаженное нечеловеческой злобой лицо. Тут художник превзошел себя. Я поежился от представшего мне концентрата лютой эмоции и впервые задумался, что точно такая же злобная маска вполне могла бы проявиться на улыбчивом лице Разума Аркадьевича — ведь нарисованный Алеша и сидящий рядом Разум Аркадьевич были одним и тем же человеком.

Я немедленно посмотрел на Разумовского, но опоздал со взглядом, Разум Аркадьевич либо успел придать своим чертам нейтральное выражение, либо он вообще не проживал мимикой страсти своего нарисованного двойника, а сопереживал одним голосом и при этом не забывал напевать невнятный тревожный мотив каким-то скрытым вторым регистром, что производило довольно странное слуховое ощущение, как если бы в комнате кроме Разумовского находился еще второй невидимый исполнитель...

Двор мертвого завода был изрыт снарядами, словно похозяйничали гигантские кроты в гитлеровских касках. Из угольных ям-воронок торчали гнутые железные сваи. Самоцветами посверкивало стеклянное крошево.

— Алеша проскользнул мимо развороченных бомбежкой ворот, свернул к стеклодувному цеху. Бег всегда давался мальчику непросто. По-хорошему, это даже бегом нельзя было назвать. Вначале шаг левой, а потом правую ногу будто за веревку приходится дергать, она подскакивает, прямая, как палка, догоняет, а безвольная ступня ластой по земле шлепает... — Разумовский влажно пощелкал языком, имитируя эту самую «ласту».

Цех в приближении смахивал на разрушенный войной немецкий собор. Закопченные витражные окна покрывали пробоины, напоминающие чернильные кляксы. У стены, огороженный выступом, имелся спуск в подвал.

— Там когда-то укрывались обороняющиеся немцы, — пояснил Разумовский. — Ступени вдребезги были разбиты осколками гранат, кирпич обуглен смертельным пламенем огнемета — враг не сдавался, его выбивали. Осторожнее, Алеша! — вскрикнул он в волнении. — Не оступись!.. Мальчик положил узелок, ощупал стену рукой, вытащил каменный обломок. Надо же! А в стене-то, оказывается, тайник! Огарок в зенитном патроне — чем не подсвечник! И зажигалка... Дважды чиркнул кремень, огонек фитиля оживил темноту. Ну что ж! Теперь можно и под землю. Все-таки бедовый мальчишка этот Алешка! — Разумовский восхищенно цокнул.

Удивительный это был голос. Лишь однажды много лет спустя, в телевизоре, я услышал нечто подобное. Передача посвящалась истории. Ведущий бесполым фальцетом карлика с выражением рассказывал что-то о екатерининских временах. Его ужимки и пафосная фистула вместе создавали комичный эффект, словно верещала ожившая кукла — но только первые пять минут! Затем этот визгливый дефект мельчал и делался незначимым — включалась другая необъяснимая особенность голоса, которая заставляла внимательно слушать.

Я заметил, что меня уже совершенно не смешит актерский талант Разумовского, я просто слежу за событиями.

Показался длинный темный коридор. Дрожащий свечной огонек выжелтил гневное лицо мальчика.

— Алеша остановился перед железной дверью. «Тук-тук!» — вслух постучался он и сам же пискляво спросил: «Кто там?!» и, не переводя дух, выдал ответ: «Это я, Леша — по пизде галоша!!! Открывайте!»

Я вздрогнул от неожиданно выскочившего матерного слова. Кадр еще не уполз под верхний горизонт экрана, и я успел прочесть прямую речь под кадром и грубое ругательство. У Разумовского не было никакой отсебятины.

— Мальчишка толчком отворил дверь и оказался в бывшем складском помещении. Во всю длину склада в три яруса тянулись пустые полки. На средних рядах, похожие на моржовые клыки, торчали свечи, одна за другой оживающие от прикосновения Алешиного огарка. Тусклый церковный свет озарил сумрачное пространство подвала.

— Алеша быстро обошел свои владения. Когда он злился, нога слушалась еще хуже, ступня мокро шлепала по сырому каменному полу. «Галоша!» — выкрикнул он и с размаху саданул кулаком по деревянной балке. Видно, совсем задразнили мальчугана в школе и во дворе. Разве виноват Алешка, что нога у него такая?

Мальчик поставил на полку принесенный узел, странным образом напоминавший оторванную голову огромного тряпичного зайца.

— Алеша отдышался, потом решительно подступился к своей ноше. Концы платка долго не поддавались. Немудрено — сам намертво завязал. Алеша наклонился к узелку, потянул зубами. Ткань скрипнула, рот наполнился противной оскоминой...

Разумовский так выразительно это произнес, что у меня самого на мгновение нёбо свело судорогой, точно я хватанул кислого яблока.

Очередной кадр показал сутулую спину мальчика.

— Но узел сдался. Алешка зашуршал оберточной бумагой. Интересно, что же у него там?.. —

Разум Аркадьевич словно бы весь изогнулся, чтобы заглянуть Алешке через плечо. И от увиденного оторопел.

— Что... это?.. — севшим до хрипоты голосом произнес Разумовский. — О, господи... Это же... Мама... Это же... Ой, мамочка!.. Алешенька!.. — Разум Аркадьевич взвыл, тонко и переливисто, как по родному мертвецу. От этого бабьего надрыва ледяной пот вызнобил мне спину.

— Ой, что же ты натворил, Алеша-а-а-а!..

Вопль медленно затих, будто лист, упавший в колодец. Разумовский снова говорил обыденным повествовательным тоном:

— Отец ушел из семьи еще до рождения сына. Мать по характеру была вспыльчивая, крикливая. Она не хотела появления Алеши и даже предпринимала попытку избавиться от плода химикатами...

На экране молодая женщина, с обреченным лицом стоящая у окна, глотала что-то из пузырька.

— Родился Алеша недоношенным, вскармливался искусственно, рос болезненным, слабым. Ходить начал после двух лет, разговаривать к трем. В раннем детстве Алеша перенес корь, скарлатину, болезнь Боткина, страдал хроническим отитом...

В постели, укутанный одеялом, лежал ребенок, горло перевязано шарфом, из подмышки торчит градусник. На столике термос, чашка, варенье в вазочке и бутылка с микстурой.

— В возрасте четырех лет у мальчика был обнаружен правосторонний туберкулезный коксит. Три долгих года он лечился в детском туберкулезном санатории. Из-за ограничения подвижности в суставе и укорочения ноги у Алеши развилась хромота, а также деформировался позвоночник...

По светлому больничному коридору мимо кадок с фикусами, опираясь на маленькие костыли, плелся изможденный с бледно-васильковым цветом лица мальчик в пижаме. Нянечки заботливо поддерживали его.

— Когда Алеша вернулся домой, мать уже вышла второй раз замуж и родила дочку — Надюшу. Контуженный на войне отчим злоупотреблял алкоголем, скандалил с матерью. Стало доставаться от него и Алеше...

Всклокоченный мужчина в штанах со спущенными подтяжками, раззявив рот в пьяном крике, занес руку над сжавшимся мальчиком. На полу — опрокинутый стакан и разбитое блюдце. Женщина повисла на муже — удерживает его ладонь от удара, а в углу плачет девочка, прижимает плюшевого медвежонка.

— С опозданием на год Алеша пошел в школу. Учеба давалась ему нелегко. Да и в классе его дразнили. Мальчик тяжело переживал свой физический недостаток, рос замкнутым, часто уединялся, фантазировал, представляя себя сильным, отважным...

На столе раскрытая книга. Яркая иллюстрация: улыбающийся полярник среди ледяных утесов. Мальчик смотрит на героя с надеждой и восхищением.

— Он сам себе придумал кличку — «Разум», произведя ее от фамилии, и мечтал, что его однажды станут так называть и будущие товарищи: «Эй! Э-ге-гей!!! — завопил звонким дискантом Разумовский, точно пытался докричаться до кого-то, идущего другим берегом реки. — Але-е-ешка! Ра-а-зум! Айда к нам!»

Разумовский даже не пошевелился, но крик создал отчетливую иллюзию машущей приветственной руки.

— Контузия и алкоголизм отчима все чаще давали о себе знать. Чуть ли не каждый день он жестоко избивал Алешу. Побои не запугивали мальчишку, а наоборот, вызывали чувство сильного озлобления. Иногда он сам был готов броситься с кулаками на отчима!..

В кадре юный Разум Аркадьевич уворачивался из-под ремня. Гневное лицо с ненавистью смотрело на взрослого мучителя. Выставленные вперед кисти были хищно скрючены, словно падающие на зверя орлиные пясти.

— Сверстники постоянно напоминали Алешке Разуму о его хромоте. Особенно старался Валерка Самсонов. Это он придумал позорное матерное прозвище про галошу, подхваченное остальными ребятами. Бывало, соберутся ребята в круг и давай дразнить. А потом — брызг стрижами в разные стороны! И смеются во все горло. — Разумовский разразился хохочущим многоголосием.

Взбешенный Алешка, потрясая сучковатой палкой, ковылял за проворными обидчиками.

— Разве догонишь?.. — посетовал Разумовский. — А ступня, и верно, шлепает как галоша по причинному месту: хлюп, хлоп, шлеп... — Разумовский издал резиновые плюхающие звуки, будто по луже запрыгал мячик.

— В пятом классе Алешка Разум впервые влюбился в одноклассницу Танечку Санжееву. Как умел, пытался он подружиться с девочкой. Провожал домой, дарил цветы и конфеты. Таня стыдилась такого кавалера: — Да не ходи ты за мной! — девичьим легким сопрано прикрикнул на себя Разум Аркадьевич. — Черт хромой! Надоел хуже горькой редьки!..

Маленькая красотка в черном школьном фартучке резко отчитывала снившего Разумовского, выхватывала свой портфель.

— Таня не просто отвергла Разума, — вздохнул Разумовский. — Она подружилась с главным обидчиком — Валеркой Самсоновым. Больно было Алешке — словами не передать! В мстительных фантазиях он воображал, как истязает, а затем убивает врага и подлую изменницу. Для пущей наглядности он даже рисовал эти сценки.

На листе в клетку в примитивной детской манере были намалеваны расчлененные человечки. Ручки, ножки и головы — одна головка с косичками — были отделены от тел. Чернильные ростки, пучками лезущие из туловищ-«огуречков», очевидно, изображали фонтанчики крови. Над ними стоял палач с кривым ножом — Алешка Разум. Правая нога выписана тщательнее, в условном бедре кляксой нарисован кругляш и стоит стрелка с пояснением: «Здоровый тазобедренный сустав».

— Еще с детства Алешка Разум полюбил подвалы и чердаки. Его умиротворяло их затхлое уединение, полное ненужных, выброшенных из повседневного быта дефектных вещей. Наверняка он и сам себя ощущал такой отставленной вещью.

Сквозь прореху в крыше били тонкие солнечные лучи. Мальчик сидел на продавленном чемодане среди поваленных стульев, мешков с вылезшим, похожим на кишки, тряпьем.

— Подсобные помещения платили Разуму преданной дружбой. Давали приют, укрывали от оскорбителей, учили уму-разуму, дарили подарки. Так, один подвал преподнес Разуму немецкий разделочный ножик с треснувшей буковой рукояткой, а чердак подбросил старый анатомический атлас с яркими фотографиями человеческих органов.

Мальчик развалился на мешках. Перед ним фолиант — на развороте крупный вид препарированной конечности с суставом, напоминающим оголенный костяной кулак. В руке малолетнего Разума Аркадьевича нож, выписывающий в воздухе секущие узоры.

— Особенно ярко мечталось Алешке Разуму в подвале стекольного завода. В правом кармане штанов всегда лежал гладкий булыжник, символизирующий тазобедренный сустав. При свечах листал он свой атлас, представляя, как фашисты пытали подпольщиков. Незнакомое томление ломило грудь, будто бы сердце вдруг выросло, а потом тяжело истекло к низу живота горячим щекочущим зудом, в паху становящимся новой стыдной частью тела...

Разумовский произнес это стесняясь, полушепотом, точно это быстрое взросление Алешки вгоняло его в краску. Невидимая камера сфокусировалась на штанах мальчика, бугрящихся в области ширинки.

— И вот однажды Разум понял, что просто необходимо увидеть настоящий труп... — На последнем слове голос Разумовского глухо и страшно хрупнул, словно безжизненное тело повалилось через высохший куст в сугроб.

— Алешка Разум знал, что в больнице, где хирург обычно осматривает его ногу, имеется морг. Попытка проникнуть туда окончилась неудачей.

Хмурый патологоанатом без объяснений выставил мальчика за дверь, спасибо еще, что врачам не пожаловался. Разум решил раскопать на кладбище свежую могилу, но уже ночью, после нескольких часов работы с лопатой, сообразил, что силенок у него для такого дела маловато...

Кадр разделила надвое черная полоса. В левой стороне мальчика как котенка за шкирку вышвыривал за дверь мужчина в зеленом прозекторском халате. Справа Алеша стоял на разрытом могильном холме. Рядом валялась поваленная тумба со звездой. Капли пота, схожие с росинками, застыли на лице мальчика. Он смотрел на покрасневшие, в волдырях, ладони.

— Пятый класс Алешка Разум закончил с четырьмя двойками... — Возник разворот табеля. — Ну что ты будешь делать?! Не давалась мальчишке школьные науки — и все тут! Вот и оставили на второй год. Алешка, когда табель в руки получил, даже домой идти боялся, ночевал на чердаке, — Разумовский вздохнул.

— Во дворе Алешка Разум водился только с малышней — детьми от восьми до десяти лет. Приятелем он был недобрым: пребольно выкручивал руки, мог ущипнуть до синяка или за волосы дернуть. У этого поведения имелось объяснение. Алешка просто предчувствовал, что еще год-другой, и подросшие малыши пополнят ряды его оскорбителей, и мстил наперед...

На лицах детей где-то в уголках губ зрели улыбки. Пока что они напоминали собранные бантиком бутоны, но то, что они однажды расцветут алой язвительностью, было очевидно.

— Вечером Алешка Разум отправился на стекольный завод полистать атлас. Ему повстречались двое ребят: Леня Дятлин и Сережа Максимов, восьми и девяти лет. Он позвал их прогуляться, обещая показать кое-что интересное. Когда Леня Дятлин чуть замешкался, завязывая шнурок на ботинке, Алешка тихонько предложил старшему Сереже столкнуть Леню в затон, а когда тот захлебнется, спасти, делая искусственное дыхание — дескать он, Разум, это умеет. Сережа отказался и убежал, а Леня пошел за Разумом...

На дороге оставались двое — Алешка с портфелем в руке и бегущий впереди его мальчик в коротких штанах. Неподалеку за кустарником посверкивал бурой водой затон.

«Леш, а Леш, — обратился Разумовский к себе доверчивым детским говорком, — быстрее идти не можешь? А что ты хочешь мне показать?» — Разум еще и сам не решил, для чего ему понадобился Леня Дятлин. И лучше бы Лене не спрашивать, почему это Алешка не может быстро ходить. Неожиданно для самого себя Разум произнес: «А хочешь посмотреть на фотографию мертвой голой женщины?»

От последней фразы у меня похолодел затылок. До этого момента Разум Аркадьевич с ловкостью травести очень похоже имитировал детей, в том числе и фразы Алешки Разума. Теперь же он впервые заговорил из того времени — звучал тот же самый Разумовский, только на сорок лет моложе, как если бы взрослый голос неожиданно омолодили на целую октаву. Та же артикуляция, манера речи, но более легкие подростковые краски.

— За затоном находился пустырь, поросший кустарником. Усадив Леню на траву, Алешка раскрыл атлас на своей любимой картинке — женский труп, разделанный от паха до горла!..

То, что я увидел спустя несколько кадров, меня не испугало. Все-таки это был рисованный диафильм, и его анимационная реальность не могла соперничать с выразительной силой тех же киноужасов, которых я вдоволь насмотрелся в видеосалоне. Кроме того, диафильм был в высшей степени целомудрен и не выставлял напоказ кровавые детали. Их замечательно рисовал своим голосом Разумовский. Настоящую запредельную панику я пережил несколько позже, когда жуть на экране давно закончилась.

А тогда меня больше смутило и насторожило, что Разумовский почему-то оказался позади меня, так что я мог видеть его только боковым зрением, причем довольно смутно. Как это произошло, я не заметил. В любом случае стол с диапроектором никто не передвигал. Сам Разумовский сидел неподвижно, прямой, точно истукан, и только правая рука его вращала поворотное колесико. А получилось так, словно квадратное пространство по периметру стола вдруг изменило свою геометрию, вытянулось ромбом, выдвигая меня вперед, как пешку с Е2 на Е4. А Разумовский остался позади — черный контур силуэта и клубящийся яркой световой пылью проектор.

— Леня с любопытством смотрел на мертвую, Алешка стоял за его спиной. Вид беззащитной детской шеи на фоне мертвой картинки помутил Разума. Он бросился на Леню, повалил на землю и стал душить. Пока бедный Ленечка бился в конвульсиях, Алешкин зуд, прижатый к телу умирающего ребенка, истекал в трусы горячим срамом! — Гортанная дрожь сотрясла голос Разумовского.

Не вставая, я попытался отодвинуть свой стул обратно, но безуспешно, как если бы подо мной находился не гладкий паркет, а рыхлая земля, в которую я собственной тяжестью вдавил стул. В тот момент я понял, насколько от неудобного положения у меня затекли ноги и спина. Я чуть размял голени руками, как на тренировке. Массаж помог, под кожей вспыхнули тысячи болезненных горячих иголочек. Тупой свинцовой болью заломило в пояснице, точно я резко поднял что-то тяжелое.

В кадре Разум орудовал ножом над трупом ребенка.

— Алешке не было страшно. Наоборот, его исполняло спокойное усталое торжество, как будто он сделал первое очень важное дело в своей жизни. Достал из портфеля нож. Стащил с Лени штаны. С хирургической сноровкой сделал первый надрез на ноге трупа. Уже спустя пятнадцать минут в руке Алешки оказались головка бедренной кости и отлущенная впадина тазовой кости, вместе — сустав!..

Мальчик торжествующе поднял его над собой, словно пылающее кровавое сердце.

— Алешка оттащил мертвое тело к затону. Прикрутил к ногам трупа проволокой увесистый обломок автомобильной детали и свалил в воду — благо в затоне сразу было глубоко. Леня долго не тонул, торчал поплавком, Разум палкой затолкал труп под воду. Уже ночью, наигравшись суставом, Алешка пожалел о своей предосторожности — в Лене наверняка было еще столько интересного, а теперь он лежал на дне...

Колыхнулась зеленая подводная муть. Любопытная рыбешка клюнула ртом маленького утопленника, прянула в сторону...

— Леню Дятлина хватились только утром. Поговаривали, что рано поднимать панику, мальчишка просто сбежал. Дятлина объявили в розыск. Соседки провожали пустыми взглядами почерневшую от горя мать Лени. Не так давно закончилась война, и женщины привыкли к смерти и большим потерям...

Возникла панорама кладбища, похожего на черное небо в жестяных красных звездах...

— Никто не полюбопытствовал, чем это таким оттопырен правый карман Алешки Разума. По виду яблоко там, но откуда в конце мая яблоки?..

Разум Аркадьевич шумно выдохнул, и появившийся на экране яблоневый сад создал иллюзию ветра, бегущего по листве...

— Так у Алешки Разума появился здоровый тазобедренный сустав. Разумеется, хромота его никуда не подевалась. Алешка и сам понимал, что нелепо ждать какого-то ортопедического чуда от двух костяшек в кармане, но все равно душу глодала горькая обида, за которую хотелось мстить...

Чернявый паренек с выражением глубочайшего презрения глядел на приближающегося Алешку. Самовлюбленный брюнетик некоторыми чертами напоминал моего одноклассника Алферова — вздернутый нос, по-девчачьи пухлые губы, в глазах — прищуренная спесь.

— Решившись, Алешка Разум подошел к Валерке Самсонову. «А-а-а, — лениво потянул тот, — Галоша... Чего надо?» — «У меня к тебе дело, Валера», — миролюбиво сказал Разум... Отведя Валерку в сторону, он шепотом сообщил, что знает, где Леня. Валерка не поверил, скорчил насмешливую гримасу: «Врешь, Галоша!» «Не вру!» — поклялся Разум...

Смазливого Самсонова портили уши, какие-то вопросительные, грустные и немного трусливые. Но именно они и придавали образу необходимую трагичную полноту. Все-таки художнику Борису Геркелю мастерства было не занимать. Сразу чувствовалось, что Валерка с такими вот плачущими ушами обречен...

— Алешка рассказал про стекольный завод, как излазил его вдоль и поперек — он хоть и инвалид, но не трус, не рохля, не маменькин сынок! И вот, в одном из подвалов он нашел немецкий склад с оружием! — «Валерка, представляешь?!» А там чего только нет — пистолеты, автоматы, генеральские кортики и даже один пулемет. Ну, и ящики с патронами. Алешка открыл эту тайну своему единственному маленькому другу — Лене Дятлину... Привел его на склад. А потом запоздало подумал, что Ленечка еще слишком мал, чтобы хранить такую взрослую тайну. Поэтому Алешка специально оставил его на складе, сторожить чудесную находку...

Воображение Алешки нарисовало подобие пещеры Аладдина, только вместо сундуков с золотом и драгоценными камнями там громоздилось оружие. Сам Алешка изобразил себя с пистолетом в одной руке и кинжалом в другой, а Лене Дятлину надел на шею автомат...

— Если Валерка пойдет на стекольный завод, он покажет ему и склад, и оружие, и невредимого Леню Дятлина. Вдвоем — Разум и Валерка — они перепрячут оружие так, чтобы Леня не видел куда, а затем Леня вернется домой... Понятно, что говорить о том, куда они пойдут, никому нельзя. Иначе старшие все отнимут — и автоматы, и кортики. А так у них будет совместная тайна, фактически отряд, штаб и конечно же настоящее оружие. «Валерка, ты согласен?» — Самсонов поверил...

Разум Аркадьевич чуть усмехнулся наивному подростковому романтизму.

— Уже начинало темнеть, когда мальчики пришли к зловещим развалинам. Разум заметил, что Валерке не по себе от страшного места, он только не подает виду. Как же может бояться девчоночий кумир Валерка Самсонов, если даже хромой Галоша не боится, а знай себе идет, ступней пошлепывает!

В груди Разумовского клокотало злое торжество:

— Они подошли к спуску в подвал. Разум достал свечу, спички и первым полез под землю. Валерка осторожно двинулся следом. Видимо, он что-то заподозрил, потому что крикнул: «Ленька! Дятлин! Ты здесь?!» Никто не ответил Валерке...

Даже тембр Самсонова до смешного напоминал алферовский. Но я и раньше замечал, что у похожих людей часто бывают одинаковые голоса...

— Алешка Разум невозмутимо пояснил, что Ленька, наверное, заснул. Он уверенно вел Валерку по коридору — прямо к стальной двери склада. Открыл, пригласил: «Заходи!» — и только Валерка ступил за порог, Разум задул свечу... «Эй! Галоша! — жалобно вскрикнул Валерка. — Я ничего не вижу!» — тогда Разум бросился на Валерку, схватил за горло, повалил... Сколько же чудесной цепкой силы таилось в длинных чутких пальцах Алешки Разума! Валерка минуту хрипел и дергался, потом бурно опозорился в штаны, еще чуть поерзал под Разумом, и затих...

По комнате словно пронесся мимолетный сквозняк с гнилостным букетом подвальной сырости и испражнений.

— Алешка чиркнул зажигалкой, нашел броненную свечу, зажег. До чего же дурацким оказался этот Валерка Самсонов! Алешка Разум не смог удержаться... — Разумовский запыхтел и рассыпался мелким, как бусы, мстительным смехом.

— Разум вытащил свой нож и приступил к разделке трупа. Не спеша, обстоятельно. А куда торопиться? Времени — товарный вагон. Вначале одним взмахом отпластал Валеркин зуд — без злобы, просто из интереса. Вскрыл брюшную полость, затем мягкие ткани в области тазобедренного сустава. С головой пришлось повозиться — пока лущил ножом шейные позвонки. Поинтересовался, как устроено колено. Несколькими метким взмахами ножа рассек сухожилия в основании голени, поковырял лезвием в костях, прошелся по мясу — и отчленил Валеркину правую ступню...

В голосе Разумовского звучала сытая радость.

— По времени почувствовал, что заигрался, сложил Валерку на полку и побежал домой. Благо уже темно было, никто не увидел, что рубашка и штаны кровью испачканы. Разум дома грязную одежду спрятал, а сам юркнул в кровать...

Алешка лежал, укрывшись одеялом. Спящий его профиль с лунным пятнышком на щеке улыбался.

— Утром новое ЧП — пропал Валерка Самсонов. Опять милиция. Ходят, расспрашивают. Обратились и к Алешке Разуму — не видел ли? Он только плечами пожал: «Мы с ним не дружили!» — а сам пошел искать Танечку Санжееву...

Эта Санжеева уже появлялась раньше — в сцене с ухаживаниями отвергнутого Алешки, но тогда я почему-то не обратил особого внимания на ее внешность. Несколько крупных планов позволили хорошенько рассмотреть Таню, и результат, честно говоря, меня потряс. Если Самсонов отдаленно походил на Алферова, то Таня Санжеева была фактически списана с Наташи Новиковой. Я успокоил себя тем, что это, вероятно, распространенный тип красоты. В конце концов, и моя «семерка треф» была как две капли воды Новикова...

— Алешка Разум видел, как расстроена девочка тревожным известием о Валерке. Алешка сказал Тане, что хочет поговорить с ней. По секретному делу. Убедившись, что на них никто не смотрит, Разум начал рассказ. Таня не знала, да и никто не подозревал, что Разум и Валерка Самсонов настоящие друзья! Не разлей вода! Валерка даже прозвище придумал для Алешки — Разум! За то, что Алешка такой умный. Двойки в школе — не показатель...

Алешкина фантазия снова воссоздала сказочные катакомбы. К обстановке оружейного склада добавились письменный стол и телефон, а под потолком зажглась яркая электрическая лампа. Валерка и Алешка были в военной форме, оба перетянуты портупеями, в фуражках.

— У Валерки и Разума своя секретная организация, называется «Тайные пионеры», в которой Валерка — командир, а Разум — комиссар. У них на заброшенном стекольном заводе штаб. Они тайно помогают работникам милиции искать и обезвреживать шпионов. Валерка сейчас выполняет важное задание, поэтому и скрылся, но он оставил письмо — специально для Тани. Письмо спрятано на заводе, и Разум может отвести туда Таню. Никому говорить об этом нельзя. За болтливость — смертная казнь! Так постановили Разум и Валерка...

Разумовский хмыкнул:

— Тут Алешка немного не рассчитал. Девочка наотрез отказалась идти на стекольный завод. Более того, она немедленно захотела сообщить взрослым о «Тайных пионерах». Алешка еле уговорил Таню подождать полчаса и сходить с ним на чердак, где у них рация. Он свяжется с Валеркой, и тот лично все Тане объяснит. Идти на чердак Таня согласилась...

Последний пролет закончился узкой деревянной лестницей. Дверь, ведущая на крышу, больше походила на калитку — маленькая, из грубо сколоченных досок. Сорванный замок развявленным железным пальцем зацепился за скобу...

— Когда они поднимались по ступеням на чердак, Алешка уже знал, что будет с Таней. Ему не было жаль девочки. В конце концов, она же нарушила устав «Тайных пионеров». Пускай этой организации не было на самом деле — какая разница! Алешка Разум так или иначе предупредил о высшей мере наказания за болтливость и предательство. Мальчишка сам на миг поверил в существование «Тайных пионеров» и исполнился карательной миссией. Как только Таня ступила на чердак, он вцепился ей в шею. Едва с возней на полу было закончено, Разум привычно взялся за нож...

На лежащей девочке была вспорота одежда. По туловищу шла прерывистая линия ножевого разреза, на полу валялись кишки. Голова отделена от туловища, под горлом натекла кровяная лужа.

157

— До чего плохо, что упрямая девчонка не согласилась идти на завод! Вот как теперь перенести туда Таню?! Даже частями это заняло бы не один день. Для начала Алешка решил самые важные части тела захватить. А это что? Ясно и без подсказки — голова да женский орган. По ним сразу Таню определишь...

Алешка Разум орудовал ножом между раскинутых ног девочки.

— Из мешка с тряпьем достал байковый платок. Предусмотрительно укутал голову и орган в газету, чтобы не протекли, а потом уже обернул их платком и затянул крепкий узел — на ходу не развяжется! Алешка постарался не испачкаться в Тане и вернулся во двор до темноты...

С невозмутимым видом Алешка вышел из подъезда, огляделся по сторонам и поковылял в сторону дома.

— Одного не учел Алешка Разум — что девочки хватятся этим же вечером. Хоть и жила она через улицу от Разума, а переполох докатился аж до Алешкиного двора. Все родители похватали своих детей и спрятали по квартирам. Приехала милиция — искать пропавшую Таню...

Диафильм показал двор с птичьей высоты — внизу суетящиеся люди в форме, два черных, милицейских «воронка». Кадр плавно перетек в следующий, «воронки» преобразились в черные Алешкины ботинки у кровати...

— Неспокойно было на сердце у Разума. Приготовленный байковый узел на чердаке точно звал Алешку, торопил: «Спеши, спеши, спеши...» — Разум Аркадьевич зазвучал шепеляво и глухо, будто говорил и одновременно жевал тряпку.

— Эх, была не была! Ночью Алешка потихоньку встал, открыл окно. Благо второй этаж, невысоко. Алешка бесшумно сполз по карнизу. Видели бы одноклассники, какой он бесшумный, ловкий, как умеет красться — пограничник не заметит! План был такой: сперва на заветный чердак, где узел, потом на завод, в подвал — а там будь что будет!..

Замелькали уже знакомые по началу диафильма кадры: Разум бежит по ночным улицам, прижимая к груди узел, укрывается за деревьями от проезжающих машин, никнет к земле, не дышит. Вот Разум минует заводские ворота, крысой ныряет в подвал. Одна за другой загораются свечи на тайном складе...

— Алешенька, что же ты натворил! Алеша-а-а-а! — В горле Разумовского словно отозвалось эхо давешнего надорванного крика.

На газете лежала голова Тани Санжеевой и кровавый вырез промежности.

— Алешка когда-то нашел среди развалин и принес в подвал две десятилитровых бутыли — чудом сохранились после бомбежек. Вот теперь пригодились. На узкие стеклянные горла насадил отрезанные головы: Валерки Самсонова и Тани Санжеевой...

Валерка, точно дразнясь, вывалил синий язык, один глаз полностью открыт, второй косо прищурен. У Тани на лбу глубокая ссадина, под носом разводы крови, некрасиво оскалился рот. В искореженном виде мертвая пара обрела новое мрачное и одновременно карикатурное сходство с Алферовым и Новиковой...

— Алешка не торопясь расставил оскорбителей на полке. Вот они — Валерка и Таня, пустышки с бутылочными туловищами. Разум теперь ваш хозяин! Схватил отчлененную Валеркину ступню и ей же с размаху Валерку по морде — бац! Получай! Слетел Самсонов с полки, башка в сторону, бутылка вдребезги!..

Разумовский очень похоже сымитировал резкий и рассыпчатый стеклянный бой.

— Бац! У Тани голова отскочила вместе с отколовшимся бутылочным горлом! Кого вы, глупые прозрачные кегли, осмеливались дразнить?!

Разум Аркадьевич сухо рассмеялся, точно закашлялся.

— На газете кровавой медузой лежал Танин женский орган. А ну, Леша, покажи класс! Шлеп! Шлеп! Валеркиной галошей! По пизде-е-е!

Я вдруг понял, что рассказ Разума Аркадьевича уже давно перестал восприниматься мною как медленная череда картинок. Они мелькали с какой-то мультипликационной скоростью, и даже поворотное колесико сменило медленный скрип на тихий стрекот кинопроектора. Лишь прозвучавшее второй раз матерное слово заставило меня очнуться от этого оптического эффекта.

Мультик сразу стал диафильмом. В кадре замер мальчик, в руке ступня, напоминающая домашний тапочек, будто Алешка охотился на прусаков. Кругом осколки, Самсонов с пола глядит перекошенным профилем, Танина голова вообще закатилась под полку — виднелись растрепанные волосы...

Я снова ощутил коварное неудобство моего детского стульчика. Пока я внимал подвальным бесчинствам Алешки Разума, мои ноги, до того изрядно онемевшие, окончательно потеряли всякую чувствительность. Я ущипнул себя за голень и с удивлением ощутил только мышечное усилие сжимающихся пальцев — в ноге щипок никак не откликнулся, словно она перестала быть осязаемой частью моего тела, превратившись в какой-то посторонний предмет. Если бы я захотел встать, наверняка не справился бы с этой задачей. Густой мышечный отек поднялся от поясницы до шеи. Я понял это, когда оглянулся на Разумовского — проверить, что он там поделывает. Разум Аркадьевич, как и положено, кадр за кадром вращал колесико, прямой, точно диктор в новостях.

Повторюсь, страха не было. Конечно, нарисованные страсти не оставили меня равнодушным, но и не испугали. Тем более внешний вид Разума Аркадьевича не выдавал в нем ни малейшего возбуждения. Своей невозмутимостью он отлично выдерживал художественную дистанцию между собой и персонажем, существовал подчеркнуто отдельно от событий диафильма, кровавым героем которого был двенадцатилетний убийца Алешка Разум, а не Разумовский — немолодой мужчина, заслуженный педагог, сотрудник Детской комнаты милиции. Неоспоримый дар Разумовского заключался в том, что ему удавалось рассказывать историю о себе в третьем лице как о ком-то постороннем, причем так, что не возникало никаких сомнений, что перед нами два совершенно разных человека, которые при этом являются одной и той же личностью. Иными словами, Алешка Разум и Разумовский, каждый из своей реальности, тянули друг к другу руки, причем Алешка Разум как бы не был Разумом Аркадьевичем в будущем, а Разум Аркадьевич в прошлом как бы не был Алешкой Разумом...

Пока я разбирался со своим заржавевшим от неудобного сидения туловищем, Алешка Разум уже успел вернуться домой и лечь спать.

— А на следующее утро наступила неожиданная развязка. Алешку выдал Сережа Максимов. Ребенок вспомнил, что Алешка пару дней назад предлсжил ему понарошку утопить Леню Дятлина, чтобы поиграть в спасателей. Затон обыскали баграми...

На берегу лежал маленький, издали похожий на сома, вздувшийся трупик. Принесли носилки, подъехал «воронок»...

— Милиция нагрянула домой к Алешке, и Разум попался, как говорится, с потрохами. При обыске у него в кармане штанов нашли вырезанный сустав Лени Дятлина. Обнаружилась и одежда Разума, испачканная кровью, разделочный нож, атлас. Вот такие вот дела... Эхе-хе-хе... — Разум Аркадьевич печально покряхтел.

Страшные улики покоились рядком на зеленой клеенке. Фотограф, отступив на шаг от стола, целил объектив...

— Алешка не умел и не хотел выворачиваться. Уличенный, он сразу признался, на каком чердаке находится обезглавленный труп Тани Санжеевой, честно рассказал про подвал стекольного завода и разделанного Валерку Самсонова...

Вспышки — белые, вылетающие из фотоаппарата парашютики, которые Разумовский сопровождал чиркающим спичечным звуком, — высвечивали изувеченные туловища, оскаленные головы...

— Алешку привлекли к ответственности. Страшное событие власти постарались не предавать огласке. Уж слишком вопиющей показалась всем Алешкина жестокость. Шила в мешке не утаишь, многие люди прознали, чьих рук это дело. Поэтому отчим Алешки Разума через месяц, когда закончились все судебные формальности, спешно увез жену и дочь в другой город — он побаивался стихийной народной мести за кровавые дела своего пасынка-выродка... — семья Алешки с баулами и чемоданами грузилась в ночной поезд.

Не оглядываясь на Разумовского, я по одному его голосу догадался, что сейчас он криво улыбнулся этой непедагогичной характеристике — «выродок».

— Даже родная мать отреклась от Алешки. Впрочем, ее можно было понять. — Разумовский произнес это таким кислым тоном, что было ясно, что матери все-таки оправдания нет.

— Мальчишка остался одинешенек — наедине со своими дикими проступками, один среди незнакомых враждебных людей. Конечно, его забрали не в тюрьму. Уже через пару дней он очутился в специальной клинике, где врачи проверяли его психическое и физическое состояние. Это называлось судебно-медицинской экспертизой...

Люди в медицинских халатах куда-то вели Разума по тусклому коридору, на руках его были наручники.

— Случай Алешки заинтересовал медиков. По-своему мальчишка был уникален. Не многие взрослые преступники могли сравниться с ним в жестокой изобретательности, а Алешке было всего двенадцать лет. Малолетний психопат с выраженным физическим уродством — именно так окрестили Алешкину хромоту — казался интересным материалом, как минимум очередной главой в научной монографии...

За круглым столом под неестественно яркими операционными софитами — изобразительная гипербола художника Бориса Геркеля — восседали бородатые старцы в белых шапочках. Перед ними были разложены фотографии: подробный отчет об Алешкиных злодеяниях. Пожилой профессор делал доклад. Его вдумчиво слушали, кто-то уже поднял руку — просил слова.

— Алешку подвергли тщательным обследованиям: измерили с ног до головы, взвесили, взяли все мыслимые анализы...

Раздетый до трусов как новобранец, Алешка вставал на весы, делал «ласточку», касался мизинцем правой руки кончика носа, вытягивался под измерительной шкалой ростомера, на голову ему опускалась планка, похожая на долгий утиный клюв.

Врач монотонно сообщал медсестре результаты. Та записывала их в медицинскую книжку.

— Рост — метр шестьдесят, — гундосил за моей спиной Разумовский. — Телосложение диспластичное... Вес — сорок один килограмм... Череп гидроцефальной формы... Правый тазобедренный сустав деформирован... Позвоночник искривлен также вправо... Правый угол рта отстает при оскале... Реакции без патологии...

Стрекотала невидимая печатная машинка. Разумовский и тут умудрился выдавать умопомрачительный железный цокот, неотличимый от натурального.

— «Ведет себя упорядоченно...» — Цок-цок-цок-цок-цок... «Играет в настольные игры...» — Цок-цок-цок-цок-цок... «Много читает...» — Цок-цок-цок-цок-цок-жжик... «Просил направить на трудовую терапию...» — Цок-цок-цок-цок-цок... «Легко озлобляется...» — Цок-цок-цок... «По незначительному поводу пытался избить и придушить соседа по палате, переведен в одиночную...» — Цок-цок-цок-цок-цок-цок-цок... «Временами отмечается беспричинное снижение настроения...» — Цок-цок-цок-цок-цок... «Тогда становится хмурым, замкнутым, отказывается от пищи...» — Цок-цок-цок-цок-цок-цок-жжик-цок-цок-цок-цок... «Такое состояние длится несколько дней, а затем проходит...» — Цок-цок-цок-цок-цок-цок-цок-жжик...

— Странные это были люди — врачи, — удивлялся Разумовский. — Они словно не понимали, что перед ними просто затравленный угрюмый мальчик, оставленный даже собственной матерью. Один во враждебном мире. Никто не сказал ему доброго слова, не улыбнулся — на него смотрели как на опасного больного зверька. Чего они ждали от Алешки? Раскаяния, слез? Поинтересовался ли кто-нибудь, каково ему на душе? Поначалу мальчишка был оглушен свалившимися на него событиями, а когда он чуть пришел в себя в белой звонкой от тишины палате, то разозлился еще больше. Врачи клещами вытягивали все детские переживания о хромой ноге, выспрашивали о подвале, подсовывали бумагу и ручку, чтобы он что-то написал про «Тайных пионеров» или хотя бы нарисовал. Алешку бесила врачебная прагматичность, он, как умел, издевался над горе-психологами, в избытке пичкая их расчлененной клубничкой, малевал отрезанные головы, кишки, суставы...

Замелькали клетчатые страницы дневника с фразами и картинками.

— Очередной эскулап с умным видом выдавал коллегам свои заключения об Алешке: «Во время беседы внимание активное, механическая память не нарушена, но ассоциативная снижена. Переносный смысл пословиц раскрыть не может, истолковывает их буквально...»

В кадре возникли доктор и Алешка.

«Вот говорят, шито белыми нитками. Это как понимать?» — спрашивал доктор у Алешки, пока тот с полуоткрытым ртом переминался с ноги на ногу и следил медленными безумными глазами за мухой: «Ну, взяла тетенька нитки белые и зашила ими. Может, трусы зашила, а может, рубашку мужу. У нашей соседки Газили Рустамовны есть машинка швейная, она на ней строчит, мама к ней ходила платье делать, а потом они ругались, что Газиля Рустамовна себе от отреза полметра взяла, а та говорила, что нет, не брала...»

За моей спиной множилось бормотание врачей. Очевидно, по причинам врачебной этики называли они его не Алексеем Разумовским, а просто «Р».

«Р. говорил, что еще раньше при фантазиях о чьей либо смерти появлялось желание совершить убийство. После того как он не смог получить в свое распоряжение труп, он стал склоняться к реализации этого влечения путем убийства... Р. при расспросах о содеянном становится угрюмым, отвечает коротко, раздраженным тоном, но без стеснения. Объясняет, что мысли об убийстве ему приятны, и он сам их вызывал. Когда же возникло желание привести эту мысль в исполнение, он подчинился ему без психологической борьбы...»

«Жалости к убитым детям не испытывает. Рассказывая о содеянном и рассматривая фотографии изуродованных трупов, не волнуется, голос остается спокойным, пульс ровным. Подтверждает, что такие желания будут возникать у него и в дальнейшем, однако бороться с ними не считает нужным и возможным...»

Приглядывать за Разумовским становилось затруднительно. В придачу к физическому добавилось психологическое неудобство. Едва я отрывал взгляд от экрана, меня окатывала волна тревоги, причем не умственной, а нутряной, словно бы начинали паниковать кости и мышцы. Но стоило повернуть голову обратно, беспокойство сразу проходило. Неожиданно для спины нашлось удобное положение, в котором ломота практически не давала о себе знать. Я фактически улегся грудью и животом на ноги, сложив руки под подбородком. Эта компактная поза настолько уменьшила меня в размерах, что детский стульчик пришелся мне впору.

Между тем на экране собрался врачебный консилиум.

— В тот день решалась Алешкина судьба, — торжественно проговорил Разумовский. — Присутствующие внимательно слушали седобородого докладчика: «Болезненное переживание своего уродства вначале привело к замкнутости, легкой ранимости, впечатлительности. На особенности подобных личностей указывает Б. Третьяков, подчеркивая, что лица с физическими недостатками, с постоянными комплексами переживаний могут стать агрессивными, завистливыми, сутяжными. По этому пути следует и развитие личности Р...»

Голос докладчика звенел холодным, резонирующим железом, словно находился внутри пустого танкера.

«Насмешки товарищей — мальчика дразнят "Леша — по пизде галоша", избиение отчимом формируют у Р. необыкновенную злобность и жестокость. Учитывая, что Р. с раннего возраста был длительно болен туберкулезом, можно предположить влияние хронической туберкулезной интоксикации на незрелый мозг ребенка. Р. реализовывал свои влечения без какой-либо внутренней борьбы, и попытки реализации следовали друг за другом очень быстро...»

Звуковой подкладкой служили мерные удары, точно невидимый плотник с точностью метронома торжественно забивал в гроб глухие гвозди.

«Р. расчленял трупы для удовлетворения извращенной страсти — желания посмотреть на строение тазобедренного сустава у здоровых детей, так как постоянно завидовал им. Р. в момент правонарушения не был в состоянии расстроенного сознания, однако имеющееся уродство личности с нарушением воли, эмоциональности, влечений и критики настолько выражено, что свидетельствует о наличии медицинского и юридического критерия невменяемости. Подобные поступки иллюстрируют особенности патологического формирования психики подростка с физическим недостатком. Р. обнаруживает признаки органической психопатии с выраженной патологией влечения — «танатофилией», степень которой столь глубока, что исключает возможность Р. отдавать отчет в своих действиях и руководить ими. Поэтому в отношении инкриминируемых ему действий... — паузу заполнила тревожная барабанная дробь, как в цирке перед сложным акробатическим трюком, — мы признаем Р. невменяемым, и ему рекомендовано принудительное лечение в психиатрической больнице специального типа...»

Раздался глубокий деревянный удар, похожий на стук судейского молотка.

— Неужели Алешка Разум проведет всю свою жизнь в закрытой больнице, запертый в палате, как в клетке? — оборвал возникшую паузу горький вопрос Разумовского. — Так бы и случилось, если бы не один человек. С самой что ни на есть большой буквы Ч... — Голос Разумовского подавился умилительным комом и наполнился слезами.

Для наглядности возникла эта нарисованная «Ч», стилизованная под книжный стеллаж. К нему прислонился мужчина средних лет в слегка одомашненной военной форме — галифе и гимнастерка были спокойного серого цвета. На левой руке черная перчатка. Возле сапога стоял громоздкий чемодан. Я вспомнил, что уже видел этого человека «с большой буквы» — в начальном кадре с названием диафильма «К новой жизни!». А теперь он опирался локтем о полку, слушал врачей и чуть посмеивался — за моей спиной хмыкал Разумовский, — а потом произнес хрипловатым баритоном: «Как же все у вас просто получается?! Линейкой человека измерили, килограммы взвесили, душу ногтем поскребли — и в утиль списали! Хороши, ничего не скажешь!» — Все головы сразу повернулись к стеллажу. «Кто вы, товарищ?» — спросил главный докладчик. — «Я — Гребенюк. Виктор Тарасович». «Вы врач?» — поинтересовался докладчик. — Тот покачал головой: «Педагог».

Голос Разумовского ходил ходуном от душевного волнения.

— Не знал тогда в своей одиночной палате Алешка Разум, кто вступился за него, когда медики поставили на мальчишке большой кладбищенский крест. Будущий спаситель решительно подошел к столу: «Я внимательно слушал вас, уважаемые товарищи эскулапы. А теперь хочу спросить: легко ли складывались наши с вами судьбы? Довелось многое пережить, ломать, корчевать свои прежние убеждения и пристрастия во имя высшего правого дела. И Родина всем давала шанс исправить свои ошибки, учила жить по-новому. Я хочу спросить вас: разве для того дается человеку жизнь, чтобы он прожил ее червем в земле, не увидев счастливого простора вокруг, не узнав величия любви, добра, гражданского подвига?!» — Врачи с удивлением и интересом внимали словам неожиданного человека. — Но как говорится, лучше один раз увидеть, чем сто раз услышать! — Он взялся за чемодан. — Это займет немного времени, но оно того стоит. Все-таки на карту поставлена жизнь...»

Следующий кадр показал больничную палату: зарешеченные окна, плотные шторы, металлическую, выкрашенную в белый костяной цвет кровать, куда забрался с ногами Разум, тумбочку с приставленным к ней табуретом.

— Алешка ждал, когда его переправят в новую больницу тюремного типа. Санитар проговорился об этом, прибавив, что Разуму вообще повезло — признали невменяемым, а то не миновать бы расстрела, хоть и малолетка. Прошел день, и никто не появился, кроме нянечки, приносившей еду. А вечером в дверь Алешкиной палаты постучали. Одно это уже было странным. Обычно входили бесцеремонно — без стука. «Можно?» — спросил голос за дверью. «Да», — отозвался Алешка, закрыл и бросил на тумбочку общую тетрадку, в которой от скуки дорисовывал человечкам кудельки на «отрезанные» головки. В палату шагнул мужчина в военной форме, на гимнастерке — орден «Знак Почета», в правой руке — большой чемодан. Левая чуть поджата, неподвижна и в перчатке — протез, что ли?

Разумовский во избежание неправильного восприятия зрителем дорогого учителя сам истолковал нарисованного Гребенюка:

— Лет вошедшему было на вид чуть за сорок — темные с легкой проседью волосы, на лбу шрам, напоминающий математическую скобку, ясные голубые глаза, широкие скулы, на губах улыбка: «Ну, здоро́во, Джек-потрошитель», — надтреснуто, с неуловимым папиросным дымком произнес посетитель. «Я не Джек», — сразу набычился Алешка. — «Ну, и как тебя зовут?» — усмехнулся мужчина. — «Вы, можно подумать, не знаете! — огрызнулся Разум. — Алексей Разумовский». — «Вот и отлично. А меня Виктор Тарасович Гребенюк. Будем знакомы». — Мужчина протянул Алешке руку, дождался, пока тонкая мальчишеская кисть не погрузится в его крепкую ладонь...

Разумовский виртуозно без стыков перескакивал с голоса на голос. Последние несколько минут звучало трио: юный дискант Алешки Разума, зрелый тенор Разума Аркадьевича и хрипловатый басок Гребенюка:

«Чего пожатие вялое такое, мало каши ел? — Гребенюк оглядел палату. Что-то было особенное, лихое в этом взгляде. Так матерые уголовники одним неспешным внимательным поворотом головы осматривают свою камеру. — Да, унылые хоромы. В таких кто угодно захандрит...» — «Пришли, чтоб забрать меня в специальную больницу?» — презрительно спросил Алешка. — «С чего это ты взял? — удивился Гребенюк. — Нет, я не врач. Я по другому вопросу. Дружище, имеется предложение. Алексей — как-то официально звучит. У тебя есть прозвище какое-нибудь? Вот меня, к примеру, приятели в детстве Гребнем величали. А тебя наверняка — Разумом. Угадал?»

Разумовский расчувствовался:

— Глаза мальчишки вдруг наполнились слезами, он быстро отвернулся к окну, чтобы этот Гребенюк не увидел, что случайно оброненные слова ранили в самое сердце. А что мог ответить Алешка? Что никто не называл его Разумом, а только дразнили Галошей?..

«Хорошее прозвище — Разум, — похвалил Алешку Гребенюк. — Мне лично очень нравится. Ты не против будешь, если и я тебя тоже стану Разумом называть? Ты какой класс закончил? Пятый? Вот еще пять лет отучишься, поступишь в институт, будет у тебя такой предмет — философия...» — Алешка хотел было возразить гостю: «Какой институт! Я же даже в школу уже не вернусь!» — но промолчал. — «Разум — штука посложнее ума, — продолжал Гребенюк. — Раньше философы-идеалисты полагали, что ум занят познанием всего простого и житейского: вот суп, в нем картошка. А разум вроде как возвышается над умом, существует отдельно, независимо от мозга и занят познанием бога. А бога-то, как выяснилось, нет! Так что же тогда познает разум? — Гребенюк за время своей речи успел сдвинуть вбок кровать, переставил вперед тумбочку и табурет. — Прусский философ Кант считал, что разум постигает не бога, а вещь в себе. Ты ведь тоже пытался постигнуть в себе какую-то вещь?» — «Пытался», — тихо ответил Алешка. — «Ну и как, доволен успехами? — Гребенюк подмигнул. — Не бойся, я ни в коем случае не собираюсь тебя поучать или критиковать. Я ведь не этот самый Кант. У него была работа "Критика чистого разума". Кстати, ты уши мыл?» — озабоченно поинтересовался Гребенюк.

Разумовский каким-то невообразимым интонационным приемом дал понять, что дальше последует шутка: «А почему вы спрашиваете?» — Алешка, признаться, оторопел от такого речевого напора. — «Да потому что, если не мыл, то работа Канта будет называться «Критика неумытого Разума!» — Увидев недоумевающее лицо Алешки, Гребенюк расхохотался. Алешка тоже заулыбался. Впервые за несколько месяцев. Ах, как не походил этот новый странный человек на тех, с кем приходилось общаться в последние месяцы!..

Разумовский умело отделил добрую улыбку рассказчика, не перестающего удивляться чужому оптимизму, от самого Гребенюка и его хоть и заразительного, но грубоватого гогота — так ржет шпана, когда кто-то поскальзывается на арбузной корке.

«Философ Декарт полагал, что разум знает собственную природу и живет сам по себе. Только если бы так было, функции разума не зависели бы от повреждений мозга. А тут простой удар молотком по башке — и разум на пару с умом уже не знают, как воду в сортире спустить... К чему я это все веду... — Гребенюк осторожно повалил чемодан на пол и присел рядом. — Ты, конечно, парень, делов наделал — сказать нечего. Но нет ничего непоправимого...» — Гребенюк щелкнул никелированными замками чемодана...

Мне показалось, что Разумовский для наглядности подцепил пальцем железную защелку на чехле диапроектора. Во всяком случае, звук был очень похожим — железно-клацающим.

Гребенюк откинул крышку. Вытащил небольшую коробку, затем короткий тубус, а под конец нечто громоздкое, черное, напоминающее печку-буржуйку на коротких гнутых ножках.

«Ты, наверное, Разум, думаешь, что ты человек никчемный и пропащий. И это неправильно. Никогда не поздно измениться. Надо только захотеть по-настоящему. Сколько тебе лет?» — «Двенадцать...» — «Ого, сколько еще впереди! Целая, Разум, жизнь. Жизнище!» — Все это время упрятанная в черную перчатку левая кисть Гребенюка, которую Алешка вначале принял за протез, действовала наравне с правой рукой. Пальцы двигались, хватали предметы на дне чемодана, перекладывали их на тумбочку. «Что-то хочешь спросить, Разум? — На секунду Гребенюк оторвался от работы. — Не стесняйся». — «Кто такой Джек-потрошитель?» — Алешка сперва остерегся любопытствовать про руку. Он-то лучше многих понимал, как опасны бестактные вопросы, связанные с личным увечьем. «А-а, это был бандит лондонский». — «А почему «Потрошитель»?» — «Людей он потрошил, Разум. Прям вот как ты... Что потупился? Стыдно, брат? То-то и оно. Ну, да это в прошлом. Только ведь ты про руку мою хотел узнать. Прав?» — «Да», — признался Алешка. — «Вот тебе моя рука!» — Гребенюк засмеялся от случайной театральности фразы. — «Я просто думал, рука у вас неживая, — сказал Алешка, осторожно трогая перчатку, — а она шевелится. Это протез такой, заграничный?» — «С чего ты взял? Моя собственная родная рука, — с усмешкой заверил Гребенюк. — А почему это тебя волнует?» — «Зачем перчатка? Там что, ожог?» — «Хуже, Разум. Татуировка. Но раз мы с тобой уже подружились, так и быть, покажу... — Гребенюк чуть закатал рукав и стащил перчатку: — Гляди, Разум, вот такая тут география...»

Крупный план показал тыльную сторону кисти Гребенюка — она походила на самодельную карту. Вдоль крупных вен змеились названия рек «Обь» и «Енесей». На костяшках синими штрихами были нанесены горы, под которыми стояла подпись: «Уральский хребет».

«А зачем это?» — спросил Алешка. — «Интересный ты хлопец, Разум. Я думал, первый вопрос будет, а что это такое в чемодане притащили, а ты вот на руку внимание обратил. Но я отвечу. Дело в том, что я не всегда был учителем. Детство мое и отрочество пришлись на сложное время — революцию, Гражданскую войну. Так вышло, что я рано оступился, попал в дурную компанию. Мне потом пришлось приложить много усилий, чтобы стать тем, кто я сейчас. А перчатку надеваю даже не из-за самой татуировки. Просто карта безграмотная, увидят ее люди и подумают: «Стоит перед нами учитель, а у него на руке мало того что Енисей с грамматической ошибкой, так он еще вместе с Обью упирается в Уральские горы...» Вот и расплачиваюсь перчаткой за подростковое невежество... — Гребенюк снова натянул перчатку, улыбнулся: — Разум, откровенность за откровенность. Покажи-ка мне свою знаменитую тетрадь. Я наслышан о ней, хотелось бы самому взглянуть, что ты там нацарапал...» — Алешку смутила неожиданная просьба. Все же он взял с тумбочки тетрадь и протянул Гребенюку. Тот открыл ее наугад, в середине. Брови Гребенюка чуть сошлись на переносице то ли от удивления, то ли от недоумения. Алешку пронзил страх, что Гребенюк сейчас с отвращением отбросит кровавые художества и навсегда уйдет. А ведь кроме него никто не называл Алешку «Разумом» и другом...

Я почувствовал, как у Разумовского от нахлынувших переживаний захватило дыхание.

— У мальчишки аж нос побелел от волнения, — подтвердил диагноз Разум Аркадьевич. — Спустя миг Гребенюк разразился громовым хохотом...

Разумовский устроил настоящий камнепад смеха, потом проговорил изнемогшим от веселья голосом Гребенюка:

«Разум, уморил! "Труп сделал из обезьяны человека!" Гениально! Да ты юморист! Зощенко! Кукрыниксы! Погоди, погоди, я сам что-нибудь соображу. Э-э-э... Вот! Без трупа не выловишь и рыбку из пруда! С ударением не очень. А ну, теперь ты давай! У тебя лучше получается...» — «Терпенье и труп все перетрут», — робко сочинил Алешка. — «Ах-ха-ха-ха! — покатился от смеха Гребенюк. — Терпенье и труп... — Он утер выступившие слезы. — А эти дураки, — он потыкал за дверь, — ничего в тебе не поняли! Скучные они, плоские люди, формалисты, хоть и советские врачи. — Гребенюк уже не шутил, а говорил совершенно серьезно: — Над всеми человеческими законами и уголовными кодексами стоит высший закон диалектического материализма — закон единства и борьбы противоположностей. Жизнь внутренне противоречива, и чтоб ею управлять, нужно охватывать все противоречия, а не цепляться к чему-то одному: мол, это однозначно хорошо, а это плохо. Врачи подошли к тебе односторонне, недиалектически, а попросту не по-ленински. Природа состоит из противоположностей. Зима переходит в лето, мороз в жару, ночь сменяется днем, и зло однажды становится добром. У меня, Разум, был с твоими судьями непростой разговор...»

Вместо палаты появился зал, где заседали врачи экспертизы. Окна были плотно зашторены. Свет истекал из раструба прибора, принесенного Гребенюком в чемодане, — по всей видимости, это была очередная доисторическая разновидность диапроектора. От меня не укрылось, что лица у врачей были окостеневшие, словно они находились в состоянии глубокого мученического транса. Врачи, все как один, уставились на стену. В желтом мареве, напоминающем голограмму, клубилось изображение ораторствующего Гребенюка. Подразумевалось, что сам Гребенюк стоит поодаль и озвучивает себя на экране:

«Много томов написано по педагогике, но где та формула, что открывает путь к детскому сердцу? Нет такой формулы. Всякий раз ее приходится выводить заново. Трудный попался нам случай, что и говорить, трудный. Но ведь нужно же с чего-то начинать! Именно от этих первых шагов и зависит исход нашей борьбы за оступившегося ребенка...»

От своего нарисованного прототипа этот второй Гребенюк ничем не отличался, разве что размеры были поменьше, но техника и яркость рисунка не пострадали. Самого Гребенюка в кадре не было видно, только рука в перчатке с дымящей, как паровоз, папиросой. Вероятно, именно эта табачная завеса и создавала ту призрачную миражную рябь экрана, точно Гребенюк бросал в свое водное отражение камушки.

«Мы склонны безоговорочно осуждать таких ребят, забывая, что в каждом детском преступлении весомая доля общественной вины. Мальчишка физически крепкий и энергичный, если вовремя не учесть его индивидуальные особенности, без должной опеки превратится в драчуна. Тщеславный и решительный подросток, если общество не сумеет направить его интересы в правильное русло, наверняка сделается главарем хулиганов. Пристальный интерес Алексея к человеку, к его внутреннему миру без должного участия привел к познанию кровавой изнанки мира физического...»

Новый план показал Гребенюка, стоящего рядом со своим проектором, и согнутые спины врачей, глядящих на экран.

«Сколько раз нам, педагогам из правоохранительных органов, приходилось слышать, что мы, дескать, чересчур нянчимся с малолетними преступниками, вместо того чтобы сурово карать. Так вот, отвечаю: будем нянчиться! Отличительная черта оступившихся ребят — недоверие к взрослым. Лишь тогда потянутся они к своим наставникам, когда почувствуют, что их не осуждают, а стараются помочь. Только чуткость и уважение к личности способны изменить отношение к людям, к миру!»

По сгорбленным спинам врачей пробежала дрожь. Они сидели примерно в той же позе, что я сам — скрючившись в три погибели, словно пассажиры гибнущего самолета.

«Не стоит ждать быстрых результатов. Поворот на нравственном уровне неизбежен, но для этого нужно время, а оно, как известно, лучший терапевт! Согласен, надо прилагать все усилия, чтобы предупредить преступление, но если оно уже случилось, в первую очередь важно вернуть подростка... — он выдержал паузу и торжественно закончил: — к новой жизни!»

Разумовский издал какой-то помпезный аккорд и рассыпался шумными аплодисментами, похожими на хлопанье сотен кожаных крыльев, точно взмыла испуганная стая летучих мышей.

Появилась палата с Гребенюком и Алешкой Разумом.

«А что это вы принесли в чемодане?» — спросил Алешка. — «Ну, наконец-то! — обрадовался Гребенюк. — Проявил интерес. Это, Разум, латерна магика. В переводе означает "волшебный фонарь". Слыхал о такой штуке?» — Алешка помотал головой. «Волшебства в нем, конечно, нет, но вещь удивительная. — Гребенюк с гордостью похлопал агрегат по черному крупу. — Эту штукенцию придумали, когда еще не было кинематографа. Устройство очень простое. — Гребенюк шлепнул ладонью по тыльной стороне тубуса и вытряхнул красивый медный цилиндр, сверкнувший выпуклой линзой. — Имеется деревянный корпус, к которому навинчивается объектив. Внутри рефлектор и лампочка. Раньше, до электричества, свечи были. Вот сюда, — он указал на подвижную пустую планшетку перед объективом, — вставляются стеклянные пластины с картинками. Изображения обычно проецировались на клубы дыма. Только вообрази, Разум, какое впечатление производили на необразованных людей эти дымящиеся в воздухе картинки?! Во Франции "волшебный фонарь" одно время даже называли фонарем ужаса — лантэрн д'орер...»

Гребенюк, то бишь Разумовский, произнес французский термин с глубоким прононсом.

«Хотя что в нем ужасного? Чистая оптика и никакого мошенничества. — Гребенюк щелчком присоединил объектив, потом взялся за стенки коробки, потянул в разные стороны. Коробка разъехалась, как раскладной слесарный ящик. В многочисленных отделениях, проложенных для мягкости бархатом, плотно лежали пластины. — С появлением кинематографа слава волшебного фонаря, увы, поблекла, а в нынешнее время его вообще не увидишь — заменили более современными фильмоскопами. Но я, Разум, очень люблю этот старенький волшебный фонарь. И не только потому, что это память о моем учителе, Арсении Витальевиче Сухово, замечательном педагоге, соратнике великого Макаренко...»

Сцена «Гребенюк рассказывает Разуму о волшебном фонаре» показалась мне удивительно знакомой, будто я уже видел ее раньше, или даже больше — не видел, а проживал. Вдруг я понял, что все это, хоть и с нюансами, дублирует появление Разумовского с диапроектором в Детской комнате милиции.

«Вот теперь, Разум, мы подошли вплотную к цели моего визита. Я хочу продемонстрировать тебе поучительную, на мой взгляд, историю. — Гребенюк задернул плотные темно-синие шторы. Палату окутал таинственный мрак кинозала. — Хочешь, воспринимай ее как сказку. Ты ведь любишь мультипликацию?»

— Еще бы! — с жаром ответил Разумовский, случайно потеснив своим взрослым голосом дискант Алешки Разума.

Гребенюк присел возле волшебного фонаря, что-то покрутил, и яркий луч расплылся на стене желтым пятном.

«А где вы возьмете здесь дым? — Алешка зачарованно глядел на освещенную фонарем стену. Гребенюк хмыкнул: «А "Беломор" на что?» — Он достал из кармана галифе пачку папирос и коробок спичек. Раскурив папиросу, Гребенюк направил густую струю дыма на пятно света.

«Присаживайся, Разум, — скомандовал Гребенюк, — начинаем сеанс. Дзынь, дзынь, дзынь!» — Алешка свесил ноги с кровати, чуть нагнулся вперед, чтоб лучше видеть небольшой экранчик. Грудь распирало чудесное волнение, словно и не было в его жизни этих больничных месяцев, тазобедренных суставов, анатомических атласов, чердаков и подвалов, изнурительной хромоты, обид, слез...

Несколько глубоких затяжек создали необходимую туманность. Гребенюк вставил в планшетку пластину, двинул рукой, загоняя внутрь «фонаря». В табачном облаке возникла дрожащая картинка-знамя со знакомым названием: «К новой жизни!», которое немедля озвучил Гребенюк. Авторы текста и рисунков оказались неразборчивы — все-таки это был кадр в кадре и детали скрадывались.

«Эта история о мальчике непростой судьбы, — торжественно поведал Гребенюк Алешке. — Детство его пришлось на первое десятилетие советской власти. То были трудные годы, ребята быстро взрослели, рано начинали самостоятельную жизнь. Судьба уготовила нашему герою участь бродяги, вора и налетчика. Он докатился до самого дна жизни, но молодая Советская республика, вдумчивые педагоги, пионерия и комсомол обуздали и выправили нрав, искалеченный войной, разрухой, голодом. Мальчик смог победить романтику уголовного мира и сделаться полноправным советским гражданином! Слова "Мы наш, мы новый мир построим..." уже не были для него лишь строкой из песни. Они воплотились в жизнь!»

Все это время каким-то неуловимым подстрочником бежала закольцованная музыкальная фраза «Наш паровоз вперед летит».

В часть планшетки, что выехала с другой стороны объектива, Гребенюк молниеносно сунул вторую пластину. Дав названию отстояться, он двинул планшетку в обратном направлении. Дымка стала ночной. Кончился «Паровоз», и Разумовский затренькал нищей балалайкой, затянул жалобным, качающимся, словно от боли, детским голоском: «По приютам я с детства скитался, не имея родного угла...»

Показался кирпичный угол дома, распахнутая ставня низкого окошка, откуда лезла фигурка, прижимая к груди тряпичный узел. Красок не было, картинка была черно-белой, под стать далекому времени.

«Стоять, шантрапа!» — рявкнул густым басом Разумовский.

Перекатилась планшетка. Бородатый сторож подскочил к взломанному окну, ухватил воришку за отрепья воротника: «Попался, сволочь! Ворюга!»

В руке мальчишки блеснула полоска стали, ткнулась в сторожа, тот охнул, схватился рукой за бок и хрустко прошептал, точно прошелся по просыпанному сахару: «Убил...» — Почти сразу же этот шепот был подхвачен тонким визгом полуночной бабы-торговки: «Зарезали-и-и-и!!!»

Загрохотали сапоги милицейского патруля. Под тревожный тремор балалаечной струны улепетывала маленькая фигурка в лохмотьях. Кто-то из прохожих бросился наперерез. Мальчишка метнулся в сторону, споткнулся. «Вот он, бандит! Хватай его!» — На упавшего навалились, вывернули руку: «В участок! Там разберемся!»

Гребенюк с ловкостью фокусника менял пластины. Надо заметить, что события с «волшебным фонарем» развивались втрое быстрее. Возможно, с технической стороны это было обусловлено ограниченным числом пластинок, но скорее всего диафильм Разумовского просто не считал нужным излишне подробно останавливаться на вставной истории — он отмечал лишь ключевые моменты, неизменно отвлекаясь на реакцию главного зрителя — Алешки Разума, для которого все это и демонстрировалось. Он сидел на кровати, согнувшись, точно шарил руками по полу, но при этом голова Разума была вздернута и смотрела прямо на стену с дымчатым световым пятном.

Малолетнего убийцу тем временем доставили в милицию.

«Как звать?» — спросил человек в красноармейской гимнастерке.

«Не твое дело, легавый!» — В хриплых подростковых нотках легко угадывался голос будущего спасителя Алешки Разума — Виктора Тарасовича Гребенюка. Крупный план налетчика-беспризорника подтвердил мою догадку — конечно же это был Гребенюк, только в детстве. «Ну, шкет, держись! — пригрозил милиционер. — Кончились твои веселые деньки! В камеру!»

По композиции этот внутренний диафильм не отличался от истории Алешки Разума. Рассказ велся от третьего лица, то есть Гребенюк говорил о себе как о постороннем лице. Единственное, следить за историей было сложнее — на переднем плане, прямо как в кинотеатре, то и дело маячил затылок Алешки Разума, перекрывающий обзор.

— Мало было в жизни Витьки Гребня ярких, запоминающихся дней. Рос он в бедной беспутной семье. Отец Витьки был слесарем, а мать прачкой. Отец мало работал, а все больше пил да скандалил. Нередко, будучи в нетрезвом состоянии, отец угощал спиртным и сына. Мать помнила Витьку пьяным уже в шестилетнем возрасте...

Мелькала унылая череда дореволюционных пейзажей рабочей окраины — точно из раскисшей глины низенькие домики, фабричные трубы, улицы с незасыхающими лужами. По дороге вместе с забулдыгой-отцом плелся пошатывающийся мальчик. Табачный дым только подчеркивал эту хмельную зыбкость походки.

— Непростой характер был у Витьки, в отца — буйный. С одноклассниками дрался, учителям дерзил, не мог усидеть до конца урока. Часто вместо школы бегал к отцу в мастерскую, там выпивал. Однажды Витька появился пьяным в классе. Трудно представить, а было ему всего десять лет. Витьку выгнали из школы, а он и рад был — все дни проводил на улице...

Крупный план показал Алешку Разума, как он сопереживает перипетиям мальчика Витьки, очевидно, находя параллели со своей нелегкой судьбой. Лицо Алешки исказила судорога то ли страдания, то ли сострадания.

— Шла империалистическая война, отца забрали на фронт, откуда он не вернулся — сгинул, — продолжал Гребенюк. — Нежданная, грянула революция — какая уж тут учеба. В голодном восемнадцатом году мать умерла от тифа...

Весь кадр занял стол с черным гробом.

— Витька остался круглым сиротой. Все время проводил в уличной компании ребят, старших по возрасту. Больше всего он боялся прослыть трусом.

Зная эту Витькину слабость, дружки часто подбивали его на неблаговидные поступки — драки, кражи. Стоило Витьке выпить, он сразу терял голову...

Возникла картина большой драки. В центре Витька Гребень размахивал кулаками. Кто-то уже лежал на земле, закрывая лицо от ударов. Слышался далекий милицейский свисток. Крики дерущихся тонули в пестром базарном гаме...

— Так он и жил: пьянство, драки да воровство. В тринадцать Витька открыл для себя грязное взрослое удовольствие...

На экране полураздетый мальчишка валялся в койке с немолодой, потасканного вида женщиной.

— Улицы, базары, притоны были его жизнью. Он позабыл, что у нормального человека бывают имя и фамилия. У него была только кличка — «Гребень». К четырнадцати годам он уже был отпетым бандитом, развратником и алкоголиком — невысокий, голова в шрамах от перенесенных черепных травм. На левой руке синела грубая татуировка, да и сами руки сплошь усеяны рубцами от частых драк. Бывало, что Витьку ловили на улицах, отправляли в приюты, в детские трудовые колонии, но он сбегал оттуда. Все шло к тому, что Витька плохо кончит...

Голос Гребенюка сменил новый рассказчик. Так звучали в старых довоенных фильмах люди пародийно интеллигентных профессий — какие-нибудь профессора консерватории с пенсне на носу. Этот тип, очевидно, символизировал представителя упаднической педагогики, бессильно опускающей руки перед трудностями, осколок отмирающей идеологии: «Настроение подростка неустойчивое, преобладает мрачность и раздражительность. Просит, чтобы его побыстрее расстреляли. Часто употребляет жаргонные и нецензурные выражения. Держится с рисовкой, развязно, без чувства дистанции. Эмоции его поверхностные, бурные, нестойкие. Крайне обидчив, упрям. С увлечением рассказывает о драках "стенка на стенку", как его, пьяного, боялись даже взрослые. Бравируя, предлагает принести ему водки, чтобы он доказал, что может выпить целую бутылку, не отрываясь. Откровенничает о своих амурных похождениях, заявляет, что его интересуют лишь драки, женщины и спиртное. Можно утверждать, что Гребенюк Виктор педагогически запущен и страдает психическим отклонением — истерией. Тяжесть совершенного им проступка не предполагает снисхождения...»

«Если только карать — значит толкать человека в пропасть неверия, озлобления, превращать "стихийного" преступника в сознательного! — резко возражает решительный голос. На мужчине красноармейский френч. Лет ему около сорока, коротко острижен, усы щеточкой, взгляд крепкий, как булыжник. — А я не верю, чтобы человек не отозвался на доброту. Обязательно отзовется!» «Кто вы?» — звучат голоса. «Арсений Витальевич Сухово. Педагог...» — Скептик в пенсне неприветливо глядит на выскочку. Сомневается и комиссия: способен ли вообще мокрушник и вор Витька понять, что невозможно жить, враждуя с обществом, и что есть в жизни большой, главный смысл — делать людям добро?»

Прозвучал мотив «Нашего паровоза». Вместо картинки показался черный кадр с титром: «На следующее утро...»

В камере, где сидел Витька Гребень, появился тот самый гражданин во френче, Арсений Витальевич Сухово. В руке у Сухово был чемодан.

Удивленное лицо Витьки Гребня сменил титр: «Интересно, а что у него в чемодане?»

Разумовский бренчал голосом какой-то фокстрот времен нэпа, довольно точно имитируя таперское пианино.

«О, клево! — передал титр слова Витьки Гребня. — Синема! Лафа!»

Судя по картинке, Сухово принес с собой «волшебный фонарь». Под бряцанье расстроенных клавиш Арсений Витальевич угостил Витьку папиросой, сам закурил. От той же спички оживил и фонарь. Рассеянное пятно света озарило стену. Витька свесил ноги с нар, наклонился вперед, чтобы получше разглядеть дымные химеры на стене камеры.

На поверхности немого кино образовалась новая проекция — уже третья по счету. Потом волшебный фонарь Сухово выдвинулся на первый план.

В изобразительной манере дореволюционного детского альманаха рассказывалась история барчука Арсения. На экране возникли плоские картонные фигурки, как из книжек-раскладушек, приводимые в движение скрытым рычажком.

«Мальчикъ по имени Арсеній — настоящий бѣсенокъ!»

Белокурый барчук в матроске зло улыбался, обнажая мелкие, как колотый сахар, зубки. На шее висел полосатый барабан. Рычажок оживил Арсения — барчук ударил палочками.

«Онъ утопилъ кошку Лизу, замучил бѣлаго и прелестнаго кролика Бобби!»

Рычажок отодвинул кустик, открывая два жалких звериных трупика.

Кукольная кружевная дамочка одинаковым механическим движением подносила к порозовевшим щечкам пышный веер:

Mamán: «Какой ужасъ! Онъ у насъ такой непослушный!»

Приставным шажком — двигалась только одна нога — вышел строгий усатый мужчина в сюртуке и клетчатых панталонах. Он курил длинную трубку:

Papá: «Дорогая, я знаю, что дѣлать! Ему поможетъ знаменитый педагогъ Дмитрій Федоровичъ Книппенъ и его волшебный фонарь!»

Согнувшись, как раздавленный окурок, Витька Гребень наблюдал за детством мальчика Арсения...

Еще раньше, чем мне предстал Книппен, с моим сознанием произошло странное помрачение. Возможно, этому поспособствовали голосовые кульбиты Разумовского: множащиеся голоса педагогов — в юности и зрелости, мелодии и прочие звуковые эффекты — все вместе они резко поместили меня в странный кокон, за пределами которого бушевал жестокий вестибулярный хаос. Стоило повернуть голову от экрана или же чуть изменить наклон туловища, к примеру посмотреть под ноги, как сразу извне наваливались невозможные тошные центрифуги.

Неожиданно плоскость детского альманаха обернулась черной падающей вертикалью. Создавалось ощущение, что я рухнул в какой-то бесконечный колодец, только не я падал в нем, а он находился во мне, где-то внутри, в пищеводе, и я, проносясь через его пространство, словно брошенный гарпун, нанизывал на себя плеяду наставников-учеников, связанных между собой преемственностью какого-то преступления и перевоспитания. То была вывернутая наизнанку обратная генеалогия — ученик исторгал из чрева учителя, а тот разрешался очередным дидактическим родителем. Потом меня всего вздернуло, будто резко потянули невидимый линь. Я ощутил что-то вроде безболезненного крючка внутри головы, а затем меня поволокло наверх...

— Удивительный человек был Арсений Витальевич, — проговорил Разумовский взволнованным голосом Гребенюка. — Через годы пронес он обостренное чувство справедливости. Природная доброта и горячее сердце помогали ему разбираться в людях, понимать их слабости...

«Немое кино» закончилось. Я снова сидел, скрючившись на детском стульчике, и смотрел на экран. Тошноты уже не было. Тело полностью онемело. Я даже не мог толком пошевелить плечом, точно паук-Разумовский опутал меня своим диафильмом, как паутиной. Единственное, что мне удалось, это чуть раскачаться. За моей спиной немедля выразительно откашлялся Разумовский. Этот звук находился вне фильма и предназначался мне лично. Я понял, что Разум Аркадьевич недоволен моим поведением, просто пока ограничивается предупредительным кашлем, более того, он прекрасно знает, что я обездвижен.

На втором экране между Арсением Витальевичем Сухово и Витькой Гребнем заканчивался разговор «по душам».

После сеанса «волшебного фонаря» Витькино лицо было каким-то задумчивым и посветлевшим, я бы даже сказал — отчетливо побелевшим. Сошла чумазость, разгладился стариковский, в грязных морщинах лоб — одним словом, Витька похорошел.

«Я не добиваюсь от тебя раскаяния, — произнес Сухово, — а пытаюсь вместе с тобой разобраться, как ты дошел до жизни такой». — Витька Гребень насупился. Много в душе накопилось, в двух словах не передать. Арсений Витальевич не перебивая слушал горькую сбивчивую повесть мальчишки-беспризорника...

Собственно, самой «повести» не было. Вместо слов звучали трагичные, полные героизма аккорды — такими обычно или начинали, или заканчивали песни о Гражданской войне.

«Ты так молод, Виктор. У тебя все еще впереди. Да, было в твоей жизни всякое. Гопничал, был стремщиком у бандитов. Но мой опыт подсказывает, что люди, которым судьба смолоду надавала тумаков, крепче благополучных паинек. Тот, кто хлебнул горя, знает, почем фунт лиха, если однажды на верную дорогу станет — уже не собьется. Не дрейфь, хлопец! Исправимся. Будешь учиться, работать, встретишь девушку, полюбишь, создашь семью. Все образуется. Но пока придется потрудиться. Мы организуем реформаторий при Детской комнате милиции. Ну что, сынок, справимся?» — Витька кивнул, заулыбался: «Справимся!»

Сухово и Витька Гребень стояли перед дверью одноэтажного особняка. На стене дома мелом был выведен адрес «Пролетарская 3». Хоть и с трудом, но по фасаду я узнал Детскую комнату милиции № 7. Арсений Витальевич положил руку на понурое Витькино плечо.

Следующую картинку заслонила голова Алешки Разума. Он в точности повторял ту же позу, в которой сейчас находился я сам: грудь плашмя на коленях, голова вздернута, словно стоящий сзади Гребенюк взнуздал его, как лошадь.

Сменилась пластина в фонаре. Остриженный наголо подросток смотрел из зарешеченного окна на улицу. Через дорогу виднелись одноэтажные домики. По тротуару спешили люди. Лица Гребенюка не было видно, но общее настроение возникшей картинки говорило о том, что взгляд у подростка наверняка тоскливый, тюремный.

— Поначалу нелегко было Витьке в реформатории, — подтвердил Разумовский. — Приходилось ломать об колено старые привычки. Особенно тяжело было с матерщиной. Крепко же въелась она в Витькин язык!..

Женщина в милицейской форме докладывала Сухово: «Виктор учится неплохо. Но гигиену речи пока не соблюдает!» — Сухово хмурился: «Виктор, зайди в мой кабинет!» — Они стояли друг напротив друга: педагог и ученик: «Я и не хочу ругаться, Арсений Витальевич, — жаловался Витька, — а они сами, проклятые, выскакивают!» — Сухово улыбнулся: «А ты за каждое поганое слово руку себе жги», — взял дымящуюся папиросу и затушил о собственную кисть — аж кожа зашипела...

Разумовский ловко отыграл ожог на раскаленной лампочке проектора — раздался звук, похожий, когда плюешь на утюг. И в комнате на секунду запахло перекипевшей слюной.

— У Витьки дух захватило — так стало жалко Арсения Витальевича! А Сухово как ни в чем не бывало: «Иди в класс, Виктор!» — Через неделю Витька торжественно продемонстрировал Сухово свою изъязвленную мелкими ожогами руку. Отрапортовал: «Арсений Витальевич, с бранью покончено навсегда!»

На лице Алешки Разума застыло беспомощное жалобное выражение — то ли его растрогал жертвенный педагогический прием Сухово, то ли просто измучило насильственное парализованное состояние.

Перед Алешкой Разумом заклубилась надпись «Прошло десять лет». В кабинете Сухово стоял повзрослевший Витька.

«Возмужал-то как...» — по-стариковски дребезжал Сухово. Обнял бывшего воспитанника. — «Мне сейчас вспомнилось, — голос Гребенюка дрогнул, — как вы меня тогда в камере сынком назвали. Ведь тогда-то я и почувствовал себя настоящим человеком. Кто знает, кем бы я стал, где находился бы сейчас, не произнеси вы этого слова...» — «На тебя, Виктор, ложится воспитательная работа в реформатории. Верю, что справишься, отличник!» — «Оценки — это не главное, Арсений Витальевич. Вы научили меня основной педагогической мудрости — человеколюбию! Вот тот ключ, что открывает любое, даже самое озлобленное сердце...»

Далее Гребенюк обращался уже не к Сухово, а воображаемому зрителю: «Не может сердце не отозваться на доброту. Обязательно отзовется!»

Разумовский, как ковровую дорожку, выстелил фанфарами пафосную музыкальную фразу: «Наш паровоз вперед летит».

— На этом заканчивается рассказ о мальчике Витьке Гребне и начинается история педагога Виктора Тарасовича Гребенюка...

Крупный план показал лицо Алешки Разума. Оно изменилось — подобрело, оттаяло, словно от сердца мальчишки отлегла какая-то невидимая мука.

— Гребенюк склонился к «волшебному фонарю», выключил лампочку. Затем подошел к окну, открыл форточку, чтобы выветрился дым: — Как видишь, беспризорник и бандит Витька нашел в себе силы перевоспитаться и стать достойным человеком... — Гребенюк сложил пластины в коробку. С хитрецой посмотрел на Алешку. — Ну что,

Потрошитель? Будем перевоспитываться?» — «Будем, — с готовностью кивнул Алешка. — А что нужно для этого?» — «Для начала отправим тебя в наш реформаторий при Детской комнате милиции № 7». — «Что такое реформаторий?» — «Что-то вроде школы закрытого типа. У нас восьмилетка. Как закончишь — пойдешь в техникум...» — Алешка было обрадовался, но вдруг помрачнел: — «Не отпустят меня к вам. Я же убийца... Психически больной человек...» — «Чтобы я даже не слышал таких слов! — вспылил Гребенюк. — Убийца, псих... Ты — человек. И как всякий советский гражданин имеешь право на счастье! Знаешь, что говорил Макаренко? Невозможно жить на свете, если нет впереди настоящей цели. А знаешь, что такое — настоящая цель? Это — завтрашняя радость!»

Разумовский разлился проникновенным струнным перебором, символизирующим душевное преображение Алешки.

— Тебя, Разум, отпустят. Я лично поручился. Но теперь ты не имеешь права меня подвести! — Он положил руку на Алешкино плечо: «Справимся, сынок?» «Справимся!» — твердо ответил Алешка. А сам сияет!..

Лицо Алешки Разума обрело золотистый оттенок, а художник Борис Геркель усилил этот эффект лучиками-черточками, исходящими от Алешкиной физиономии — дети так рисуют солнышко.

— За окном палаты сгустились сумерки, а Алешка и Гребенюк все никак не могли наговориться. Прав оказался мудрый учитель: не бывало еще такого, чтоб человек не отозвался на доброту. Алешка потянулся к ласке, как чахлый стебелек к солнцу. Мальчишку точно прорвало: он бы рассказал этому внимательному, хорошему человеку все-все! О каждом своем прожитом дне, о каждом дурном и хорошем поступке. Как же хотелось Алешке, чтобы учитель поверил, что Разум никогда больше ничего плохого не совершит!..

Диалог Разума и Гребенюка отошел на второй план, превратился в невнятное бормотание. Над ними вел звучную партию голос Разумовского:

— Они беседовали, пока не стемнело: о книжках, о Великой Отечественной войне, о любимых песнях. И все это время в Алешке трепетала прекрасная надежда!

Появилось перекрестье оконной рамы. Облетал осенней листвой знакомый пейзаж — низенькие дряхлые домики рабочей окраины. Алешка, как и в свое время Витька Гребень, глядел на мир из окна Детской комнаты милиции.

— Гребенюк не выпускал Алешку из поля зрения. Оставить мальчишку наедине с собой значило бы потерять его. Нужно было помогать ему все время, чтобы не сбился ученик с верной дороги. Через много лет выпускник педагогического института Разум напишет Гребенюку: «На всю жизнь запомнил я тот вечер, волшебный фонарь, крепкий табачный дух махорки, картины вашего нелегкого детства, до слез тронувшие меня. Вы научили меня говорить правду самому себе. Подсказали, как бежать от того свирепого чудовища, имя которому — преступление! Я понял, что убивал не детей, а в первую очередь самого себя. Только благодаря вам я вновь обрел тот огромный мир, из которого когда-то так опрометчиво бежал во мрак стекольного завода...»

Речевая манера Разума Аркадьевича снова изменилась. Письмо уже озвучивал Разумовский-юноша. По тембру это несильно отличалось от нынешнего Разумовского, просто краски были свежее и чище.

— Я помню больницу, бессонные ночи, полные отчаяния и злобы. Я ненавидел ребят, дразнивших меня хромоножкой, милицию, изловившую меня, врачей, что доискивались причин моего поступка. Помню ваши слова: «Слабые духом ищут виноватых в своих несчастьях. Сильные сами лепят свой характер!» Смысл этих слов открылся мне гораздо позже, в Детской комнате милиции. Не сразу, через сомнения, поиски...

Под бодрые маршевые переливы сменялась череда картин Алешкиного быта. Он сидел за партой, склонялся над книгой в библиотеке, в слесарной мастерской орудовал напильником у верстака.

«Помню первый нелегкий год в реформатории, наши с вами долгие непростые беседы на Пролетарской, в Детской комнате милиции. Я всегда поражался Вашему умению слушать, дорогой Виктор Тарасович. Слушать так, будто скрипач-виртуоз играет вам драгоценную мелодию...»

В комнате, окутанный табачными облачками, сидел Гребенюк. На столе лампа и подставка с чернильным прибором. Гребенюк писал письмо Алешке Разуму. Перо выводило на бумаге:

«Здравствуй, дорогой мой Живодер Живодерыч. Как жизнь молодая? Не бузишь? Смотри у меня. А то приеду, мигом холку надеру...» Разум, сидя в кровати, читал письмо и улыбался — еще бы, Учитель и в командировке не забывал о нем.

Поникший Алешка стоял перед Гребенюком.

«У нас в реформатории нет девятого и десятого классов. А совсем рядом нормальная школа...» — «Если опять дразнить начнут, сдержишься? — нахмурился Виктор Тарасович. — Глупостей не наделаешь?» — «Я не подведу вас, Виктор Тарасович!»

На экране теплыми малахитовыми красками зеленел май. Здание школы утопало в листве. На школьном дворе выстроились ряды выпускников-десятиклассников. Девушки и юноши с маленькими колокольчиками, приколотыми к груди, в руках пестрые букеты. Разумовский изобразил «последний звонок», несколько похожий на жестяной трезвон будильника. Среди выпускников улыбался Алешка Разум. За кадром, однако, диалог шел невеселый.

«Что, так и сказали?! — негодовал Гребенюк. — Не подходишь? Это отличник-то не подходит?» — «Они мое личное дело смотрели, — отвечал Разум. — Говорят, в педагогическом институте убийца не нужен...» — «Бюрократы чертовы! И ведь не задумываются, какую душевную травму наносят. Не дрейфь, Алешка! Я тебе рекомендацию из райкома дам. Возьмут как миленькие! Путь только попробуют не взять!»

В кадре постаревший Гребенюк держал в руках листы Алешкиного письма. Старый учитель внимал голосу своего питомца:

«И чем больше я вспоминаю годы в Детской комнате, тем дороже становится мне моя нынешняя жизнь, работа, Родина, мой город, друзья. Вы научили меня главному жизненному принципу — жить предвкушением завтрашней радости. Именно об этом я размышлял, лежа на операционном столе, а не о своем тазобедренном суставе...»...

Врачи в белых халатах окружили стол, световой гроздью нависла многоглазая лампа, далекие голоса проговорили хирургические слова: «скальпель», «пинцет», «зажим» — слова железные, лязгающие, точно их после употребления бросали в эмалированный лоток. Мои ноздри уловили запах спирта и еще чего-то тревожно-медицинского.

Больницу сменила залитая солнцем институтская аудитория. По партам шныряли солнечные зайчики. В распахнутые окна летел птичий щебет и шум транспорта. В первом ряду восседали преподаватели — немолодые ученые люди. Две женщины и бородатый старик. Сам Разумовский за кафедрой что-то уверенно докладывал. До меня долетали легкие обрывки фраз: «таким образом», «следовательно, методика работы исправительного учреждения...» Шла защита диплома. Разумовский закончил. Седой декан поднялся со своего места и произнес: «Коллеги, по-моему, это твердая пятерка!»

В институтском коридоре Разума ждал Гребенюк.

«Поздравляю, Алешка! Что загрустил, педагог?» — «Какой я педагог? — хмуро откликнулся парень. — Настоящей-то работы не видел». — «Ничего, — улыбнулся Виктор Тарасович. — Увидишь! Самое главное, что тебе оказано большое доверие! Цени его, парень!»

Возник плацкартный вагон. Возле окна сидел Разумовский и что-то строчил в блокноте. За стеклом мелькали столбы и деревья. Кадр отступил, показывая несущийся поезд целиком.

«Но главное, дорогой Виктор Тарасович, — под стук колес заканчивал письмо Разумовский, — я понял, что такое «завтрашняя радость»! Это — встреча с хорошим человеком!»

Раздался сиплый паровозный гудок, вагонный перестук затих. Промчавшийся поезд увез Разумовского. Остались рельсы, насыпь с одиноким подсолнухом, синее теплое небо, горизонт с далеким городским миражом, поле бронзовой ржи в васильках и маках, похожих на яркие тряпичные лоскуты.

Разумовский замурлыкал какой-то советский твист. Я узнал кабинет в Детской комнате. На стенах висели фотографии и вымпелы. Вообще дух изображения как-то посветлел и помолодел. Чувствовалась хрущевская «оттепель». За столом восседала женщина в милицейской форме. Я вспомнил ее. Это была инспектор Мария Александровна Вол, та, что возглавляла Детскую комнату до семьдесят первого года. В кресле напротив развалился Гребенюк.

— В дверь постучали, — таинственным голосом, словно готовя сюрприз, произнес Разумовский. «Входите, — продолжил он от лица инспекторши. — Интересно, — обратилась она к Гребенюку. — Кто это?» — Дверь открылась, и в кабинет легкой походкой зашел элегантный молодой человек — высокий и стройный, в отлично скроенном костюме, а через руку был перекинут заграничный плащ...

Я сразу же признал молодого Разумовского. Лицо его фактически ничем не отличалось от нынешнего, такое же восторженно-приторное, разве что без морщин. Он, безусловно, польстил себе насчет стройности. На картинке Разумовский был сутулым, как и в жизни. Серый в елочку костюм висел на нем мешком.

«Виктор Тарасович, Мария Александровна, здравствуйте!» — «Разум, ты?! — загрохотал хриплым баритоном Гребенюк. — Здравствуй, родной!»

Разум Аркадьевич резко скрипнул своим стулом. В кадре порывистый Гребенюк резко отодвинул кресло, поднялся, чтобы поприветствовать Разумовского.

«Ты откуда, Разум?» — «С практики. Полгода работал воспитателем в колонии. Не скрою, отделение досталось трудное. Вместо положенных пяти часов работал по пятнадцать, зато отделение заняло первое место по дисциплине...» Гребенюк с восхищением смотрел на повзрослевшего Алешку. «Как время бежит..., — Вол покачала головой. — Помню тебя еще хмурым недоверчивым мальчиком... — Она оглядела учителя и ученика, понимающе усмехнулась: — А я как раз в гастроном заскочить хотела...»

Деликатная Вол вышла из-за стола и скрылась за дверью. Гребенюк и Разумовский остались вдвоем.

«Я спросить хочу, Виктор Тарасович...» — В глазах Алешки засверкали озорные искорки...

Художник Геркель довольно точно передал блеск зрачков Разумовского, нарисовав вместо зрачков звездочки.

«Скажите, вот если бы Родион Раскольников писал стихи, то какие бы это были стихи?» — Гребенюк опешил, задумался: «Даже не знаю... Хм... Ну, подскажи...» — «Рубаи!» — ответил Разумовский. И рассмеялся первым. Молодым счастливым смехом!..

Что старый, что «молодой» смех Разума Аркадьевича был удивительно неприятный, тявкающий, словно из подворотни вылетела и завертелась возле ног маленькая пронзительная собачонка.

«Так... — густо, точно прокашлявшийся мотор, расхохотался и Гребенюк. — Все шутишь, Разум!» — «Шучу! — весело согласился Алешка. — Юмор жизнь продлевает... А чем бы Раскольников писал рубаи?» — «Не знаю...» — «Топором!» — Снова хохот... Гребенюк хитро прищурился: «А на чем бы Раскольников писал рубаи? Не знаешь? На старушках!» Учитель и ученик расхохотались и снова обнялись. В глазах Гребенюка стояли слезы: «Рад тебя видеть, Алешка. Что планируешь делать дальше, где работать собираешься?» — «Здесь, у вас. Точнее, у нас. В Детской комнате милиции № 7, — сразу посуровев, ответил Алешка. — Комната — мой дом. Куда мне без нее? Буду, как и вы, лечить искалеченные судьбы таких же мальчишек, каким был я сам десять лет тому...» — «Здорово! — Гребенюк снова обнял Разума. — Будем работать вместе. Дел — непочатый край! И у меня для тебя найдется подарок... — Гребенюк потянулся рукой к черному чемодану под столом. — Прислали нам в Детскую комнату новый инвентарь. Да только для меня он слишком современный. Старую собаку, как говорится, новым фокусам не научишь. А тебе в самый раз...» — «Что это? — Алешка присел на корточки рядом. — Швейная машинка?» — «Нет, это диапроектор. Или фильмоскоп. Я думаю, он тебе пригодится в твоей будущей работе...» — Гребенюк щелкнул карабинами, поднял крышку. Алешка с любопытством глядел на сверкающий черной эмалью диапроектор: «Красивый какой...» — тронул его рукой...

Это, несомненно, был тот самый аппарат, на котором Разум Аркадьевич крутил мне свой диафильм.

Разумовский продолжал на удивленном полувдохе:

— Виктор Тарасович, заинтригованный совершенными формами фильмоскопа, присел рядом с Алешкой: «Этот прибор, Разум, станет твоим верным другом и помощником. Вместе вы совершите множество добрых дел! Я уверен в этом!»

Для пущей торжественности в качестве звуковой подкладки Разум Аркадьевич промычал музыкальные фразы из «Нашего паровоза», «Орлёнка» и «Если с другом вышел в путь», заплетя их вместе, словно косу.

— Поначалу не все шло гладко у Алешки Разума, — признался Разумовский. Снова возник кабинет Марии Александровны Вол. Она сидела за столом. Разум Аркадьевич протягивал исписанный лист.

«Товарищ капитан, Мария Александровна. Освобождайте меня от работы. Не обладаю я способностями воспитателя. Я не должен был отпускать Бориса с детской экскурсией. И то, что недосчитались двоих малышей — это тоже моя вина! Я поверил, что Боря покончил со своим грязным прошлым, а он при первом же испытании сорвался...» — «Напрасно коришь себя, Разум, — мягко отвечала Вол. — Если ты уйдешь, мы потеряем настоящего воспитателя. А Бориса мы найдем. Даю слово! Вместе с тобой мы вернем его людям!»

На экране высветилась нищая комнатка — голые стены, узкая кровать, табурет, на столе диапроектор. Рядом настольная лампа. Хмурый Разумовский потягивал из стакана чай.

— И вдруг скрипнула дверь. Он оглянулся. Кто это пожаловал? На пороге показался... Борька? Точно, он!

Этот Борис оказался чернявым подростком лет четырнадцати. Щеки его заливал багрянец стыда.

Голос у Бориса был каким-то девчачьим — возможно, Разумовский чуть перестарался с детской озвучкой:

«Хотел слинять, Разум Аркадьевич, до вокзала добежал, на электричку сел... И не смог. Совесть замучила. В реформаторий идти не решился, пришел к вам домой. Вы уж только простите меня! Снимите груз с души!» — А Разум смотрел на своего подопечного и думал, что у него самого словно гора с плеч свалилась. А ведь легче всего было осудить Бориса, отвернуться от него. Но Разум не отрекся от своих принципов, веря, что это последнее падение перед большим взлетом. И он не ошибся! — прокричал ликующим голосом Разумовский.

— Несколько лет спустя бывший несовершеннолетний насильник Борис напишет письмо: «Вы научили меня жить по-новому! Вы вернули мне разум, дорогой Разум Аркадьевич! Спасибо! Немного о себе: поступил в педагогический, через пять лет я буду учителем начальных классов! Представляете, какая радость ждет меня впереди?!»

Замелькали похожие на пестрые голубиные крылья вороха исписанных листов, забормотали голоса: «Разум Аркадьевич, пишу вам письмо с сообщением, что успешно закончил педагогическое училище и устроился в школу учителем труда. Специальность слесаря, которую получил благодаря вашему совету, очень мне пригодилась.

А в августе буду держать экзамены в университет, пойду на вечерний. Верьте, к прошлому возврата не будет. Ваш бывший подшефный Максим».

«Дорогой Разум Аркадьевич, спасибо вам за все то, что вы сделали. Лишь сейчас я в полной мере оценил ваш великий труд. Вы для меня стали больше, чем отец. Вы воскресили меня!»

Разум Аркадьевич с экрана — уже ровесник нынешнего Разумовского — обратил прямо ко мне растроганное лицо:

— Такие строки нельзя читать без волнения. Ведь они свидетельствуют не только о том, что люди начали счастливую трудовую жизнь. Чувствуется, что перед бывшими нарушителями пышным розовым бутоном раскрывается новый, неизвестный мир простых человеческих радостей, а горести уходят, забываются, как ночной кошмар... И сколько таких теплых строк приходило в адрес Алешки Разума! Хотя какого Алешки? — Разумовский вздохнул и удивился. — Не успел оглянуться — четвертый десяток разменял. Никакой он уже не Алешка Разум, а заслуженный педагог Разум Аркадьевич Разумовский. Много судеб, много писем, за каждым из них — трудная и долгая история борьбы за человека. Сколько же ребят прошло через его чуткие руки! — с чувством подвел черту своей деятельности Разумовский. — Всех не упомнить. Ушел на заслуженный отдых наставник Разума — Виктор Тарасович Гребенюк. Работы прибавилось.

В семидесятом году постановили снести родимый особняк на Пролетарской 3. Мария Александровна Вол перед выходом на пенсию отстояла и дом, и улицу...

Большие и светлые окна комнаты кадр за кадром, словно болотная тина, затягивала кирпичная кладка. Какое-то время еще были видны руины снесенных домиков, желтые стрелы башенных кранов. Потом комнату в одночасье залил ясный электрический свет, а сами окна стали черными и непроглядными — снаружи уже наросло высотное здание.

— В семьдесят седьмом бюрократическим приказом детские комнаты вообще упразднили. Точнее, переименовали. А Разум Аркадьевич даже не заметил всех этих перемен, не до них ему было! Главное, что на улице Пролетарской 3 в Детской комнате милиции № 7 по-прежнему велась непримиримая педагогическая баталия за души детей, за их будущую честную жизнь! И Разум Аркадьевич никогда не оставлял позиций этого благородного фронта!..

Замелькали отрывные листы календаря — все в карандашных пометках:

— Так в работе трудной и плодотворной прошло еще двенадцать лет...

Я снова постарался пошевелиться. Неожиданно это получилось. Окаменевшие до судорог ноги будто огрели изнутри огненной крапивой. Я застонал от глубокой мышечной боли. Потер бедра внезапно ожившими руками, разгоняя застоявшуюся кровь. Это помогло. Пальцы ног, потом икры закололо мельчайшими иголочками. Я снова почувствовал спину и, пользуясь моментом, разогнулся. В поясницу рухнула тупая громоздкая боль. Колченогий стульчик качнуло назад, мне показалось, что я падаю, но задняя ножка со стуком впечаталась в пол. Из тела в голову ударила обморочная воздушная волна, как при резком спуске на скоростном лифте. Я на миг очнулся от диафильма.

Разогревшийся диапроектор чадил стариковским по́том — теплый вонючий дымок, как если бы кто-то в распаренном июльском автобусе задрал обе руки, цепляясь за поручень. Болела спина, ребра, точно я связанный пролежал на угловатых твердых вещах.

Я вдруг ощутил новое неудобство — слуховое. Видимо, от подъема туловища и раскачивания на стульчике у меня полностью заложило уши, как в самолете, когда меняется высота. Я пару раз сглотнул, но левое ухо так и осталось с ватно-глухой пробкой, а в правое словно залетел мелкий комар. Я поковырял пальцем в зудящем ухе, голос Разумовского прозвучал уже сквозь зуммер внутри головы:

— И вот в один субботний мартовский вечер в квартире Алексея Аркадьевича Разумовского раздался тревожный звонок. А какой он еще может быть в девятом-то часу? Воспитателю Разумовскому редко звонили без повода...

В пространстве комариного зуммера выделился далекий телефонный звонок — по звуку совершенно настоящий, а не сымитированный Разумовским. О таком звонке можно было бы сказать, что он послышался, когда удаленная на краешек слуха галлюцинация кажется реальностью.

— Але, Разум, это я... — прозвучал в трубке всхлипывающий женский голос. Я почти сразу узнал его, хоть он и был чуть искажен связью. Звонила Ольга Викторовна Данько, и тут не могло быть никакой ошибки.

— На проводе была старший инспектор Детской комнаты милиции № 7 капитан Данько, — подтвердил мою догадку Разумовский. — Данько с Разумовским связывала не только совместная плодотворная работа и давняя крепкая дружба. Это для подчиненных и воспитанников Данько была «товарищем капитаном», а для него — просто Оленька... «Оленька, что-то случилось? Ты расстроена?»

Картинка раздвоилась. Ольга Викторовна и Разумовский, каждый в своем углу, прижимали к уху телефонные трубки.

«Разум, у меня здесь мальчик! — взмолилась Ольга Викторовна. — Я бессильна ему помочь. Срочно нужно твое вмешательство... Пожалуйста, Разум!» — «Только не волнуйся, Оленька, расскажи подробнее, что за мальчик, что он совершил...»

За кадром зазвучала лирическая мелодия — под такую по телевизору обычно показывали листопад в опустевшем парке. Я понял, что Разумовскому снова потребовалась предыстория. Возник кабинет Ольги Викторовны. Обстановка повторялась — рабочий беспорядок на столе, сейф, фотографии на стенах.

— Старший инспектор Ольга Викторовна Данько привыкла засиживаться допоздна. Даже в субботний вечер она на своем посту. Иной раз кажется, будто все, с кем довелось повстречаться днем, вновь проходят через кабинет незримыми собеседниками. Снова раздумья о детях, чьи судьбы зависят от ее работоспособности и профессиональной подготовки...

Ольга Викторовна, подперев пухлую щеку кулаком, что-то черкала в блокноте.

— У нее простое открытое лицо учительницы младших классов. Но преподает она не рисование или арифметику, а поведение. Богатый жизненный опыт и душевная доброта помогают капитану милиции Ольге Викторовне Данько в ее трудной миссии — искоренении изъянов воспитания...

Ольга Викторовна сидела с зажженной сигаретой и пускала в потолок змейки дыма. В дверь постучали. Мелодия листопада оборвалась.

«Входите! — отозвалась Ольга Викторовна. Пробормотала: — Интересно, кто это на ночь глядя...» В кабинет сунулся офицер милиции, козырнул: «Добрый вечер, товарищ капитан. У нас к вам задержанный... — Он обернулся в невидимую прихожую, поманил рукой: — Заводите!»

Лицо офицера показалось мне знакомым. Ну конечно же, это был тот самый старлей, что привез меня в Детскую комнату!

Два милиционера ввели упирающегося белобрысого мальчишку. Милиционеров я тоже узнал — Усы Подковой и жирный Сухомлинов. Нарисованы они были очень похоже, причем с изрядной долей иронии: Сухомлинов был еще более кругленьким, с веселыми ямочками на щеках, а чубатый Усы Подковой смотрелся угрюмым запорожцем с обвислыми, точно веревки, усами.

И в этот момент я понял, кого привели милиционеры, кто этот упирающийся, словно ишак, нарушитель. И наверное, тогда я испытал первый подзвдошный тычок настоящего страха. На экране был изображен я сам — Герман Рымбаев. Объяснений, как мог я появиться в диафильме пятьдесят седьмого года выпуска, у меня не было. Но даже если и не пятьдесят седьмого, а восемьдесят девятого — все равно в нем не могло быть Германа Рымбаева, потому что Герман Рымбаев появился в Детской комнате милиции № 7 два часа назад!

Да, не все детали совпадали. С одеждой Борис Геркель поднаврал. У Германа в руках была мятая ушанка. У меня же никакой ушанки не было. Вместо моей черной куртки на Германе болталось короткое пальто с оборванными пуговицами. Но лицо было моим, хоть рисунок больше напоминал шарж из «Крокодила», чем портрет. Я никогда не считал себя красавцем, но Герман в диафильме имел выраженные жабьи черты — большой брезгливо извернутый в крике рот, круглые глаза, нос кнопкой. Расхристанные светлые волосы торчали в разные стороны, словно Германа до этого здорово за них оттаскали. Под глазом — изрядный синяк.

— Как тебя зовут, мальчик? — мягко спросила Ольга Викторовна.

— А вам какое дело? — крикнул нарисованный Герман. — Вы не имеете права меня задерживать, у вас нет доказательств! Ты, жирный! — Он повернулся к Сухомлинову: — А ну, отпусти! И ты, усатый, ну-ка убери грабли!..

Сомнений быть не могло — это произнес я. Совсем недавно, может пару недель тому, я из интереса записал себя на купленный «Маяк» и удивился, как непохожа запись на мой реальный голос.

Но именно этим чужим магнитофонным голосом и говорил Герман из диафильма. Причем говорил то, чего на самом деле не было. Я никому

219

так не грубил, не задирал милиционеров. Все слова лягушки-Германа были не из моего лексикона, но самым неприятным был тот факт, что когда он произносил их, они обретали жизнь и свою художественную правду.

Возмущенный, я хотел повернуться к Разумовскому, чтобы сказать, что все происходящее сейчас в диафильме — чепуха и вымысел, но вместо гневного возгласа захлебнулся немым воздухом. Мне вдруг вспомнились гаражи и подлый удар Бормана кроссовком под дых, от которого у меня отнялся голос.

«Надо же, какой грубиян, — покачала головой Ольга Викторовна. — Как не стыдно...» — «А мне нечего стыдиться! Привели невинного человека в Детскую комнату милиции. Произвол! Я на вас буду жаловаться. Я примерный школьник, я — отличник! Я чемпион по сбору макулатуры и металлолома! Мой папа — большой начальник! Вам всем от него попадет!» — «И все-таки, как тебя зовут? — с удвоенной теплотой спросила Ольга Викторовна. — Это не праздное любопытство. Я старший инспектор Детской комнаты милиции, и это мое невеселое право — вторгаться в чужую жизнь, если передо мной правонарушитель!» — «Ничего я не нарушал! — противно заныл Герман. — Отпустите немедленно! Никак меня не зовут! Меня мама жде-е-ет!..» — «Его зовут Герман, — ответил за маленького хама старлей. — Кличка — Рэмбо». — «Потому что фамилия — Рымбаев, — тихо добавил Сухомлинов. — Это по матери». — «А по отцу — Хлопик», — чуть смущенно сказал Усы Подковой и хохотнул, прикрыв рот рукой. — «Ничего смешного, — улыбнулась Ольга Викторовна. — Хорошая фамилия у Германа. — Она попыталась погладить его по голове...»

То, что моя семейная тайна стала достоянием Разумовского, а заодно и всей этой милицейской конторы, потрясло меня до глубины души и окончательно перепугало. Диафильм, несмотря на дурашливую инсценировку моего привода в милицию, знал обо мне больше, чем я мог предположить...

Нарисованный Герман также был ошарашен и разгневан. Жабье его личико исказила сморщенная гримаса ярости:

— А-а-а! Дразниться вздумали?! Вот же вам! — Он подскочил к стене, где висели фотографии, и двинул локтем по одной. Раздался треск, стекло на раме лопнуло, на пол посыпались осколки.

Ольга Викторовна ахнула. Сухомлинов и Усы Подковой кинулись к Герману и схватили его за руки. Мне же только оставалось бессильно диву даваться, что за бесчинства вытворял мой двойник. Старлей уже занес руку, чтобы врезать маленькому хулигану как следует.

— Герман трусливо сжался: «А-а, не бейте!» — «Не смейте, старший лейтенант! — строго приказала Ольга Викторовна. — Перед вами ребенок! Пусть даже очень избалованный!» — Офицер опустил руку: «Этого буяна нужно запереть в изоляторе!» — Ольга Викторовна сняла разбитый портрет Марии Александровны Вол, подошла к столу и положила раму на бумаги. — «Тоже мне — ребенок! — возмущался бывалый оперативник. — Да вы не представляете, Ольга Викторовна, что он с дружками своими вытворял. Я вам расскажу! Водили девушку по улицам, а девушка была под шубой раздетая. Она перед прохожими распахивалась, а преступники тогда говорили: "Мультики видел? Плати!" Прохожих обирали по десять рублей за стриптиз! А ведь практиковали этот бандитизм, мерзавцы, не первый месяц! Можете подсчитать, сколько сеансов было показано, сколько людей пострадало?!» — Ольга Викторовна стояла, прижав ладони к пылающим щекам, словно не могла поверить в услышанное: «Герман, неужели это правда? Какой стыд...» — «Это ложь! — кричал Герман. — Не знаю ни про какие мультики! Он все выдумал!» — «А ветерана войны кто ударил? Который вас пристыдить решил! А?» — грозно наседал старший лейтенант. — «Я никого не бил! — огрызнулся Герман. — Это вы меня ударили! А ваш ветеран, наверное, из ума выжил. Сам где-то ударился!» — Ольга Викторовна с грустью слушала эти пререкания. Потом сказала со вздохом: «Ладно, товарищи, я думаю, вы можете идти, мы с Германом как-нибудь разберемся...»

Милиционеры отдали честь и один за другим вышли из кабинета. Лишь старлей на прощание погрозил Герману пальцем: «Смотри у меня!»

Без мужчин Герман совсем распоясался. Расселся в кресле нога на ногу, с наглым видом осматривался.

— Ольге Викторовне не хотелось начинать разговор с допроса. Сглаживая напряжение последних минут, она ласково спросила: «Ты пить хочешь? У меня компот на кухне...» — «Да, компоту хочу!» — квакнул Герман.

Пока Ольга Викторовна отсутствовала, он схватил со стола пачку «Космоса», вытащил сигарету и стал сосредоточенно дымить. Увидев такую наглость, Ольга Викторовна замерла со стаканом в руке, затем подошла и резко выхватила из пальцев мальчишки сигарету: «Я запрещаю тебе здесь курить!» — «Ах, вот вы как?!» — Герман толкнул ее руку, так что стакан с компотом упал и разбился. На полу растеклась лужа. — «Герман! — сказала строго Ольга Викторовна. — Даже у меня может кончиться терпение. Похоже, ты не уяснил, что попал в очень скверную ситуацию, которая закончится детской колонией!» — «А вы меня не запугивайте!» — с бравадой ответил Герман. — «Единственный шанс для тебя — это сейчас рассказать мне всю правду. Тогда я смогу помочь тебе и твоим попавшим в беду товарищам!» — «Не надо нам помогать!» — «Герман, то, что вы совершали, — это хуже, чем просто воровство!» — «Ничего мы не совершали!» — «Что будет с той девушкой, которую вы позорили?!» — «Все хорошо с ней будет!..»

Дурак Герман, сам того не замечая, выдал себя с головой.

«Герман, если тебе не жаль себя, пожалей своих родителей!» — «Нечего их жалеть! Отстань от меня, старая дура! — выкрикнул очередную дерзость Герман. — Что привязалась?!» — У Ольги Викторовны задрожал от обиды голос: «Мне очень жаль, Герман, я пыталась тебе помочь. Увы — безуспешно. А сейчас — марш в детскую!» — «Ну и пожалуйста», — презрительно потянул Герман, встал и вразвалочку пошел к двери изолятора. — «Посиди пока там и подумай над своим поведением!» — сказала Ольга Викторовна. — «Не буду думать! — отозвался уже из-за закрытой двери Герман. — Как здесь некрасиво! Какая гадкая комната! Зачем тут игрушки? Что я — маленький?!»

Что-то с грохотом упало на пол. Видимо, Герман ударом ноги свалил коня на колесах. За нарисованного было неловко, как за самого себя. С другой стороны, я понимал, что все, что я сейчас увидел, — вымысел Разумовского. Из реального были только люди — милиционеры, сама Ольга Викторовна, но говорили они другие вещи, да и я вел себя не так, как этот Герман. Я подумал, что если похождения Алешки Разума были описаны с такой же художественной достоверностью, то насколько же они далеки от реальности...

А Герман в это время пел — громко и довольно фальшиво: «Где-то-о-о гитара звенит, а птица удачи опять улетит! Где-то-о-о!..»

Я вдруг ощутил, что мои губы повторяют вслед за Германом слова песни. Да что повторяют — мы пели с ним в унисон!

Ольга Викторовна сметала на совок осколки. Разумовский озвучивал беспокойные мысли инспекторши: «Кто он мне, в конце-то концов, — сын, племянник? Мальчишка напрочь испорчен. Пускай отправляют его в колонию. Ну, проживет он всю свою жизнь не Рымбаевым, а Рэмбо, не будет у него в жизни ни большой дружбы, ни любви милой девушки...» — «Где-то-о-о гитара звенит, а птица удачи любовь сохранит!..»

— Да, — продолжал Разумовский, — случай бесспорно редкий. Такие правонарушения не встречались старшему инспектору Данько за долгое время работы. Не с чем сопоставить, сравнить... Хотя что тут сравнивать? В природе вообще ничего не повторяется — каждый раз что-то новое. Нет, невозможно не отозваться на чужую беду! Германа надо спасать! Но как? Просто опускаются руки...

Ольга Викторовна расхаживала по кабинету. Вдруг, точно обессилев, мясисто шлепнула себя ладонями по бедрам: «Неужели Герман обречен? Этот трудный подросток уже стал законченным бессердечным подонком... Нет, не верю! Мы еще поборемся за тебя, Герман!.. Даже в самой черной душе закоренелого преступника есть потаенные залежи доброты... Как это у них называлось? Мультики... Ну конечно же! Выход есть! Надо звонить Разуму! Он сумеет, он спасет!..»

Картинка раздвоилась. Ольга Викторовна снова рассказывала Разумовскому о запущенном подростке Германе.

«Да... Хорошо... — Разумовский почесал подбородок. — Оленька, а что за семья у него, ты знаешь?» — «Семью нельзя назвать "неблагополучной". Отец — инженер, мать — экономист. Мальчик — единственный ребенок в семье». — «Это многое объясняет. Издержки воспитания. Герман рос эгоистом...» — сделал глубокомысленный вывод Разумовский. — «Родители переехали на новое место жительства из маленького города. Воспитанием ребенка не занимались. Улица взяла Германа в оборот. Он сразу попал в дурную компанию. Вначале принимал участие в мелких грабежах, а потом дошел и до этих "мультиков"...» — «А что у Германа с успеваемостью?» — «Учится средне, на троечки. Пятерка только по физкультуре». — «Спортсмен, значит?» — «Занимался боксом, но спорт не пошел ему на пользу. Кулаки он направил против других школьников». — «Сложный случай, Оленька, но не безнадежный, — решительно отвечал Разумовский. — Я выезжаю...»

Разум Аркадьевич набрасывал пальто, влезал в ботинки, снимал с вешалки шляпу. На полу стоял большой черный чемодан с проектором.

Уже в следующем кадре Разумовский с чемоданом в руке топтался на пороге изолятора. Из-за двери доносилось пение Германа: «Где-е-то гитара звенит!..»

«Он там», — шепнула Ольга Викторовна Разумовскому. — «Слышу...» — Разум Аркадьевич вроде набрался решимости и толкнул белую дверь изолятора. — «Ни пуха...» — пожелала ему Ольга Викторовна. — «К черту... — бросил через плечо Разум Аркадьевич, затем шагнул в пространство комнаты: — Здравствуй, Герман!»

Песня про птицу оборвалась. Я увидел стены в васильках и колокольчиках, кровать, детский столик, игрушки на полу. Комната была воспроизведена почти без помарок, разве что этажерка с книгами у Бориса Геркеля стояла возле окна, а не рядом с кроватью.

— Лицо Германа было испуганным — визит незнакомца застал его врасплох. Мальчишка сидел на подоконнике возле открытого в черноту окна. В загадочной обстановке комнаты позерство Германа поубавилось...

Я живо вспомнил охватившую меня неясную робость перед необъяснимой пустотой, когда вытянутая рука тщетно шарила в поиске стены...

— Разумовский приветливо сказал: «Давай знакомиться, Герман, меня зовут Алексей Аркадьевич». — Мальчишка уже справился со страхом. С дерзкой усмешкой смотрел он на вошедшего. И учителю тоже хватило одного взгляда, чтобы понять, что за фрукт перед ним: невысокий, плотного спортивного сложения паренек. С первой минуты Разумовский вычислил, что с Германом будет непросто — наглый, беспринципный, уповающий лишь на кулаки, донельзя развращенный подросток. Диагноз очевиден, но каким будет лечение?..

Ровный повествовательный тон Разума Аркадьевича изменился, в нем завелись скрипучие нотки неудовольствия:

— Разумовский поначалу совершенно не впечатлил Германа. Еще бы — доброе, уставшее, в морщинах лицо, чуть растерянная детская улыбка, легкая сутулость, старенький костюм, потертый галстук, и ко всему в придачу — едва заметная хромота...

Слова о «едва заметной хромоте» были произнесены на повышенных злых тонах, словно Разум Аркадьевич хотел, чтоб я хорошенько усвоил на будущее, как именно следует отзываться о его недуге...

— Да, этот нескладный Разумовский производил впечатление не воспитателя, а безобидного романтичного чудика, над которым так и тянет безнаказанно поиздеваться...

Все, что говорил Разумовский, была чистая правда, хоть и высказанная своими словами. Но от этой правды мне стало здорово не по себе. Я, холодея, осознал две вещи: ничто не укрылось от Разума Аркадьевича; и второе — он, как и Алешка Разум из диафильма, чудовищно злопамятен.

Разумовский уже не скрывал своего раздражения:

— А отчего бы не поиздеваться? Человек-то немолодой, с виду физически слабый, по характеру явно мягкий, безропотный. В такого, кажется, плюнь, а он только утрется. Пни его, толкни, ударь — он сам прощения попросит! А все потому что робкий, безответный! И одет он скромно и простенько, — шипящим раскаленным голосом перечислял оскорбления Разум Аркадьевич, — и формы милицейской, понимаешь, на нем нет, и голос у него, дескать, смешной, и еще залысины эти, и вообще на папу Карло похож! — На последних фразах Разумовский звенел от едва сдерживаемого гнева. Он сосчитал не только все насмешливые взгляды, но даже и мысли...

229

— Говорит вежливо, через слово «извините» да «пожалуйста». А ведь, между прочим, Разумовский мог бы сказать наглому щенку: «Герман, первое впечатление ох как обманчиво!» Да-а-а, Разумовскому стоило бы обидеться! Что вообще этот самоуверенный... — Разумовский поискал слово пообиднее, — недомерок мог знать о трудной горькой судьбе Разума Аркадьевича, о его большом педагогическом пути! Боксом он занимался! Па-а-думаешь! Ведь этому коротышке с кулаками было невдомек, что за кажущейся внешней кротостью давешнего Алешки Разума скрывались сильный характер и гордый дух! — Голос Разумовского клокотал. Казалось, он вообще с трудом сдерживает себя, чтобы не врезать мне по беззащитному затылку диапроектором.

Я оглянулся. Разумовский с бешеной рукой на поворотном колесике напоминал сатанинского шарманщика. Эта рука будто вворачивала в меня огромный острый шуруп. Тускло освещенное проектором узкое лицо Разумовского переливалось железными бликами потустороннего зла.

Если бы у меня сохранился голос, я бы закричал от ужаса. Странно, из моей головы точно ветром выдуло, что я крепкий пятнадцатилетний парень, что у меня второй разряд по боксу. Но я успел отметить: прежде меня испугался мой двойник из диафильма. Именно его, нарисованный художником Геркелем, страх передался и мне, точнее, он сделался общим на нас двоих, связал нас одной кровеносной и нервной системой, причем ведущим организмом был тот второй Герман, а я сам был ведомым и вторичным.

Разумовский определенно был доволен результатом. Клекот в его голосе пошел на убыль.

— Разум Аркадьевич догадался, что Германа испугала пустота за окном — она никак не укладывалась в его понимании. Как такое может быть, где же стена?! Объяснять, что за пределами комнаты нет ничего вообще, было преждевременным. Мальчишка пока не мог уяснить, что находится в месте, которого нет! Поэтому учитель благородно не стал тыкать Герману, что он никакой не боксер, а жалкий трусишка. Зачем указывать человеку на его слабости? «Давай закроем окно, — ласково предложил Разумовский. — В детстве у меня было прозвище, Герман. Вот догадайся — какое?» — миролюбиво спросил он у хулигана. — «Не всралось угадывать!» — угрюмо буркнул Герман. О, Разумовский знал, что терпение — один из важнейших инструментов в педагогике. Он, как обычно, сделал вид, что не заметил грубости. «Меня называли "Разум" — от фамилии, как и у тебя: Рымбаев — Рэмбо... За сорок лет я настолько сроднился с этим прозвищем, что меня никто уже не называет Алексеем. И коллеги, и мои ученики называют меня Разум Аркадьевич.

Так что если тебе не сложно, обращайся ко мне «Разум Аркадьевич» или «дядя Разум»...

В отличие от меня, Разумовский почти дословно воспроизводил свои реальные фразы: «Я пришел помочь тебе!» — «И откуда ж столько помощников взялось?!» — вяло окрысился Герман. Разумовский снова пропустил резкость мимо ушей. — «Тебе, возможно, будет нелегко в это поверить, но, будучи младше тебя на три года, я был настоящим хулиганом...»

Я испугался, что Разумовский припомнит мне, какой гримасой я отреагировал на его откровенность. Но нарисованный Герман неожиданно проявил благоразумие:

— Да что вы, Разум Аркадьевич. Мне даже не верится, что вы могли быть хулиганом...

— Разумовский с удовлетворением отметил, что спокойствие и доброта благотворно сказались на Германе. Он уже не пытался язвить и самоутверждаться. — «Мне и самому не верится, Герман, но это так. Когда-то, сорок лет назад, я был таким же, как и ты, малолетним правонарушителем, причем более скверным. Да, да... И судьба моя сложилась бы совсем плачевно, если бы мне не повстречался замечательный человек, Виктор Тарасович Гребешков, изменивший всю мою жизнь...»

Тут Разум Аркадьевич или ошибся, или оговорился. Раньше фамилия учителя Разумовского была Гребенюк!

«Я тоже хочу стать для тебя таким поворотным человеком. Как думаешь, получится?» — Разумовский с надеждой обратился к Герману.

Чувствовалось, что Разумовский и сам заметил, что налажал. В его голосе, кроме досады, появилась излишняя суетливость, словно Разум Аркадьевич хотел как можно быстрее удалиться от места своей оплошности.

«Наверное, получится...» — отвечал притихший посерьезневший Герман. И куда только делась его самоуверенность? Он не дерзил, а отвечал вежливо, с мыслью, что перед ним стоит взрослый уважаемый педагог и при этом бывший хулиган, не чета Герману...

Тут я не мог не согласиться с Разумовским. Если диафильм не врал, то по части правонарушений юный Разум Аркадьевич давал фору любому преступнику.

«Ты любишь мультики, Герман?» — «Да», — кивнул мальчик и чуть смутился. Слово «мультики» недвусмысленно напомнило ему, почему он оказался в Детской комнате милиции. — «Я так и подумал, поэтому принес с собой кое-что». — Разум Аркадьевич наклонился к своему странному чемодану. — «Что это? — удивился Герман. — Похоже на кинопроектор. Мы что, действительно будем смотреть мультфильмы?» — «Не совсем, — ответил Разумовский, ставя агрегат на столик. — Это — фильмоскоп, и на нем показывают диафильмы — почти что мультики. В моем детстве такой вот фильмоскоп заменял кинозал». — «Какой красивый», — уважительно произнес Герман. — «Он со мной уже больше тридцати лет. Трудяга...» — Разумовский ласково погладил железный кожух прибора. — «А что мы будем смотреть?» — спросил Герман, усаживаясь на детский стульчик. — «Фильм об одном мальчике. Я считаю, пример его жизни будет для тебя поучителен...»

Разумовский заправил ленту в проектор, Герман, сидя на стульчике, уставился на стену, где высветилось яркое заглавие: «К новой жизни!»

На внутреннем нарисованном экране вновь побежал диафильм об Алешке Разуме. Повторный «сеанс» был ускоренным, Разумовского больше волновала реакция Германа на кровавые приключения Алешки.

— Герман думал, что в Детской комнате его будут поучать, перевоспитывать, возможно, кричать и угрожать. Нет! Все наоборот! Пришел обаятельный педагог с фильмоскопом и вместо нравоучений стал показывать «мультики» — потрясающую по своему драматизму историю мальчика Алешки Разума, увлекшую Германа с первых же кадров. С неподдельным интересом следил Герман за поворотами непростой судьбы Алешки. Герман конечно же вскоре догадался, о ком идет речь. Неужели этот добрый внимательный педагог, вращающий колесико проектора, и мальчик Алешка Разум — один и тот же человек?!

Двойник зачарованно пялился на экран. Германа уже скорчило, он сидел, уложив туловище на ноги, руки подпирали голову. Я понял, что этим скомканным очередным просмотром на меня как бы накидывают вторую невидимую петлю. Этот художественный прием «диафильма в диафильме» оказывался двойным узлом, которым меня привязывали к нарисованному Герману. Он улыбался — мой рот тоже растягивала улыбка. Он хмурился — я чувствовал, как помимо моей воли сходятся брови над переносицей. Один раз у Германа показались слезы — когда Гребенюк назвал Разума сынком. У меня в глазах тоже защипало, я сморгнул, и по щеке скатилась слезинка. Герман от волнения прикусил костяшки кулаков. Я тут же испытал резкую боль, и на коже проступили глубокие вмятины от зубов...

Герман с экрана был живее меня, на него смотрящего. Чтобы расправиться со мной, Разумовскому даже не нужно было стукать меня диапроектором по голове, душить или резать ножом. Стоило лишь бескровно умертвить нарисованного Рымбаева, и я бы тоже свалился бездыханный...

Внутри живота точно лопнула колба с кипятком. Страх, горячий и острый, окатил внутренности. Самое противное, что это был уже мой личный страх, вдобавок к той панике, которой меня щедро наделял перепуганный двойник.

Герман между тем преобразился. Взгляд его остекленел, лицо похорошело: сгладились гадкие жабьи черты, волосы, торчащие клочьями, улеглись. Подчеркивалась душевная трансформация — хулиган под воздействием искусства перевоспитывался...

— Диафильм закончился. Потрясенный юный зритель разогнулся и поднялся со стульчика: «Простите меня, пожалуйста, Разум Аркадьевич», — прошептал Герман...

Мои губы беззвучно повторили контуры произнесенных им слов.

«За что ты просишь прощения, Герман?» — грустно улыбнулся Разумовский. Он вытащил из проектора длинную ленту и начал сворачивать в рулон. — «Мне... Мне очень стыдно за мое поведение. За то, как я вел себя с вами, с Ольгой Викторовной. Но особенно стыдно мне за мои "мультики"...» — Разумовский посмотрел на мальчика. Щеки Германа пылали от стыда...

Я немедля почувствовал, как горят мои щеки, точно их натерли толченым стеклом.

— Да, — подтвердил Разумовский, — мучительный стыд сковал Германа. Ведь он и не догадывался, что однажды придется краснеть за свои поступки... — «Я не сержусь на тебя, мой мальчик, — с теплотой сказал Разум Аркадьевич. —

И Ольга Викторовна тоже тебя простит. Но как нам быть с теми людьми, которых унизили и ограбили ты и твои, с позволения сказать, друзья? Кто извинится перед ними, кто им вернет душевный покой?»

Герман крепился, но вдруг разревелся. Мои щеки сразу сделались мокрыми от слез, точно кто-то плеснул мне в лицо из кружки.

«Что ж, поплачь, Герман, — сказал Разумовский. — Поплачь. Ты еще способен испытывать искреннее раскаяние. Эти горькие слезы говорят мне, что не все потеряно и бывший Рэмбо уже на полпути к исправлению. Ты, как и Алешка Разум, заглянул в себя и ужаснулся той бездне, в которой оказался. И я хочу протянуть тебе свою спасительную руку. Возьми ее...»

Хнычущий Герман поспешно ухватился за демонстративно вытянутую руку Разума Аркадьевича.

«Ваши мультики меня многому научили, я тоже очень хочу к новой жизни, как Алешка Разум, то есть как вы!» — со всем жаром юного сердца произнес Герман. — «Знай, это будет не просто!» — предупредил Разумовский. — «Я справлюсь! Что нужно для этого?» — «Правда. Только правда! Какой бы неприятной она ни была. Ты готов к этому?» — Герман задумался, помолчал, закусив губу, потом тряхнул головой: «Да, Разум Аркадьевич, я готов!» — «Скажи, Герман, ты никогда не задавал себе вопроса: зачем живешь?» — «Задавал...» — На лице Германа показалась растерянная улыбка. — «И что же? — спросил учитель. — Каков результат?» — «Я не нашел ответа...» — «Герман, ты онанизмом занимаешься?»

Я чуть не подпрыгнул на стульчике от удивления. Герман на экране, похоже, опешил не меньше моего.

— Мальчишка съежился, отвел глаза, — наслаждаясь местью, произнес Разумовский.

«Что отвернулся, Герман? Я же предупреждал, правда — штука непростая... Чего скис, пионер?» — Герман вздрогнул...

По моему телу тоже пробежал резкий, напоминающий судорогу, озноб.

— Герман тихо ответил: «Бывает...» — Разумовский удовлетворенно кивнул: «И часто ты онанируешь?» — «Почти каждый день...» — «А если честно?» — «Каждый...» — «Как это происходит?» — «У меня есть карточка. На ней голая женщина с раздвинутыми ногами, она похожа на мою одноклассницу, Наташу Новикову, которая мне очень нравится. Я смотрю на нее и представляю Наташу...» — Герман запнулся, покраснел, уставясь в пол...

Я испытал прилив какого-то испепеляющего детского стыда, как если бы с меня на школьной линейке при всех сняли трусы.

Разумовский упивался торжеством.

«Это хорошо, что ты больше не врешь, Герман. Скажи, ты уже вступал в половые связи?» — «Да... — признался Герман. — Два раза...» — «С кем же ты вступал в половую связь?»

Бессовестно уличенный в онанизме, Герман выглядел совершенно раздавленным.

«С Аней Карпенко и Светой Кириленко...» — «И кто они такие — Аня Карпенко и Света Кириленко?» — «Наши подруги...» — «Подруги... — горьким эхом отозвался Разумовский. — Ты хоть понимаешь, как извратил весь чистый смысл слова "подруга"? И как вы с ними "дружили"?» — «Мы... Они... Это... — запинался Герман. — Мы с ними... Точнее, они с нами...» — «Ну же! — подбодрил Разумовский. — Бояться раньше надо было. Имей мужество отвечать за свои поступки...» — «Они ходили с нами показывать "мультики"...» — почти шепотом закончил Герман. — «Хорошо, о Свете и Ане мы поговорим позже. А пока что назови мне имена твоих товарищей...»

Герман засопел, отвернулся.

«С одной стороны, это похвально, Герман, что ты не хочешь выдавать этих ребят. Но с другой стороны, ты оказываешь им медвежью услугу. Скажу больше! — Разумовский повысил голос. — Своим молчанием ты предаешь их. Промолчав, ты — предатель!» — с пафосом закончил он.

Я взывал к Герману безмолвным рыбьим ртом: «Не смей, не соглашайся!»

«А что им будет?» — всхлипнул Герман. — «Ничего плохого, — успокоил Разумовский. — Ребятам, как и тебе, нужна моя помощь. Не тяни время, дорога каждая минута. Давай по порядку. Кто вас вообще надоумил с этими "мультиками"?» — «Это... Борман... — запинаясь, начал Герман. — Я имею в виду, наш Борман, а не из фильма... Он сейчас в больнице... Борман у нас за старшего был вместе с Лещом... Его сильно избили, а Лещ вообще пропал...» — «Стоп-стоп, Герман, не торопись. Борман — это, если я правильно понял, кличка? — уточнил Разумовский. — А как его зовут по-нормальному? И заодно этого Леща? Только отвечай как взрослый, по порядку: фамилия, имя, отчество, год рождения, адрес. И не части...» — Разумовский вооружился блокнотом...

Я на миг обрадовался, потому что не знал фамилий Леща и Бормана, и уж подавно понятия не имел, где они живут. Но я недооценил Германа Рымбаева на экране.

«Фамилия Бормана — Мазур, а зовут Валерий Анатольевич, год рождения шестьдесят седьмой, проживает по адресу: проспект Моторостроителей 45, квартира 9», — плаксиво сказал Герман. — «А кто такой Лещ?» — Разумовский зашуршал карандашом. — «Лещенко Александр

Михайлович, шестьдесят шестого года рождения, адрес: улица Моторостроителей 47, квартира 67... Ни Лещ, ни Борман, они не ходили с нами...» — «Перечисли тех, кто конкретно участвовал в "мультиках"?»

«Молчи, молчи!» — одними губами умолял я Германа.

«Куля... то есть Кулиничев Юрий Семенович, семидесятого года рождения, прописан по адресу: улица героев Сталинграда 89, квартира 42, но живет на улице Марьяненко 13, квартира 55...»

О, если бы я мог залепить со всей дури кулаком по предательскому рту всезнайки Германа Рымбаева! Но ведь никакого Германа не существовало — только болтливая световая проекция на стене. И что я мог поделать с тем фактом, что эта проекция знала о Леще, Бормане и Куле больше, чем я сам!

Герман быстро оправился от первого шока предательства, в дальнейшем речь его уже не спотыкалась. Я слышал глумливую улыбку в голосе Разумовского, когда он комментировал признание Германа:

— Разум Аркадьевич стал невольным свидетелем нравственного взрыва. Герман так торопился выложить всю правду, точно боялся, что не успеет, что лимит доверия к нему закончится раньше, чем он назовет всех своих сообщников! Драгоценные секунды триумфа педагога!

Разумовский ликовал, мне же только и оставалось, что безропотно сидеть на детском стульчике и наблюдать, как нарисованный Герман Рымбаев выдает моих друзей: Лысого, Боню, Шеву, Козуба, Шайбу, Тошу, Пашу Коня, Тренера, Аню и Свету... А что я мог сделать?! Я сам был обезволен и раздавлен, у меня даже отняли голос.

«Лысый, Лысковой Николай Михайлович, семьдесят первого года рождения, проживает на академика Виноградова 27, квартира 136... Боня — Бережной Николай Сергеевич, семьдесят второго года рождения, адрес улица Буденого 19, квартира 23... Шева — Шевченко Сергей Андреевич, семьдесят второго года рождения, адрес проспект Моторостроителей 49, квартира 71...»

Я переживал ужасные минуты. Раскачиваясь на стульчике, я беззвучно, холостым горлом выл, а по щекам бежали слезы. Я понимал, что надо мной свершилось немыслимое надругательство. Меня лишили воли и голоса, украли личность, сделали предателем, и не было в мире никакой возможности доказать кому бы то ни было обратное. И неизвестно, что за сюрприз готовил лично мне в конце своего диафильма Разумовский...

«Тренер — это Александр Миронович Терещук, улица Пересудова 2, а квартиры нет, это частный дом... Все...» — «Теперь вернемся к вашим, с позволения, подругам. Как их там?.. Аня и Света!» — «Анна Николаевна Карпенко, семьдесят первого года рождения, проживает по улице Героев Сталинграда 38, квартира 131... Светлана Робертовна Кириленко, семьдесят первого года рождения, адрес — проезд Бакулина 55, квартира 6...»

— Герман замолчал. — Разумовский перехватил паузу. — Мальчишка с тревогой и надеждой смотрел в глаза учителя. Ответный ободряющий взгляд укрепил его в уверенности, что лишь правдой можно восстановить доверие. «Молодец, — сказал ему Разумовский. — Ты поступил сейчас как настоящий мужчина». — Герман несмело улыбнулся улыбкой честного человека!..

Мой искаженный горем рот вывернулся наизнанку насильственной улыбкой.

Разумовский постучал по столу костяшкамии пальцев:

— Раздался стук в дверь. В комнату заглянула старший инспектор Данько, произнесла полушепотом: «Разум Аркадьевич, тут родители Германа Рымбаева приехали! Я с ними уже поговорила...»

Сменилась картинка. Я увидел кабинет Ольги Викторовны, на пороге стояли папа и мама. Они отряхивались от налипшего снега, излишне пушистого, с праздничной новогодней искрой. Геркель изобразил их удивительно жалкими, всклокоченными и мокрыми, похожими на грустных озябших птиц. Папа выглядел старше своих лет, у него почему-то появилась лысина, из-за которой ондатровая шапка, которую он снял при входе, напоминала слетевший парик. Мама осталась в своем белом берете из ангорки и расстегнула пальто. Лицо было испуганное, будто у нее за спиной только что выстрелили из хлопушки.

— Тяжело было родителям Германа переступить порог детской комнаты милиции. Но еще тяжелее было узнать от Ольги Викторовны Данько, что их единственный сын — преступник. Одно успокаивало: старший инспектор, хоть и в милицейской одежде и в офицерском звании, — милая обаятельная женщина...

Ольга Викторовна радушно улыбалась и делала пригласительные жесты руками, как торговец шашлыками, которого мы видели на отдыхе в Крыму...

— Поначалу Рымбаевы храбрились. «Это какая-то ошибка, — решительно говорил отец. — Вы наговариваете на нашего Германа!» — «Быть такого не может! — У матери дрожал голос. — Наш сыночек — послушный добрый мальчик, он мухи не обидит!» — Несчастные родители! Они и подумать не могли, кого вырастили — драчуна, грабителя и сладострастника. Страшные и беспощадные слова правды били, точно плетью...

Ольга Викторовна секущей палаческой размеренностью докладывала: «А кто школьников на улицах обирал? Герман! А кто курил, принимал алкоголь? Герман! А кто вступал в беспорядочные половые связи? Герман! Кто ветерана войны избил? Герман! А кто водил по улицам девицу раздетую? "Мультики" показывал кто? Все — ваш Герман!»

Папа и мама при «словах правды» отворачивались, вскрикивали, закрывались руками, словно их действительно стегали свистящей розгой по беззащитным мягким лицам...

— Родители Германа полагали, что им учинят допрос и вынудят подписать какой-нибудь протокол. Этого не произошло, их просто поставили перед неопровержимыми фактами. Наружу выплеснулось безудержное родительское горе: «Почему так получилось, почему?» — вопрошал неизвестно у кого отец. — «За что?! — вторила мать. — Ни в чем же ему не отказывали! Кажется, ведь все у него было! И магнитофон себе купил, и часы с мелодиями...» — Говорили сбивчиво, знакомо, буднично. Таких объяснений капитан милиции Данько наслушалась немало. Да только знали ли родители, что эти электронные часы с мелодиями и магнитофон «Маяк» их сын приобрел на деньги, отнятые у людей?!

Услышав о часах и «Маяке», родители хором взвыли, точно получили на меня похоронку.

«Нет, не родительскими подарками измеряется любовь, — подвела суровый итог Ольга Викторовна. — Мера ей — внимание. Именно безнадзорность детей порождает преступление!» — «Если бы знали, да разве бы...» — с трудом сдерживая волнение, пролепетала мать Германа. Странно, эти в общем-то хорошие люди и не подозревали о том, что рано или поздно им предстоит держать ответ за свои проступки перед обществом. — «А что же мы такого сделали?!» — вскричал отец. — «Вы прозевали своего ребенка! — таков был беспощадный ответ. — Теперь любая даже самая снисходительная комиссия по делам несовершеннолетних большинством выскажется за помещение Германа в детскую колонию!»

На этих словах прозвучал драматичный аккорд. Кабинет исчез. На экране снова возникла детская комната, в приоткрытую дверь которой половиной туловища сунулась Ольга Викторовна. «Разум, — зашептала она, — с родителями Германа я поговорила. Пора выводить нашего нарушителя...»

Тут она подмигнула, но отнюдь не Герману в диафильме, а лично мне.

Все выглядело так, будто у Ольги Викторовны и Разумовского заранее имелся тайный план, и теперь, когда он полностью удался, можно было играть в открытую, а не хитрить, притворяясь педагогами и инспекторами...

«Ну, пойдем, Герман». — Разумовский глубоко вздохнул. Ему всегда было тяжело видеть убитых горем родителей. Он приобнял мальчика за плечо, и вслед за старшим инспектором Данько они вошли в кабинет...

Мама стояла, закрыв ладонями глаза, словно ей выпало водить в жмурках. У отца на лбу прорезались глубокие напряженные морщины, на скулах вздулись желваки, глаза сузились, поднатужились, точно отец одним лицом поднял и удерживал невидимый тяжеленный груз.

— Мать Германа дала волю слезам, отец крепился, но было видно, что ему непросто дается мужское поведение. — «Сын! Герман!» — вскричали хором родители. — «Мать! Отец!» — жалобно воскликнул Герман, рванулся было к ним и не смог, замер, будто сдерживаемый невидимой преградой...

Первым заговорил папа. Речь его была странной, чужой, с какими-то мелкими вздохами перед словами, точно папе подменяли каждое слово.

«Понимаете, именно сейчас я всерьез задумался о судьбе Германа. Бесхарактерность и эгоизм, повлекшие тяжелое преступление нашего сына, — результат нашего родительского попустительства. Почему это произошло? Видать, жизнь у наших детей с ранних лет беззаботная. Лично у меня в детстве мало было радостных минут. Только и сбереглись хорошие воспоминания, как с отцом на Первомай в город ездили да на рыбалку. Однажды еще мальцом голопузым сома вытащил — вот такенный сом! Килограммов на шестьдесят, не меньше. Сколько радости было! Я и Герку хотел к рыбалке приспособить. Не захотел он, не приняла душа — городской житель... А сам я из простой крестьянской семьи. В нашем селе не было десятилетки, я закончил восемь классов, поехал в город, поступил в техникум, устроился на завод, после техникума сдал экзамены на вечерний факультет в институте, через шесть лет выучился на инженера. Завод стал для меня тем, что есть землица для хлебороба!..»

Разум Аркадьевич и Ольга Викторовна с преувеличенным вниманием слушали эту ахинею, не имевшую к папе никакого отношения. Я точно знал, что он родился в городе, закончил десятилетку и к рыбалке был равнодушен...

«А Герке нашему все легко досталось. Вот и распоясался, опустился. Нам ведь и классная руководительница жаловалась, что задирает он товарищей, грубит учителям, занятия прогуливает...»

Впрочем, судя по закадровой ремарке Разумовского, весь папин монолог воспринимался педагогами с некоторой иронией.

— Так говорил товарищ Хлопик, отец Германа, переходя от одной житейской мудрости к другой...

«Наш Гера... — голос отца дрогнул, — когда пацаненком был таким вот...»

Он провел ладонью на уровне колена, будто гладил по холке овчарку.

«...Хотел в космос полететь, так и говорил: «Папка, буду летчиком-космонавтом!»

Слово «летчик» он произнес с нарочитым детским выговором — «лец-цик».

— Разум Аркадьевич и Ольга Викторовна откликнулись грустными понимающими улыбками.

«В летчики хотел... А долетался до Детской комнаты милиции! — сокрушенно закончил папа. — Мать фактически до инфаркта довел. Отца опозорил! Нет, не случайно Герка преступником стал. Никогда он не чувствовал ответственности за свои поступки. Все ему с рук сходило! Не знал он, как трудно добывается честный кусок хлеба. Наш сын вырос, не умея ценить чужого труда! Я это давно заметил, вначале надеялся, молодо-зелено, подрастет — одумается, а оно вот какой... — в горле его заиграли раскаты рыданий, — бедой обернулось...»

«Ну, что вы так? — подбодрил Разумовский. — Все еще поправимо. Буквально десять минут назад Герман сказал мне, что раскаивается и будет жить по-другому. Да, Рэмбо?!»

Герман кивнул, сделал шажок вперед и отдал пионерский салют: «Да, Разум Аркадьевич. Только не называйте меня "Рэмбо". После всего, что случилось, мне противно мое прозвище...»

Это уже смотрелось чистым фарсом.

«Вы, товарищ Хлопик, произнесли тут много верных слов. Мы хотим вас заверить, что мне и

249

Ольге Викторовне не безразлична судьба вашего сына. Он оказался в непростой ситуации, выбираться из которой нужно сообща. Сам Герман с этим не справится. — Голос педагога посерьезнел. — Как вы понимаете, сделать вид, что ничего не было, что Герман ничего не совершал, уже нельзя. Проступок мальчика слишком тяжел, чтобы закрыть на него глаза...» — «Работа впереди трудная, — прибавила Ольга Викторовна. — Герману предстоит долгий путь исправления!»

Папа вытер лицо шапкой, от растаявшего снега на щеках его остались капельки воды, подозрительно похожие на слезы.

«Товарищ старший инспектор! Разум Аркадьевич! Не наказывайте по всей строгости! Не забирайте у нас сына... Не надо Германа в колонию...» — Отец отвернулся и уткнул лицо в шапку...

Мне было жаль своего нарисованного папу. Над ним поглумились так же, как и надо мной. Мало того что назвали Хлопиком, так еще и выдумали дурацкую биографию, принудили говорить глупости, которых он никогда бы не сказал...

«Успокойтесь, — ободряюще сказал Разумовский. — Мы никуда не забираем Германа. И я, и Ольга Викторовна — мы оба против колонии!» — «Но оставить Германа без опеки все же нельзя», — закончила Ольга Викторовна.

Папа бросил рыдать в ушанку, мама тоже не плакала.

— Лица безутешных родителей осветила слабая надежда... — интриговал Разумовский.

Это «освещение надеждой» выразилось в повышенной почти фосфоресцирующей бледности их щек.

— Разум Аркадьевич предложил: «А давайте-ка лучше послушаем Германа. В Детской комнате он уже прошел первый самый главный экзамен на честность. Скажи, Герман, если мы отпустим тебя домой, хватит ли у тебя силы воли удержаться от дурного поступка?»

Мне показалось, что вопрос был обращен ко мне лично, но отвечал, конечно, нарисованный Герман.

— Мальчишка чуть ли не полминуты стоял с прикушенной губой — думал. Потом твердо сказал: «Я не уверен, Разум Аркадьевич. Я только встал на путь исправления и нуждаюсь в ваших советах и наставлениях! Нет, меня отпускать домой рановато!» — Герман выпалил это на одном дыхании, просто и искренне, отбросив все заученные фразы. Сказал и заплакал...

Вместе с плаксой пустыми неуправляемыми слезами зарыдал и я...

«Ты умница, Герман, — приобнял мальчишку Разум Аркадьевич. — В тебе уже проснулась сознательность. Правильно, что не полагаешься на свои слабые силы. Только не реви, будь мужчиной...» — и потрепал его непокорные вихры...

Чья-то незримая рука ощутимо ухватила меня за волосы и несколько раз дернула так, что я даже вскрикнул.

— Разумовский обратился к родителям: «Нам очень не хочется отрывать мальчика от семьи. Но доверить его вам — значит проявить слабость. И что самое главное — Герман это тоже понимает. Мне кажется, Герману стоит на какое-то время остаться у нас в реформатории при Детской комнате милиции № 7. Тогда всю ответственность за его перевоспитание мы берем на себя». — Ольга Викторовна покивала: «Герман должен быть под контролем, нам надо знать о каждом его шаге! И согласитесь, реформаторий — это же не колония, не спецшкола. Вы сможете его навещать здесь хоть каждый день...» — «Но лучше только по выходным, — с улыбкой вставил Разумовский. — Ваш сын уже вышел из детсадовского возраста...» — «Если Герман вернется в привычную для него обстановку, — наступала Ольга Викторовна, — кто знает, не попадет ли он снова под чье-то дурное влияние, не покатится ли по наклонной? Пусть поживет у нас. Тут все условия по высшему разряду...» — «Не хуже номера люкс в гостинице, — заверил Разумовский. — Впрочем, если вы против, мы с Ольгой Викторовной не смеем настаивать. Герман пойдет с вами. А его дело будет направлено прямиком в суд — там разберутся...»

Разумовский как бы проверял родителей на сознательность и одновременно шантажировал.

Мысленно взывал я: «Папа, мама! Не отдавайте меня, не отдавайте!» — и немой страстный крик раздувал мое горло...

«Да, ты прав, сынок, — торжественно и звучно сказал отец. — Мы поступим так, как предлагаешь ты, педагог Разум Аркадьевич и товарищ старший инспектор. Тебе лучше пожить в реформатории...» — «Так будет лучше, — печальным эхом произнесла мама. — А мы будем тебя навещать...» — «Мы по-другому и не думали!» — потер руки Разумовский.

Он страшно оживился, на бледных его щеках заиграл яблочный румянец.

«Товарищи родители, не переживайте, Герман вернется к вам новым человеком! Преображенным! Вы еще удивитесь, когда увидите, каким он парнем вырастет! О-о! Он у нас в педагогический поступит! Сам воспитателем станет и сюда на работу устроится! Да!.. Спустя много лет Герман Рымбаев придет на Пролетарскую 3 настоящим педагогом и улыбнется другим юным правонарушителям... А теперь, Герман, ты можешь обнять своих родителей!» — И мальчишка стремглав кинулся в отцовские объятия!..

Я заметил, что произошла очередная подмена с пропорциями. В жизни я был почти одного роста с папой, а на картинке почему-то едва доходил ему до груди. Диафильм сознательно сделал меня маленьким. Но мне уже было не до правдоподобия, я чувствовал, что произошло нечто куда более ужасное...

«Вот, теперь ваш Герман снова с вами, — радостно сказала Ольга Викторовна. — Теперь все будет хорошо!..» — «Разум Аркадьевич, Ольга Викторовна, а можно эту ночь и воскресенье Герман еще останется с нами? — спросил отец. — А утром в понедельник мы его приведем». — «Заодно и вещи ему соберем, одежду, и перекусить что-нибудь», — умоляюще прибавила мать.

Разумовский и Данько переглянулись.

«Лично я не возражаю, — сказал Разумовский. — Ольга Викторовна, а вы как считаете?» — «Я не против. Так даже проще. Я пока документы на него оформлю, комнату приготовлю...»

— Герман вприпрыжку подбежал к вешалке, сорвал свое пальтишко, нахлобучил шапку: «Тогда до скорого, Разум Аркадьевич!» — задорно крикнул он. — «До понедельника!» — улыбнулся воспитатель. — «Спасибо вам, — произнес отец. — За все спасибо!» — «И низкий земной вам поклон...»

Мама церемонно, с рукой, поклонилась, как солистка танцевального коллектива «Березка».

«Мы проводим вас», — предложил Разум Аркадьевич. Родители вывели Германа на крыльцо. Вслед за ними вышел Разумовский, галантно придерживая тугую дверь для Ольги Викторовны. Она, словно бурку, накинула на плечи полушубок...

Ночь в диафильме походила на новогоднюю открытку — золотой месяц в россыпи звезд, крупные, напоминающие стружки, снежные хлопья. Кирпичную стену, мусорные баки и кусты покрывали белые папахи.

— Герман вприпрыжку сбежал по ступеням крыльца. — «Осторожнее, — предупредила Ольга Викторовна. — Здесь может быть скользко». — Родители осторожно спустились вслед за сыном и крепко взяли его за руки...

Я снова поразился своей нарочито дошкольной комплекции — Герману на картинке можно было дать как десять, так и шесть лет.

Крупный план показал Разумовского, машущего рукой.

«До понедельника, Герман!..»

Родители уводили своего уменьшенного сынка, густой снег противно поскрипывал в унисон с таким же скрипучим колесиком диапроектора. За кадром звучал голос Разумовского, исполненный прощальной задушевности:

— На всю жизнь запомнил Герман удивительную встречу с замечательным человеком — Разумом Аркадьевичем. Мудрый педагог смотрел мальчику вслед. На сердце у него было светло. Разумовский знал, что за коротким расставанием будут новые встречи, долгая плодотворная работа и завтрашняя радость!..

Нарисованный оглянулся. На его маленьком хитром личике я увидел злую ухмылку. Больше он не оборачивался.

На экране Рымбаевы благополучно удалились. Но живой настоящий Герман Рымбаев так и остался в Детской комнате милиции... С убийственной ясностью я понимал, что топчущимся на крыльце воспитателям это тоже прекрасно известно.

Разумовский и Ольга Викторовна обменялись долгими проницательными взглядами. Уголки губ Ольги Викторовны дрогнули, потянулись вверх. Разумовский в ответ расплылся в радостном собачьем оскале. Ольга Викторовна распахнула рот, точно хотела откусить половину яблока, и захохотала. Спустя мгновение таким же неудержимым гоготом разразился Разумовский. Нечеловеческое веселье согнуло их пополам...

Лишь однажды я слышал подобное, когда мы с ребятами еще в конце сентября были в зоопарке. Лысому стало скучно, и он принялся стучать палкой по клетке с павианами, чтобы расшевелить их. Самцы и самки подняли жуткий обезьяний гвалт, подхваченный в соседних вольерах. — Истошно, будто их облили бензином и подожгли, визжали макаки, заголосили павлины, на их вопли отозвались звонким тявканьем лисицы и шакалы...

Такими же во всю пасть оскаленными звуками смеялись Ольга Викторовна и Разум Аркадьевич. Старший инспектор вылаивала короткие трели и в изнеможении колотила рукой по перильцам, Разумовский верещал всем выдохом и рыл ботинком крыльцо. Но самое страшное, этот хохочущий дуэт находился уже не в пространстве диафильма, а за окном с безвоздушной чернотой.

— Ну что, Разум? — произнесла наконец Ольга Викторовна. — Пошли, что ли?!

— Пошли. — Разумовский утер выступившие слезы, выпрямился. Теперь они смотрели прямо на меня. Их лица все еще сотрясал смех. Они сделали шаг, быстрый кадр показал их со спины. Разумовский и Ольга Викторовна проследовали в дом, входная дверь захлопнулась. Крыльцо опустело. Я знал, куда они идут — в детскую комнату, ко мне, беззащитно сидящему на колченогом стульчике перед экраном...

В какую-то секунду мелькнула мысль, что такого быть не может, ведь Разумовский обязан находиться у диапроектора. Я оглянулся, чтобы убедиться в этом. Стульчик резко качнуло назад...

Из диапроектора бил выхлопной столб электрической пыли. Разумовского в комнате не было.

Зато ожили страшные черные окна — за ними виднелась ночь с крупным месяцем, звездами и снегом, проступали черные контуры деревьев и кирпичный забор...

Падая вместе со стульчиком, я услышал, как колесико диапроектора душераздирающе скрипнуло, вытянув кадр, похожий на сухой завернувшийся лист. Возможно, в этом месте пленка была перекручена.

Я рухнул на пол, но не ощутил никакого удара. Тело сделалось бесчувственным и каким-то ватным, словно вместо меня упал кто-то другой. Заевшую пленку потянуло наверх. На экран вылезла перекошенная пустота с дырами перфорации по краям.

Но это я уже увидел в опрокинутом состоянии. Почему-то вспомнилась мертвая закатившаяся голова бедного Валерки Самсонова. Моя голова лежала бессильным профилем, причем по ощущениям как-то отдельно от туловища, в нескольких шагах, а остекленевшие глаза смотрели прямо и неподвижно на экран. Осенила догадка: наверное, я просто не заметил, как подкравшийся сзади Разум Аркадьевич полоснул меня по шее ножом...

Я подумал: «Странно, если мне отрезали голову, то где же кровь?» И в эту же секунду изо рта потекло. Я распробовал знакомый по дракам соленый вкус, и в умирающий мозг кирзовым сапогом ударил страх. Кровь была плотной и густой, точно пожарная пена. И цвета она была совсем не кровавого, а скорее перламутрового, как слюна. Не в силах моргнуть, я таращился на лунный прямоугольник экрана...

Луч невидимого диапроектора начал странно мерцать с нарастающей клацающей частотой. Вскоре его бледный свет набрал нужную скорость и превратился в ослепительный белый протуберанец, заставивший меня открыть глаза.

Сквозь оконные стекла било неестественно яркое, какое-то летнее солнце. Щекой я ощутил шероховатую ткань наволочки. От нее исходил свежий прачечный запах. Я был укрыт одеялом до подбородка. Первое неудобство я ощутил во рту, словно мне затолкали туда скомканные бумажки или марлю. Я постарался вытолкнуть мусор языком и понял, что никаких посторонних предметов во рту нет. Просто распухший почему-то язык занял весь рот и создал ощущение бесформенного тряпичного кляпа. Я перевернулся на спину, одновременно провел рукой по ноге — штанов не было. На секунду навалилось дикое счастье. Пробуждение перечеркивало весь произошедший со мной ночной ужас: «Это был сон!»

Вдруг резко обступила реальность. Надо мной был чужой потолок, слишком высокий, с незнакомой трещиной. Откуда-то со стороны ворвались посторонние голоса. Кровать была тоже чужая — там, где заканчивались мои спеленатые одеялом ноги, поднималась металлическая спинка. Страх дернул меня за все ниточки. Я проснулся не дома! Но тогда где? Неужели в Детской комнате милиции?

Я резко поднялся и сразу увидел маму. Она сидела рядышком на стуле. За ее спиной стояли четыре одинаковых койки, разделенные белыми тумбочками. На одной тумбочке, похожий на огнетушитель, возвышался красный термос. Две койки, что ближе к окну, были застелены, а на последней, рядом с дверью, кто-то спал, отвернувшись к стене. Мой сосед слева, небритый мужик в трусах и майке уплетал что-то из пол литровой банки, грузная немолодая женщина подсовывала ему огромный, размером с лапоть, бутерброд. Пара негромко переговаривалась. Сосед справа — дядька лет шестидесяти в спортивном костюме — лежа читал газету.

Мама заботливо уложила меня на спину, поддерживая голову ладонью:

— Нельзя так резко подниматься. Как ты, сынок? — Лицо у нее было измученным и зареванным.

В моей голове застучали горячие кровяные пульсы.

— Му-м, мам-а! — Распухший язык плохо подчинялся. — Пвостите, я бовше не буву...

Речь оказалась полностью искорежена. Я смешался и замолчал.

У мамы на глаза набежали слезы:

— Ты ни в чем не виноват, сынок! Запомни. Ни в чем. Это может произойти с каждым!

Я решил не уточнять, что именно может произойти с каждым. Ведь и врачам, и родителям было прекрасно известно, откуда меня привезли в больницу. И то, что мне об этом пока не сообщалось, еще не означало, что наказание отменили. Я просто лежал и молчал, а мама держала меня за руку.

Я все ждал, что она заговорит о Детской комнате милиции, о Разуме Аркадьевиче, но от мамы не прозвучало ни одного каверзного вопроса о том, где, как и с кем я провел весь вчерашний вечер. Она лишь повторяла одну и ту же фразу:

— Не беспокойся, сынок, все будет хорошо...

Я не знаю, сколько прошло времени, может, я задремал и снова проснулся, когда появился папа. Он изо всех сил бодрился, но от меня не укрылось, как папа взволнован. Вскоре пришел хмурый воскресный врач. Он осмотрел меня и измерил давление.

— В допустимой норме, — заключил врач. Потом обратился ко мне: — Открой рот. — Ощупал мой израненный язык прокуренным, лимонного цвета, пальцем: — Прикусил в нескольких местах. Даже зашивать ничего не нужно, само заживет...

Родителям он сказал, что в понедельник мне сделают электроэнцефалограмму, и будет ясно, как со мной поступать дальше.

Весь день я готовился к серьезному, по душам, разговору, а его все не было. Сам я отмалчивался. Оправдываться и просить прощения за мои хулиганства не имело смысла. Тем более прокушенным языком лишний раз пошевелить было больно. Я решил, что родители просто не хотят меня нервировать, им же наверняка сказали, что мне нужен покой, вот они и перенесли беседу на более поздний срок, когда я чуть оклемаюсь. Впрочем, больным я себя не чувствовал, да меня ничем и не лечили, я только полоскал рот слабым раствором марганцовки, и еще медсестра дважды вколола магнезию.

Беспокоился я по другому поводу. Я ждал завтрашнего дня — ведь именно в понедельник нарисованного Германа обещали забрать в реформаторий. Что уготовили мне, я не знал.

Я сверлил родителей по очереди проницательными взглядами, пытаясь выяснить, что же им известно, психовал и шепелявил, дескать «вы фто-то недогофафифаете». От этих «прокушенных» слов и взглядов исподлобья мама убегала рыдать в коридор, а папа начинал нервно потирать руки. Вечером родители уехали, пообещав вернуться утром к открытию.

Ночью мое угнетенное состояние лишь усилилось. За окном светил пронзительный желтый фонарь, от его беспокойного света на стену ниспадала косая прямоугольная тень оконной рамы, похожая на пустой перекрученный кадр диафильма. Я же снова лежал на боку и не ощущал своего тела. Моя неподвижная, точно отрубленная голова смотрела на косой экран. Тень пустого кадра гипнотизировала, я видел ее, даже когда закрывал глаза. Вскоре я уже не знал, сплю ли я или бодрствую. В этом бессонном трансе я пролежал всю ночь, оцепеневший, пока не начался утренний обход. Я обнаружил, что наволочка была мокрой от слюны.

Утром приехала мама и после полоскания марганцовкой накормила меня картофельным пюре. Язык саднил, но пюре пришлось проглотить, так как прокуренный врач еще в воскресенье сказал, что электроэнцефалограмму лучше делать на полный желудок. Он также прибавил, что для более точного результата неплохо было бы вымыть мне голову, но поскольку нет условий, то можно и так, с несвежей.

После завтрака меня отвели в специальный кабинет. Там усадили на стул, на голову нацепили что-то вроде сетки для волос, только состоящей из множества проводов, усеянных мелкими присосками. Процедура оказалась совершенно безболезненной, может, чуть покалывала кожа под электродами. Прибор тарахтел и выписывал на бумажной ленте бесконечные горные ландшафты — пики и ущелья. Затем врачиха стала меня расспрашивать о самочувствии, не болит ли у меня голова, не тошнит ли, помню ли я, что со мной случилось. Я насторожился и отвечал уклончиво, издалека: «Вернулся домой из школы, покушал, сделал уроки», — и сразу перескочил на то, что голова болит и чуть подташнивает.

Я лукавил. Кроме языка у меня ничего не болело, но краски сгущал я сознательно, полагая, что нездорового меня повременят отправлять в реформаторий. Тем более я обрадовался, выяснив, что глупый прибор нашел какую-то проблемку — это было видно по лицу врачихи, изучавшей на бумаге угловатые закорючки. Она озабоченно поджала губы, покачала головой и вздохнула. Потом врачиха попросила маму на «пару слов», а я ждал в коридоре. Когда мама вышла, глаза у нее снова были на мокром месте. Видимо, ей сказали, что легкое сотрясение мозга не избавляет от ответственности и меня все равно отправят в реформаторий, едва я приду в норму.

Весь понедельник я ждал гостей из милиции, вздрагивал от каждого шума и голоса. Всякие крепкие строевые шаги в коридоре сжимали сердце ледяной хваткой. Мне казалось, что вот-вот распахнется дверь нашей палаты и появятся Сухомлинов и Усы Подковой, чтобы с шутками и прибаутками доставить меня на улицу Пролетарскую 3.

Но никто не пришел за мной. Вечером папа на такси отвез нас домой. Ехали мы в полном молчании, только мама порывалась укутать меня шарфом, поднять воротник, точно у меня было воспаление легких.

Дома меня окружили заискивающей болезненной заботой, такой настораживающей, что я всерьез запаниковал. Эти напряженные улыбки и бегающие глаза лучше всяких признаний уверили меня в том, что родители заранее договорились обо всем с Ольгой Викторовной: как и когда они передадут меня на попечение Разума Аркадьевича. Это двуличное поведение вымотало все нервы, я решил вывести родителей на чистую воду.

За ужином я ошарашил папу неожиданным вопросом:

— Ну что, как съездил в Детскую комнату милиции?

Папа чуть не поперхнулся.

— Сынок, я был на работе... — жалобно произнес он. Увы, я заметил, как смешался он, беспомощно посмотрел на маму. В сердце словно ударил камень. Подозрения оказывались горькой правдой — меня предали самые близкие люди.

— Все с вами понятно... — Я криво усмехнулся. В душе клокотала обида. Я тем не менее постарался придать своему голосу ледяную беззаботность. — И когда же вы планируете отправлять меня в реформаторий к Разумовскому? Завтра? Послезавтра? Или все-таки на следующей неделе?

Буква «р» через раз удавалась моему прокушенному языку и часто соскальзывала на «в», от чего моя полная сарказма речь неожиданно обрела досадный вукающий оттенок, больше подходящий для комедии.

Мама отложила вилку, встала из-за стола. Она нарочно так повернулась, чтобы я не видел ее лица, но черное отражение в окне выдало — мама плакала. Наверное, от стыда, так я считал. Жалости к ней у меня не было. Наоборот, мамины слезы окончательно взорвали меня. Я грохнул об стол сразу двумя кулаками, так что со звоном подпрыгнули тарелки, а одна чашка опрокинулась и, слетев на пол, разлетелась на осколки:

— Просто врать не надо!

Я содрогнулся от своего дурацкого произношения: «пвосто», «в-вать», точно тявкал подросток-доберман. Лающий обидный ущерб только подхлестнул меня:

— Не притворяйтесь! Я знаю, что вы думаете обо мне! Что я преступник! «Мультики» показывал! Ладно, не плачьте! Пойду я в этот ваш реформаторий! Пусть перевоспитывают! Буду настоящим педагогом! Да хоть прям счас поеду! Вызывайте милицию! Звоните Разумовскому, что мы едем! Я не желаю здесь оставаться! Ни минуты! И не надо давать никаких вещей! Обойдусь! Я вообще ничего отсюда не возьму! И по воскресеньям ко мне приходить не надо! Я не хочу вас видеть!

Меня трясло от праведного гнева. Мама уже плакала в голос. Я, признаюсь, и сам был недалек от того, чтобы разрыдаться от жалости к себе.

У папы на лбу выступил мелкий росистый пот. Он провел ладонью, стряхивая капли, затем сказал:

— Сынок, прошу тебя, успокойся. Я не понимаю, о чем ты говоришь...

— Не понимаешь? — издевательски переспросил я. — Можно подумать, ты не говорил с Данько? Не был у Разумовского на Пролетарской? В Детской комнате милиции? А?!

В такт моим словам мама всхлипывала. Папа сказал тихо и размеренно:

— Герман, где бы я ни был и с кем ни говорил, ты не должен ничего бояться. Что б ни случилось, мы никогда не откажемся от тебя...

— Поздно оправдываться, — буркнул я.

— Я считаю, Герман, тебе лучше всего выпить что-нибудь успокоительное и лечь спать. Скоро у нас все образуется.

— Ничего не образуется, — сварливо возразил я, но принял из маминых рук стакан с водой и две мелкие таблетки.

— Это что? Снотворное? Хотите, чтобы я заснул, а потом сонного повезете на Пролетарскую? Это вас Разумовский так поучил?

— Нас никто ничему не подучивал, — твердо сказал папа. — Мы никому тебя не отдадим.

— Ну что ж, посмотрим. — Я подозрительно покосился на папу, но все же проглотил таблетки и запил водой.

Мама подобрала черепки чашки и выбросила в помойное ведро, села на соседний табурет рядом с папой.

Эмоциональная вспышка утомила меня. Обличать больше никого не хотелось. Я сказал почти миролюбиво:

— Прошу раз и навсегда усвоить: совершенно другой Герман Рымбаев давал свое согласие на реформаторий. Надеюсь, это понятно?

— Да, понятно, — сказал папа.

— Я не против, чтобы меня поставили на учет, — тут я зевнул, — но к Разумовскому в ученики я не пойду...

Мама справилась со слезами и только кивнула. Папа так же спокойно ответил:

— Мы поступим так, сын, как хочешь ты...

— Нечто подобное я уже слышал в Детской комнате милиции, — с тихим презрением начал я, но вовремя сообразил, что эти слова принадлежали отнюдь не папе, а его нарисованному двойнику из диафильма. А обвинять человека в том, что он не говорил, было несправедливо. Я махнул рукой, как бы прекращая никчемный разговор, и отправился спать.

Забегая вперед, скажу, что я так и не выяснил, кто привез меня беспамятного в больницу и записал врачам наш телефон. Можно было лишь гадать, чьих это рук дело. Самому докапываться до сути у меня не хватало ни желания, ни воли.

Никто не пришел за мной и во вторник. Родители оставались дома. Мне это казалось необычайно подозрительным, но я уже не психовал. Я, конечно, вздрагивал от каждого телефонного звонка, мучительно вслушивался в разговор, пытаясь понять, не по мою ли душу голос из трубки? Неожиданные провокационные фразы типа «Я знаю, откуда звонили. Из Детской комнаты...» успеха не имели. Родители, если и замышляли что-то, ни в чем не проговаривались. Мне спокойно отвечали, что звонили с работы.

Потом мы пошли в районную поликлинику. Из дома, признаюсь, выходили с небольшим скандалом. Я решил, что меня коварно выманивают на улицу, чтобы передать милиции. Папе стоило немалого ораторского труда переубедить меня...

В подростковом кабинете нас направили к невропатологу — совсем молодой девчушке, с виду недавней выпускнице мединститута. Бегло оглядев наши больничные бумаги, она выписала направление в районный психоневрологический диспансер № 16.

Мы с папой пошли домой, а мама поехала в этот ПНД №16. Она вернулась часа через три и сказала, что узнала от женщин в очереди, дескать, нужно идти к завотделением Божко — он кандидат наук и очень хороший специалист. Я не имел ничего против диспансера. В четверг мы отправились на прием.

Так я познакомился с Артуром Сергеевичем Божко. Помню, мы ввалились в его кабинет всей троицей, что вызвало на его лице улыбку. На вид Божко было за сорок, невысокий и щуплый, он по комплекции очень напоминал нашего папу. И лицо у Божко было совсем не врачебное, простое, как у слесаря на заводе, без видящих насквозь глаз, колдовских мохнатых бровей. Слова Божко произносил с мягким, каким-то шаркающим украинским акцентом, точно он и не говорил, а прогуливался по деревянному полу в тапочках на мягкой кожаной подошве.

Артур Сергеевич пригласил нас сесть, а потом поинтересовался:

— Ну, кто начнет первым? — и сам же предложил: — Давайте послушаем вначале мамочку.

Мама страшно волновалась, говорила сбивчиво, голос то и дело набухал слезами. При этом она хитрила. По ее версии, меня кто-то напугал, а возможно, и ударил, после чего я потерял сознание. Божко слушал и улыбался, но поразительно, какая легкая была эта улыбка! В ней не было и доли насмешки, лишь доброе удивление, дескать, что вы тут, ребята, переполох устроили, ведь ровным счетом ничего страшного не произошло, ну упал человек на улице, с кем не бывает. Мама, ободренная этой доброжелательной мимикой, успокоилась и закончила рассказ почти спокойным тоном.

Мы подождали, пока Божко бегло просматривал наши справки и выписки. Казалось, Божко недоумевает, что за чушь понаписали эти доктора из больницы. Он шевелил губами, повторяя прочитанное, вскидывал брови, насмешливо кривил рот. А расправив длинный свиток электроэнцефалограммы, даже тихонечко фыркнул, как кот, окинул нас извиняющимся взглядом, словно ему было неловко за своих коллег.

Поскольку Божко молчал, начал папа.

— Что с нашим сыном? — мужественно спросил он. — Это... эпилепсия? — Папа точно подавился словом, а у мамы мелко задрожало лицо и глаза налились слезами.

Божко снисходительно помолчал, с ласковой укоризной посмотрел на папу:

— Разве я сказал вам, что у Германа эпилепсия?

— Нет, — выдохнул папа.

— А хоть кто-нибудь ставил этот диагноз вашему сыну?

— В больнице... — У папы резко сел голос. — Что есть подозрение...

— Ну, вот пусть они и дальше едят свои подозрения, — пошутил Божко. — Сколько угодно. А нам с вами должно быть ни холодно ни жарко от этого.

— Тогда что с нашим сыном? Он болен? — Мама бросила на меня умирающий взгляд.

— Пока не знаю, — просто сказал Божко. — На вид вполне здоров. Да, Герман? — Тут он подмигнул мне. Я ответил хмурой гримасой исподлобья. Мне было не до веселья.

— То есть как не знаете? — растерялся папа.

— Для того, чтобы делать какие-то серьезные выводы, — Божко прикрыл ладонью наши справки, — одних этих бумажек мне не хватает... Давайте не будем торопиться. Посмотрите, до чего вы себя довели... — Божко поцокал языком, как бы осуждая. — Нервные, задерганные, испуганные. Неизвестно, кому скорее нужна врачебная помощь — вам или Герману?

Родители застеснялись.

— Мы очень беспокоимся, — сказал папа. — Которую ночь не спим...

Божко понимающе покивал:

— Вот что я предлагаю. Во-первых, мы сделаем повторную электроэнцефалограмму...

— А эта? — Папа указал на стол. — Она неправильная?

— Считайте, что это — обычный рулон бумаги, — ответил Божко. — А на нем какие-то линии. Да, была потеря сознания, судороги — но это еще ни о чем не говорит. Я бы хотел пообщаться с Германом и уточнить кое-какие детали. А лишь после этого мы будем делать первичные заключения...

— А что со школой? — перебила мама.

— Пусть посидит до конца недели дома, — разрешил Божко. — Отдохнет. А завтра мы с ним побеседуем. Если Герман не против...

Божко у родителей вызвал противоречивые чувства. Мама на обратном пути говорила, что он черствый, равнодушный, и даже хотела искать другого врача. Папа тоже сомневался, хотя лично ему импонировали спокойные манеры Божко. Да и мне тоже Артур Сергеевич пришелся по душе. Но с другой стороны, я опасался, что Божко отнесется ко мне излишне объективно и не станет записывать в больные, а я-то, наоборот, хотел обзавестись легким недугом, чтобы избежать проблем с милицией и Детской комнатой.

На утро мама повела меня в диспансер. Пока мы сидели в очереди, она наслушалась от разных теток столько дифирамбов в адрес Божко, что чуть успокоилась насчет его человечности и профессионализма.

Божко по-приятельски встретил нас. Впрочем, увидев, что мама расположилась на стуле, он мягко выпроводил ее:

— Пускай мамочка подождет в коридоре...

Мама с недовольным видом удалилась, мы остались вдвоем.

Я думал, Божко примется выпытывать у меня подробности субботы, а Артур Сергеевич начал с расспросов о моем детстве. Его почему-то зацепило, что я родом из Краснославска. Он тут же попросил подробнее рассказать о городе и школе, где я учился. Потом Божко поинтересовался, скучаю ли я по старым приятелям, и я с удивлением признался себе и ему, что уже не особенно. На вопрос, много ли у меня друзей, я сначала ляпнул: «Много», — после чего меня точно кипятком ошпарило мое непреднамеренное, но от этого не менее-чудовищное предательство в Детской комнате милиции. Я больше не имел никаких друзей...

— Я спросил что-то неприятное? — Тон Божко был участливый, извиняющийся.

— Нет, — я справился с волнением, — просто я хорошенько подумал и понял: друзей у меня нет.

Божко пожал плечами, мол, на нет и суда нет, и переключился на мои увлечения: собираю ли я марки, значки, спичечные коробки, посещал ли какие-нибудь спортивные секции? Я сказал, что коллекционированием никогда не страдал, в третьем классе месяца два ходил на авиамоделирование. Но чтобы не выглядеть рохлей, прибавил, что у меня второй разряд по боксу.

Честно говоря, Артур Сергеевич больше напоминал не врача, а попутчика-пенсионера, которому интересно все: какие предметы в школе мне нравятся, люблю ли я читать, что за фильмы я смотрел?

Насчет школы я отделался историей, биологией и физкультурой. При этом я оценил деликатность Божко — он ни разу не спросил о моей успеваемости. С книжками получилось неловко, я в последнее время совсем не читал, но чтобы не оставить Божко без ответа, почему-то взялся пересказывать недавно увиденный гонконгский боевик с Брюсом Ли.

Вскоре я понял, что вместо сюжета как-то излишне подробно описываю драки. Божко, не перебивая, слушал и улыбался, а я начинал потихоньку заводиться из-за того, что никак не мог отделаться от фильма, только глубже увязал в нелепых деталях: кто что сказал, кого ударил.

Я уже был не рад, что связался с этим чертовым Брюсом Ли, но остановиться не получалось, я пытался как-то спасти положение, но лишь изнурительно топтался на месте. От злости у меня затряслись руки. Чего доброго, Божко действительно мог подумать, что я ограниченный, скучный человек без друзей — книжек не читаю, смотрю дурацкие фильмы, о которых даже нормально поговорить не могу, и на бокс я, наверное, пошел, потому что меня все дразнили!

Внимательный Божко тут же заметил, что со мной неладно.

— Почему ты злишься, Герман? — спросил он. Без подвоха, но как-то по-особенному, будто он что-то про меня понял, но пока еще не хочет сообщать, что именно.

— Я не злюсь! — несколько резковато ответил я.

Божко не подал вида.

— Не получается пересказать фильм? — проницательно предположил он.

— Все получается! Просто фильм какой-то идиотский!

— Да и шут с ним, — отмахнулся Божко. — Ты мне вот что ответь... В видеосалоны часто ходишь?

— Не знаю... — Я задумался. — Часто.

— И что предпочитаешь? Какой, — он потер пальцами, словно растирал слово в труху, — жанр?

— Боевики смотрю, ужасы. Иногда комедии...

Эротику я решил не упоминать. Не потому, что это была область интимного. Я не особо часто смотрел такие фильмы, раза три-четыре. Какой смысл в эротике, если ты все равно сидишь в зале и вокруг люди?

Божко подошел к белому медицинскому шкафчику у стены:

— Хочу показать тебе одну штуку. — Он распахнул дверцу шкафа и принялся рыться на полках.

Раздались странные звуки, точно Божко передвигал тяжелые трехлитровые банки с консервацией. Закралась дурацкая мысль, что там вовсе не обычные банки, а стеклянные туловища с насаженными головами...

Умом я понимал, что все это чепуха. Но сразу появилось какое-то нехорошее ощущение, словно бы о мое встревоженное сердце заколотил трескучими крылышками ночной мотылек. Я даже чуть привстал со стула, чтобы заглянуть в шкаф. Ничего угрожающего я там не заметил — книги, папки, бумаги. И никаких голов и банок с консервацией...

— Вот. — Божко повернулся ко мне и прикрыл локтем дверцу. — Нашел!

Между его указательными пальцами была натянута аптечная резинка, продетая сквозь небольшой картонный кружок белого цвета.

— Иди сюда, — пригласил Божко.

Ноги почему-то сделались ватными, и во рту появился пряный железный привкус — так бывало раньше, когда меня вызывали к доске, а я не знал урока. Я поднялся и подошел к Божко.

Артур Сергеевич поднял пальцы с резинкой на уровень моих глаз:

— Знаешь, что это такое?

На одной стороне кружка была сидящая женская фигурка — пустотелый черный контур. С обратной стороны я заметил что-то вроде мужского лица — глаза, клякса усов — более подробно я не успел рассмотреть — Божко, опустив руки, стал быстро поворачивать кружок вокруг диаметра.

— Называется тауматроп. Довольно-таки старое изобретение, разве только название позднее. А первые тауматропы еще в Древнем Китае были. Эффект основан на оптической иллюзии... — Из туго перекрученной резинки уже полезли червеобразные аппендиксы и грыжи, Божко снова поднял игрушку на уровень моих глаз. Кружок он заблаговременно прикрыл пальцами.

— На разных сторонах круга находятся два рисунка. При быстром вращении они совмещаются в одно изображение... — Божко развел пальцы, так что резинка натянулась. — Смотри. Это как мультики...

Он отпустил круг. Из пальцев точно выпорхнула и отчаянно заколотила крыльями капустница, замершая на одном месте. Бабочкино мельтешение сразу же сложилось в картинку. Полый контур сидящей женской фигурки налился бесстыдным содержимым. То, что я принял за усатое мужское лицо, было наготой. Глаза оказались грудями, короткая щеточка усов — лобком. Передо мной в позе «семерки треф» сидела голая девица. Нарисованное тело будто сотрясалось от мелкого хохота. Картинка даже не мерцала, а моргала, круглая, живая, похожая на выпученное совиное око.

К этому болезненному, мучительному подмигиванию примешался навязчивый стрекот невидимого кинопроектора...

Сумасшедшая рябь кружения парализовала глаза. Через секунду уже казалось, что картинка неподвижна, а дергаются только мои взбесившиеся веки, быстрые, как взмахи колибри. Кружок вдруг остановился и, помедлив, завертелся в другую сторону. Уменьшенная частота сделала изображение совсем невыносимым. Картинка источала злые пульсы. Эта мерцающая дрожь передалась телу. Меня начало мелко трясти. Рот наполнился слюной, сглотнуть которую никак не получалось — корень языка онемел...

Не знаю, сколько прошло времени. Наверное, совсем немного. Перед моими глазами все еще порхала капустница, но медленные крылышки словно устали ткать изображение. Вращение прекратилось, раздетая девица исчезла, я видел лишь белый картонный кружок, напоминающий бельмо...

Я все так же стоял перед Божко, только он руками придерживал меня за плечи. Тауматроп болтался на одном пальце, точно оборвавшаяся резинка на рогатке.

— В порядке? — чуть напряженным голосом спросил Божко. — Присядешь?

Он подвел меня к стулу и усадил, проверив, что я оперся на спинку. Потом достал из кармана носовой платок, протянул мне и жестом показал, что нужно утереться. Я промокнул слюну с подбородка.

— Вот такой тауматроп... — Божко нахмурился. — А что за мультики ты увидел в ту субботу?

До меня с небольшим запозданием дошел смысл его вопроса. Я промолчал, чувствуя, как от волнения тлеют уши, заливаются огнем щеки.

— Не хочешь говорить?

Я мотнул головой.

— Боишься? — уточнял Божко. — Почему?

Я не боялся. В моем признании не было необходимости. Если Артур Сергеевич заранее знал о событиях в Детской комнате милиции, все это удивительное попадание с мультиками превращалось всего лишь в жестокий врачебный трюк. Но если допустить, что Божко понятия не имел о Разумовском и его тауматроп с голой фигуркой чисто случайно оказался созвучен моему недавнему кошмару, то история о диафильме ничего бы не прояснила. Даже наоборот...

— Ну, давай я расскажу, — неожиданно предложил Божко. — А ты меня поправишь, если я ошибусь. Согласен? Дело было так. Последние пару месяцев ты себя неважно чувствовал. Голова болела, отвлекался на уроках. Причем не просто отвлекался, а как бы отключался. Щелчками. Раз — и пол-урока прошло. Бывало такое?

— Бывало, — послушно кивнул я.

Такого со мной вроде не случалось. То есть от скуки я частенько забывался: вроде до звонка еще минут двадцать, в окно посмотришь, задумаешься, а вот уже и перемена, но без каких-то особенных «щелчков»...

— Настроение держалось пониженное. С родителями и приятелями вздорил, без повода раздражался. Успеваемость в школе упала. И вот в субботу по дороге в видеосалон либо на обратном пути после фильма ты вдруг ощутил очень странное незнакомое состояние. Так?

— Так. — Я решил пока во всем соглашаться с Божко, чтобы понять, к чему он ведет.

— Мир вокруг тебя как-то исказился, возникли странные запахи, звуки. Резко изменилось зрительное восприятие... Верно?

— Верно, — настороженно согласился я.

— А потом ты очнулся в больнице.

— Очнулся, да...

Божко помолчал, затем синхронно положил обе руки на стол, будто поставил двоеточие:

— Я не собираюсь уточнять подробности того, что именно произошло. Задам лишь несколько простых вопросов, а ты говори «да» или «нет». То, что ты увидел в таком измененном состоянии, тебе не понравилось?

— Нет, — честно ответил я.

— Тебя это испугало?

— Да...

— Ты думаешь, что если кому-то расскажешь об этом, то все повторится заново?

— Да...

Разумеется, именно так я не считал. Хотя бы потому, что не до конца понимал, о чем говорит Божко. Артур Сергеевич в разговоре со мной темнил. Я тоже предпочитал благоразумно помалкивать о Детской комнате милиции...

— То, что ты увидел, можно назвать одним словом?

— Да.

— Каким же? — Божко чуть подался вперед.

— Мультики... — Я даже усмехнулся. Слово подходило как нельзя лучше.

Артур Сергеевич заулыбался, будто я нечаянно сказал что-то очень смешное:

— Ну, пускай... Будем считать, что ты видел мультики...

Мне все же показалось, что Божко огорчен. Артур Сергеевич присел на свой стул, выстукивая пальцами на крышке стола копытные ритмы.

— Я не хочу тебя расстраивать, Герман. — Божко незаметным мимическим усилием вернул лицу светлое безмятежное выражение. — Но тебе следует знать, что эти мультики могут с тобой повториться...

Увидев, как я напрягся, Божко поспешил меня успокоить:

— Но ты ни в коем случае не должен бояться! — проговорил он с воодушевлением. — Многие люди живут с этим и... — Божко замолчал.

— С чем живут? — подозрительно уточнил я.

— С фотосенситивностью. По-простому — с повышенной чувствительностью к свету, а конкретнее, к его колебаниям. Определенная частота этих световых колебаний, по всей видимости, и провоцирует приступ, сходный с тем, что ты перенес пару минут назад, когда наблюдал за тауматропом. Я должен, пожалуй, извиниться перед тобой, Герман, за этот эксперимент, но благодаря ему мне будет гораздо проще подобрать тебе соответствующее лечение...

— Так, значит, я болен? — спросил я. Видимо, в моем голосе прозвучали совсем неадекватные нотки радости, несколько озадачившие Божко.

— Ну, болезнь — это громко сказано, — отмахнулся Артур Сергеевич. — Имеются некоторые проблемы...

От души отлегло. Получалось, Божко все-таки ровным счетом ничего не знал о Детской комнате милиции. И кроме того, он как нельзя своевременно откопал какие-то неполадки со здоровьем.

— Славно, Герман, что ты так реагируешь. Паника, страх — скверные помощники. Ведь в первую очередь успех нашего лечения будет зависеть от твоего спокойствия и сознательности. Ты должен твердо усвоить — отныне твоя жизнь несколько изменится. Для начала придется организовать распорядок дня. Недосыпание, усталость, переутомление, излишнее возбуждение — это все те факторы, которые могут спровоцировать приступ. Необходимо строгое соблюдение режима. Подъем, отбой — в строго установленное время. Помни, любые сбои будут чреваты последствиями. Далее... Ты уже наверняка пробовал алкоголь... — Божко произнес это без осуждения. — Постарайся полностью его исключить, даже вино и пиво. Понимаю, что в твоем возрасте хочется попробовать все, но спиртное в любом виде для тебя опасно. Бокс и тому подобные виды спорта тоже нежелательны.

— А турник хоть можно? — спросил я довольно-таки кислым тоном. Не могу сказать, что я воспринимал слова Артура Сергеевича всерьез, но нарастающее число ограничений и запретов насторожили меня.

— Турник... — Божко задумался. — Не стоит. Бег трусцой — самое оно. А для поддержания формы хватит обычной зарядки: приседай, отжимайся от пола. В шахматы играй...

Увидев мое недовольное лицо, Божко развел руками:

— Ничего не поделаешь, Герман. Теперь мы подходим к самому важному — это телевизор... — тут Божко сделал паузу. — От этой заразы отказаться, пожалуй, сложнее, чем от выпивки. Но это и не обязательно, если соблюдать ряд простых правил. Что такое телевизионная картинка? Это мерцание с частотой пятьдесят герц — то есть пятьдесят раз в секунду — включили-выключили, включили-выключили, свет-тьма, свет-тьма. — Божко как метрономом подвигал указательным пальцем. — У сетчатки человеческого глаза есть особенность — сохранять изображения. Поэтому показанный в короткие промежутки один и тот же предмет для нашего зрительного восприятия сливается в одну картинку. А если предмет меняет свое положение, то нам предстает его плавное движение. На этом свойстве построены кино и... — Божко вздохнул, — и мультипликация. Чем выше частота колебаний, тем устойчивей изображение. Кино снимают со скоростью двадцать четыре кадра в секунду, а вот мультики — всего двенадцать кадров, ровно вдвое меньше. При такой частоте картинка для глаза будет дерганой, почти как в старых дореволюционных хрониках. Тогда тоже снимали со скоростью двенадцать кадров в секунду...

Я не совсем понимал, к чему он клонит.

— Свой приступ ты сам охарактеризовал как «мультики». Я не знаю, что именно ты видел и чувствовал, и воспринимаю это больше метафорой нашей проблемы. «Мультики» в моем представлении — это мелькание с низкой частотой. То, чего тебе надо в дальнейшем избегать. Таким провоцирующим «мультиком» для тебя может стать телевизор, монитор ЭВМ и электрическая лампочка, любые быстро сменяющие друг друга цвета. Отсюда и новые правила: не сидеть прямо перед телевизором — чем дальше от него, тем лучше; смотреть передачи только в освещенном помещении... Не делай такое лицо, Герман. Да, от видеосалонов и кинотеатров пока придется отказаться. А заодно и от дискотек — яркие стробоскопические вспышки нам с тобой также весьма нежелательны. Если ты все же очутился в такой неблагоприятной обстановке — просто закрой один глаз. Это компенсирует эффект мерцания и предупредит возможный приступ.

Артур Сергеевич говорил четко и размеренно, как наш школьный военрук, и в голосе его не осталось ни малейшего налета шуточности.

— Я не в курсе содержания твоего субботнего фильма, но мне сдается, что там было предостаточно эротического содержимого. Оно, по всей видимости, явилось дополнительным раздражителем. К чему я это говорю. Я не пропагандирую аскетизм, Герман, но на будущее помни — половая невоздержанность негативно скажется на твоем состоянии...

Артур Сергеевич заглянул мне в глаза, и я почувствовал, что краснею. Своим всеведением

Божко напоминал Разумовского. Казалось, ему было прекрасно известно про Аню, Свету и мою еженощную «семерку треф» Наташу Новикову. Этот Божко был совсем не прост...

— Далее, Герман. Мы, конечно, будем надеяться на лучшее, но «мультики» однажды повторятся. Скорее всего, это застигнет тебя врасплох в самое неподходящее время. Но я хочу, чтобы ты знал: приступом можно управлять. Во всяком случае, его можно отодвинуть. Есть несколько способов. Скорее всего, приступу будет предшествовать уже знакомое тебе странное тревожное состояние измененности. Оно называется «аура». Как только ты почувствуешь ее дуновение — знай, скоро начнутся «мультики». В этот момент постарайся сконцентрировать внимание на чем-нибудь красном. Можешь заранее нашить на рубашку красный манжет, чтобы красное всегда было под рукой, на виду. Иногда отлично помогает болевое раздражение. К примеру, если прижечь руку сигаретой. Ты, кстати, куришь, Герман?..

Фраза о сигарете окончательно уверила меня, что Божко определенно знает обо мне больше, чем хочет показать. Возможно, он не имел в виду ничего особенного, но я сразу вспомнил кадр диафильма: юный Виктор Тарасович Гребенюк рапортует своему учителю Сухово о победе над сквернословием...

— В понедельник, Герман, тебе сделают электроэнцефалограмму. Мне придется выписать тебе лекарства. Об этом будут просить и твои родители. К сожалению, на сегодняшний день еще не создано универсальное и безопасное средство от твоей болезни. Препаратов много, и каждый имеет свой спектр воздействия. Но при этом все они обладают побочными действиями: одни ухудшают память, другие вызывают заторможенность, третьи притупляют эмоции. И что самое неприятное — к лекарствам привыкают. Отказаться от медикаментозного лечения полностью невозможно. Я только предлагаю тебе, Герман, свести таблетки к разумному минимуму. Запомни! — тут Божко ткнул пальцем, как красноармеец с известного плаката. — Можно болеть и при этом не быть больным! Я уверен: размеренный здоровый образ жизни, бодрый оптимистичный настрой станут для тебя лучшим лекарством. Я надеюсь на благоприятный исход нашего лечения, но даже если эти «мультики» и будут сопровождать тебя всю жизнь, они по крайней мере не смогут тобой командовать. Останутся просто мелким неудобством — но не больше...

За моей спиной раздалось робкое постукивание. Я оглянулся и увидел, что в приоткрытую дверь заглянула мама.

— Артур Сергеевич, — сказала она извиняющимся полушепотом, — вы так долго общаетесь, и я...

— У нас все отлично. — Божко сделал рукой одновременно успокаивающий и выпроваживающий жест. — Подождите нас несколько минут, мы с Германом не договорили...

Едва за мамой закрылась дверь, он продолжил. Голос его звучал тише, но интонации сделались еще тверже.

— Ты должен быть готов, что к тебе, возможно, изменится отношение окружающих. В любом случае, никогда не обращай внимания на негативную реакцию людей. Приступы не должны породить в тебе ощущение неполноценности. Нормальные умные люди не изменят своего мнения о тебе. А расположения дураков нечего и добиваться. На мой взгляд, большую для тебя опасность представляют, как ни печально, родители. — Божко заговорщицки указал на дверь. — Тебя постараются окружить повышенной опекой. В первую очередь они будут бояться, что ты снова травмируешь себя во время приступа. Поверь, эта опасность больше надумана. То, что произошло с тобой в субботу — прикушенный язык, легкое сотрясение — это, скорее, исключение.

Я отметил, что язык почти не болит. Он зажил очень быстро, за каких-то три дня...

— Как только мы ликвидируем все предпосылки «мультиков», а мы уже знаем, что их провоцирует, — Божко произнес «знаем» с особым энтузиазмом, — то приступов вообще не будет! Но родителям этого так просто не объяснить. — Тут Артур Сергеевич вздохнул и развел руками: — Они захотят всегда находиться рядом с тобой, контролировать каждый шаг. В этом стремлении уберечь тебя от проблем и неприятностей мне видится медвежья услуга. Взрослая жизнь подбрасывает множество трудностей, с которыми необходимо бороться в одиночку...

Лицо Божко тронула грустная неуверенная улыбка.

— Ты хоть что-то запомнил из того, что я тебе сказал?

Признаюсь, тогда я совершенно не понимал всю ценность советов Артура Сергеевича.

— Что показалось тебе самым важным, Герман? — не унимался Божко. — Назови.

— Телевизор поменьше смотреть, а если мелькает, то закрывать один глаз... На бокс не ходить... — лениво перечислял я, — режим соблюдать... Спиртного не пить...

— Это все? Не густо...

— Ну и на красное смотреть. Или руку сигаретой прижечь... И чтобы папа с мамой поменьше заботились...

Божко смешно скривил рот, как бы показывая мне, что вынес я из беседы маловато.

— Думаю, нам еще представится возможность поговорить. А теперь можно пригласить из коридора нашу мамочку...

В понедельник я снова сидел, оплетенный проводами, а прибор торопливо строчил свое геологическое письмо турецкому султану. Божко при родителях просмотрел очередной свиток. Затем выпроводил меня в коридор, а родителей оставил для беседы.

В тот день прием уже закончился, мы были последними. Я минут десять побродил по коридорам, потом вернулся к кабинету Божко. Дверь оказалась неплотно прикрыта, так что разговор я разобрал почти полностью.

— Ответьте, — вопрошал Божко, — если у человека болит горло, это — ангина? С некоторой вероятностью — да. Но не обязательно. Это может быть фарингит, проблемы со связками или банальный ожог горячим чаем! Также и в нашем случае. Я бы не драматизировал ситуацию. Да, у Германа был приступ, который по некоторым внешним признакам похож на эпилептический. Если это будет повторяться, мы начнем серьезное лечение, положим Германа в стационар. Я, конечно, могу для вашего успокоения назначить Герману гору различных препаратов, он будет их принимать, и вот тогда можете быть уверены — мы станем лечить эпилепсию. Которой, вполне возможно, нет...

— А как же электроэнцефалограмма? — убито произнес папа. — Вы же сами сказали, что эти острые волны...

— Да, — Божко пошуршал бумагой, — они косвенно свидетельствуют об эпилептическом очаге. Поймите, припадок всего лишь один из симптомов болезни, пусть драматичный, но не ключевой. Самое важное — это состояние мозга...

Мама пробубнила что-то невнятное.

— А с этим все в порядке, — успокаивал Божко. — Никакого бреда преследования...

Мама снова что-то пробормотала, но из-за платка, в который она при этом сморкалась, слов я не разобрал. Впрочем, ответ Артура Сергеевича все прояснил:

— Но даже и эпилепсия — не приговор. И тем более не инвалидность и не клеймо! Во-первых, она никак не отражается на интеллекте. Одних гениев сколько! Цезарь, Наполеон, Достоевский! И все эти домыслы про скверный характер, про вспыльчивость, вязкость не имеют под собой почвы! Это — во-вторых! А вот избыточный прием лекарств вполне может сказаться на здоровье...

— А с учебой как? — волнуясь, спросил папа.

— С завтрашнего дня пускай идет в школу. Единственное — стоит предупредить классного руководителя, что у Германа небольшие проблемы со здоровьем. Чтоб с ним бережнее обращались на уроках физической культуры. Хотя и это не обязательно, я уверен, что на занятиях с ним ничего не случится. Но для страховки пусть всегда имеет при себе бумажку с адресом и телефоном. Я вижу, вас что-то беспокоит. Спрашивайте...

— А как с высшим образованием? — По папиному голосу я понял, что он выложил самый мрачный козырь. — Его же никуда не примут! Я узнавал, эпилепсия указывается в медицинской форме абитуриента и...

— Что за глупости? — напустился Божко на папу. — Это принципиально только для военных и летных училищ. И техническая, и гуманитарная сферы открыты перед вашим сыном. Я поговорил с Германом, он начитанный, способный парень. Историю любит, литературу, биологию... — Артур Сергеевич, видимо, решил подбодрить родителей, приукрасив мои успехи.

— Университет, театральные вузы, — я вообразил, как Божко при этом загибает пальцы, — педагогический институт, наконец. Допустим, ваш Герман будет учителем. Разве плохо?

Не знаю, утешились ли папа с мамой, а вот мне сделалось нехорошо: «Педагогический... Я стану учителем... Неужели правда?»

Я почувствовал легкое головокружение, и перед глазами точно заморгал обморочный тауматроп...

— Не мучайте ни себя, ни сына, — увещевал Божко. — Меньше жалостливых взглядов, слез! Почувствовав, что не оправдывает ваших надежд, мальчик замкнется в себе — а это самое нежелательное. Предоставьте сыну полную свободу. Опека лишь усугубит ситуацию. Герман должен идти по жизни, самостоятельно преодолевая трудности любого толка. Привыкнув же к повышенной заботе, он при малейшей сложности или неудаче будет испытывать чувство беспомощности. Уверенность в своих силах, самообладание, стойкость духа — вот три психологических кита, на которых держится человек...

— А может, ему кроме таблеток еще травы успокоительные попить? — робко предложила мама.

— Пускай, — после недолгого раздумья разрешил Артур Сергеевич. — Мяту, ромашку, мелиссу. Хуже, во всяком случае, не будет. Главное, что мы с Германом выяснили причину его приступа.

— Мультики? — уточнил папа.

— Они самые, — подтвердил Божко. — А устранив причину, мы остановим и болезнь. Лично я не сомневаюсь в положительном исходе. Мы понаблюдаем Германа до конца учебного года. Если приступы не будут повторяться, понизим лекарственную дозу, а потом, даст бог, вообще снимем и диагноз... Герман, тебя разве не учили, что подслушивать нехорошо?..

От волнения я даже не заметил, что дверь можно назвать «чуть приоткрытой» только с очень большой натяжкой.

— Ладно, заходи, — смилостивился Божко. — Мы все равно на сегодня закончили...

Артур Сергеевич оглядел наше притихшее семейство, улыбнулся:

— Судя по вашим перепуганным лицам, у нас все замечательно. Герман, — обратился он уже лично ко мне, — тебе придется навещать меня здесь раз в месяц — это в случае, что тебя ничто не побеспокоит. Если же вдруг, — Божко снова посерьезнел, — тебе хоть что-то покажется в твоем самочувствии странным или тревожным — мигом сюда!

— И так всю жизнь?! — вырвалось у мамы.

Папа, смущенный этим надрывом, виновато посмотрел на Артура Сергеевича, но Божко оставался невозмутим:

— Вначале дотянем до лета, Герман хорошенько отдохнет на каникулах, и мы сократим наши встречи до одного раза в полгода. Мой телефон я вам записал. В форсмажорных ситуациях звоните хоть ночью. Впрочем, я думаю, это не понадобится...

Рецидив, первый и единственный в этом году, произошел со мной недели через три, в апреле. Почтальонша принесла крошечную бандероль размером с кубик Рубика. Бандероль, как ни странно, адресовалась мне — на одной стороне синими химическими буквами был выведен наш адрес, и стояло мое имя «Герман Рымбаев».

С нехорошим предчувствием я удалился в свою комнату, нервничая, разорвал вощеную обертку. Под ней оказалась самодельная картонка. Тревогу усилил странно знакомый запах — пыли и нагретой кинопленки.

Непослушными, точно окоченевшими пальцами я раскрыл коробочку, и панический страх обернул ноги пылающим спиртовым компрессом — внутри лежал маленький алюминиевый бочонок из-под диафильма. На опоясывающей его полоске лейкопластыря шариковой ручкой было выведено: «К новой жизни!»

Ногтем я сковырнул белую крышку, потянул диафильм, и он вылетел, как пружина...

Это был своего рода обморок наяву — полностью сознания я не потерял. Я не упал, а как-то мягко сложился, словно сорвавшаяся с вешалки тяжелая шуба. Лежа на полу, я снова пережил удивительное ощущение отсеченной головы. Напротив моих глаз шевелился хвост диафильма — пустой кадр с надорванной перфорацией. Моргать не получалось, и вскоре оптика расстояния полностью исказила восприятие. Кадр заполнил собой все пространство, вспыхнул ровным белым светом. Но я совершенно не боялся этой вспышки, зная, что за ней будет обычное пробуждение...

Признаюсь, на следующий день после получения страшной бандерольки я принял мужественное решение пленку сжечь. На кухне вывалил диафильм в раковину. Освобожденная пленка, как живая, расправляла кольца змеиного тела...

Но, едва чиркнув спичкой, я понял, что никогда этого не сделаю. Уничтожение пленки было равносильно самоубийству. Стоя с зажженной спичкой над раковиной, я пережил стремительное облачное чувство пропасти и пустоты, как тогда на подоконнике в Детской комнате милиции...

Грудь ломило, точно я нахватался разряженного горного воздуха. Прыжок в эту безвидную бездну — то бишь сожжение диафильма означало немедленную смерть, за исключением только неопределенного времени падения. Мне даже показалось, что я уже слышу свой рухнувший крик...

При всей внешней абсурдности вывод был очевиден. В пленке, как в кощеевой игле, хранились жизнь и смерть Германа Рымбаева. Можно было изо дня в день истерично сетовать, почему так все вышло, травить душу, плакать. Но я предпочел другой вариант — принять новую данность, смириться и постараться о ней забыть. В конце концов, если верить сказочной традиции, у пленки имелись и положительные стороны. Пока она была цела, мне ничто не угрожало. Поэтому я спокойно достал диафильм из раковины свернул и спрятал в алюминиевое «яйцо», которое упрятал подальше в брюхо письменного стола.

Следующий серьезный приступ случился со мной только через два года, осенью, когда я уже был студентом-первокурсником педагогического института.

Виной тому была детская книжка, обнаруженная дома у Ильи Лившица. Уж не знаю, почему Лившиц решил перебрать книжный шкаф, чтоб избавиться от хлама. Часа два мы геройски потрошили перегруженные полки, сортировали книги. Все библиотечные залежи располагались геологическими слоями, в самом низу пролегала литература для детей младшего школьного возраста. Одну за другой мы вытаскивали книжки — запыленные, рыхлые, с обтрепанными уголками. Лишенный сентиментальности Лившиц обтирал похороненное детство влажной тряпкой и затем решал: нужно — не нужно...

И тут мое внимание приковал рисунок, от которого резко и мучительно дернулось сердце, точно оступившийся скалолаз ухватился за него рукой и повис, раскачиваясь над пропастью. Во рту похолодело. Одного взгляда хватило, чтобы определить, где и когда я видел такую же изобразительную технику.

Книга называлась «Герка, Бобик и капитан Галоша». На тусклой потрепанной обложке был нарисован изгиб реки и плывущая под парусом галоша, в которой сидели двое — веселый лысоватый дядька, машущий кому-то шляпой, и белобрысый мальчуган. На корме вертелся беспородный пес...

Это пронзительное и страшное узнавание было словно удар кроссовкой под дых. В галоше находился не кто иной, как Разумовский. Он ничем не отличался от своего изображения в диафильме, совпадала даже одежда: тот же костюм, галстук, шляпа...

— Слушай, — прозвучал рядом удивленный голос Лившица, — я все думал, кого ты мне напоминаешь? — Он выхватил книжку из моих ватных рук. — Надо же! Совсем забыл про нее... — Ткнул пальцем в белобрысого мальчика: — Рымбаев, ты же вылитый Герка... Герман! — осененно вскричал он. — Прикинь, это же ты! — Лившиц засмеялся, а вот мне было не до смеха. Действительно, нарисованный как две капли воды походил на меня. Судьба второй раз свела нас с Разумом Аркадьевичем и усадила в одну галошу.

— Эй, Герман, что с тобой?! — далеко и глухо прозвучал Лившиц.

Перед тем как мир опрокинулся и стал пустым пересвеченным кадром с перфорацией, я успел прочесть надпись в самом низу обложки: «Художник Борис Геркель, 1976 год»...

Лившиц тогда изрядно струхнул. Он, конечно, был в курсе того, что я не вполне здоров, но увиденный вживую припадок с судорогами и пеной произвел на него отталкивающее впечатление. На какое-то время впечатлительный Лившиц отдалился от меня, но наша дружба все-таки была хоть и с небольшим, но школьным запасом, поэтому взяла свое и неприятный инцидент вскоре ушел в тень...

Лившиц ни разу не завел разговора о детской книжке «Герка, Бобик и капитан Галоша». Возможно, он просто не понял, что именно она спровоцировала приступ. Я же никогда ему о ней не напомнил. Зачем? У меня даже искушения не возникло ознакомиться с содержимым книжки, хотя я бы мог это предпринять в какой-нибудь четный год, когда болезнь отступала. И тем не менее. Я не взялся бы читать про Герку и капитана Галошу, как не стал бы перебегать по узкой доске, перекинутой с крыши одной высотки на другую, или балансировать на перилах высокого моста. Любому, кто упрекнул бы меня в трусости, я бы рассмеялся в лицо. Мне уже давно не требовалось доказывать самому себе, что я не трус.

Я элементарно запретил себе думать о книжке, точно так же, как несколько лет тому, я вычеркнул из памяти коробочку с диафильмом, а заодно и Разумовского с Детской комнатой милиции.

За все минувшие годы у меня и мысли не возникло, чтобы просмотреть хоть один кадр страшной пленки — просто на свет, ведь проектора у меня не было. Я со спокойным сердцем прибирался в своем столе, перекладывал вещи с места на место, без священного трепета брал коробочку и снова прятал поглубже, от посторонних любопытных рук, и тут же переключался на что-то житейское. Я знал, что диафильм «К новой жизни!» всегда находится в дальнем углу ящика письменного стола, но при этом я отлично приспособился не вспоминать о нем...

Увы, в нечетные годы я терял равновесие, и тогда Разумовский посылал весточку. Или наоборот, сначала Разумовский давал о себе знать, а потом начинались кошмары и приступы. Божко, к примеру, полагал, что виной всему моя упадническая психологическая установка, откажись я от которой, болезнь бы давно покинула меня.

Приступы далеко не всегда заканчивались судорогами и потерей сознания. По совету Артура Сергеевича я с восьмого класса носил на левом запястье вместо часов браслет с ярко-красным пластиковым кругляшом, который вырезал из колпачка какого-то распылителя. Браслет прятался под манжетом, так, чтобы ни у кого не возникало ненужных вопросов. Если я успевал вовремя сконцентрироваться на браслете, все заканчивалось недолгим ступором, который окружающие даже не всегда замечали, потому что он длился не больше нескольких минут, и все считали, что я просто задумался.

Помню, как весной девяносто третьего на лекции по латыни я обнаружил глубоко процарапанную на парте надпись: «Труп сделал из обезьяны человека». Перехватило дыхание, на голове шевельнулись волосы, точно сам Разум Аркадьевич ласково потрепал меня по загривку. Парта была старая, сплошь покрытая резной студенческой писаниной. Фраза об обезьяне и трупе гармонично вплеталась в замысловатый орнамент из имен, математических формул, дурашливых эротических эпитафий: «Я спросил у толстой тети: — Вы мне хуй не пососете?»

У меня даже не возникло сомнений, что на этом самом месте тридцать лет назад овладевал знаниями юный Разумовский — давешний студент педагогического института... Я впился взглядом в красный кругляш. Рот все равно перекосило, слюна белыми медленными фугасами бомбила труп, обезьяну и толстую тетю...

Под дружный смех аудитории наш преподаватель Борис Федорович Анисимов беззлобно откомментировал мои обильные собачьи слюни: «Рымбаев, в мое время добропорядочные студенты блевали на лекциях в портфель или в крайнем случае в рукав!» Добряк решил, что меня мучит алкогольный токсикоз, и отнесся к безобразию снисходительно. Я не разубеждал его.

Довелось мне увидеть и жирного Сухомлинова, моего конвоира. Эта нежданная встреча стоила мне шрама на руке. В феврале девяносто пятого мы с однокурсниками после успешно сданного экзамена сидели на лавочке в парке Горького, пили пиво, рассказывали анекдоты. Вдруг кто-то сказал: «О, менты пожаловали...» По парковой аллее катила милицейская легковушка, «Жигули» пятой модели. Машина остановилась возле ларька в десятке шагов от нашей притихшей компании. Из передней дверцы вывалилась серая туша, важно прошагала к ларечному окошку. Без сомнений, это был Сухомлинов. За минувшие шесть лет он сделался еще грузнее. Его визгливый бабий голос — Сухомлинов требовал у продавцов какие-то документы — нагонял мороки прошлого. Спасительный браслет, как назло, был погребен сразу под тремя рукавами — куртки, свитера и рубашки. Я просто не успевал до него добраться. Припадок однозначно привлек бы внимание Сухомлинова, а этого нельзя было допускать. В том, что он вспомнил бы меня, я не сомневался. Счет шел на секунды. Поэтому, вместо того чтобы поднести сигарету к зубам, я вжал алый тлеющий кончик в основание чуть заголившегося запястья — как раз между перчаткой и курткой. Затрещала кожа и сожженные волоски...

Пронзительная боль отрезвила. Я вышел из столбняка, отбросил сигарету. Ожог выглядел жутковато — воспаленное мясо без волдыря. Я отвернулся, чтобы приятели не заметили мое искаженное лицо, и пока Сухомлинов не укатил взимать дань с других парковых ларьков, я осторожно зализывал пылающую рану. Я очень намучился с этим ожогом, струп долго не заживал, а когда сошел, на его месте остался круглый, больного цвета шрам...

Случались и забавные эпизоды. Однажды приступ коварно подстерег меня в момент пробуждения. Сначала я увидел обои в навеки ненавистных васильках и колокольчиках, а затем, скосив обезумевшие глаза, детский столик, бамбуковую этажерку с книгами и понял, что всеми своими приметами меня окружает Детская комната милиции! В отчаянии я закричал, безответственно спуская пружину приступа...

В то утро я изрядно перепугал мою тогдашнюю подружку Оксану Багинец. Она пригласила меня к себе в гости с ночевкой, когда ее родители уехали на дачу, но вся обыденная предыстория спросонья вылетела у меня из головы...

Только это было потом... А пока мы втроем, какие-то оглушенные, возвращались от Божко. Троллейбуса решили не ждать, благо идти было минут пятнадцать. Я хорошо помню этот пеший обратный путь — он снова вернул мне ощущение семьи и дома. До того мрачные подозрения не оставляли меня, я постоянно жил предчувствием предательства и несколько дней подряд подкрадывался к родительской двери, выясняя, о чем они шепчутся. А все полуночные прения были обо мне, в том числе и про «отдавать» или «не отдавать». Впрочем, слово «реформаторий» так и не прозвучало, и с большой вероятностью можно было предположить, что родители имели в виду больничный стационар. Поэтому я сдерживался от громких разоблачений и, не обнаруживая себя, убирался на цыпочках в свою комнату.

Позже, от случая к случаю я заводил с папой задушевные разговоры — обычно старался подгадать с праздником или юбилеем. Выпивая, папа всегда делался каким-то податливым и влажным, словно от нахлынувших всем телом слез. Я просил: «Папка, ну скажи мне правду, теперь ведь уже можно. Ты же знал про Детскую комнату милиции...» — в надежде, что, размякший, он проболтается. И поразительно — вне зависимости от того, под каким градусом бывал папа, он мгновенно трезвел, точнее, высыхал — от мокрой сентиментальности не оставалось и следа, — и жестко отвечал, что о «детской комнате ему ничего не известно», хмурился и уходил в свою комнату, ссылаясь на головную боль.

Такая реакция лишний раз убеждала меня, что дело тут нечисто. Уж слишком быстро с папы слетал хмель. Открытое лицо его точно запиралось на засов, как если бы мой запретный вопрос включал скрытую сигнализацию. Папа что-то определенно знал, но не говорил...

А на следующий день после посещения диспансера я, как обычно, пошел в школу. В конце недели я заметил, что мои одноклассники посматривают на меня с некоторой опаской. Нет, мне никто не сказал дурного слова, я просто почувствовал новую стену отчуждения.

Все прояснил бесхитростный физрук, без обиняков спросивший на уроке физкультуры, правда ли, что я припадочный? Он-то был искренне расстроен, потому что рассчитывал на меня — приближалась районная спартакиада, а спортивные показатели у школы были низковаты.

Мне, конечно, было неприятно осознавать, что окружающие считают меня психованным. Косвенно виноваты были родители, это они по совету Божко сказали нашей классной Галине Аркадьевне, что у меня проблемы со здоровьем, та насплетничала в учительской и заодно поделилась новостью со своим любимчиком Алферовым, который не преминул сделать секрет общим достоянием.

Родители, конечно, были этим страшно недовольны, папа все порывался устроить скандал, дескать, классная руководительница поступила неэтично. Но мама возразила, что нам не хватало еще разговоров, что отец Рымбаева тоже псих, и предложила перевести меня в другую школу. Я вначале согласился, но потом все как-то само собой заглохло по многим причинам.

Единственный человек из класса, с кем я продолжал общаться, был Илья Лившиц. Он оказался настолько самодостаточен, что до него просто не дошли слухи о моей болезни или же ему было плевать на общественное мнение. Во всяком случае, Лившиц до середины четвертой четверти исправно выручал меня с точными науками, пока я однажды с удивлением не обнаружил, что больше не нуждаюсь в его помощи.

Болезнь странным образом положительно сказалась на моей успеваемости. В моем характере проявились новые черты — вязкость и обстоятельность, поначалу сводившие меня с ума. Если я садился за письменный стол, открывал учебник, то уже не мог оторваться, пока полностью досконально не осваивал материал. Первые недели было трудновато — обнаружились серьезные пробелы в знаниях. Ковыряясь в одной теореме, приходилось обращаться к пройденному материалу, который вообще уходил корнями в первую четверть. Стиснув зубы, я часами просиживал над учебниками, дотошно, скрупулезно разбирая по винтикам все эти синусы и косинусы, иксы и игреки...

Как-то в мае я поразил нашу математичку, когда вызванный на растерзание к доске, легко решил довольно-таки непростое задание. Говорю «непростое», потому что мне об этом на перемене сообщил Лившиц.

Математичка, не веря случившемуся, еще минут десять пытала меня, а затем объявила: «Ведь можешь, Рымбаев, если хочешь!» — и под улыбочки класса поставила мне в журнал аж две пятерки.

Кстати, физрука я тоже не подвел. Трехкилометровый кросс я пробежал со вторым результатом по району, а на турнике только уступил ребятам из спортивной школы. Так что учебный год, неожиданно для себя и родителей, я закончил без троек...

А школу я не менял — мне уже некого было стыдиться. Помню, с каким горьким чувством, точно на казнь, плелся я на уроки. Как же я боялся столкнуться в коридоре с Боней, Козубом, Сашкой Тренером, с Шевой. Мне казалось, после случившегося я не смогу посмотреть ребятам в глаза, сгорю от стыда, услышав их пусть и не вполне несправедливые, но резонные обвинения в предательстве. Я-то понимал, что ни в чем не виноват, что все подстроил Разумовский! Но как это было доказать?! Я заранее готовил речи, клятвы...

Жизнь распорядилась по-иному. Некому было упрекать меня, корить, обвинять, презирать.

Стыдно признаться, но в первую неделю я испытал облегчение от того, что все пропали. Точно и не было у меня никаких друзей — Бони, Козуба, Тренера, Шевы. И вообще ничего не было, даже самих «мультиков». Но, увы, в ящике стола хранились последние заработанные мной деньги: три салатного цвета трешки, пятирублевая купюра нежно-голубого джинсового цвета, две кирпичных десятки с Лениным в овальной рамке... Я так их и не истратил. Они пролежали до павловской реформы, а потом и вовсе перестали быть деньгами. А что еще могло произойти с казначейскими билетами, на которых достоинства записывались витиеватыми волшебными шрифтами, словно из сказки о какой-нибудь Марье Моревне...

Спустя месяц страх перед реформаторием чуть поутих. Всякий раз после занятий бежал я за гаражи, втайне ждал, надеялся — вдруг появятся Куля, Лысый, Тоша, Паша Конь, Шайба... Никто не пришел.

По выходным я бродил нашими районными тропами в надежде наткнуться на Аню и Свету — безуспешно. Сгинули и Аня, и Света. Я встречал общих знакомых, спрашивал с замиранием сердца: видели ли, слышали?..

Впрочем, все это не более чем отговорки. Если бы я по-настоящему захотел кого-нибудь найти, то по крайней мере воспользовался бы адресами, которые назвал Разумовскому нарисованный Герман. Что и говорить, я просто боялся каких бы то ни было встреч.

Даже позвонить я никому не мог, у меня не было ни одного телефонного номера. Да и зачем они мне раньше были нужны — телефоны? С Боней, Козубом и Тренером я регулярно виделся в школе. С остальными мы по вечерам встречались за гаражами. В гостях я бывал только у Тоши, Кули и Тренера. И единожды заходил к Шеве.

А потом уже и звонить-то было некому. Я подозревал, какая страшная судьба постигла моих друзей. Наверняка их поодиночке подстерег худощавый лысый чудик с диапроектором, Разум Аркадьевич Разумовский, педагог с большой буквы. Привез на Пролетарскую 3, показал диафильм и заточил в своем реформатории при Детской комнате милиции № 7...

Особенно мучительно было думать, что мое предательство послужило тем самым смягчающим обстоятельством, обеспечившим мне незаслуженную амнистию. Сколько же раз я обещал себе, что соберусь с духом, поеду на Пролетарскую 3, чтобы разделить участь моих друзей...

Никуда я не поехал. Я оправдывал себя тем, что не знаю, где находится эта улица — смешное и позорное объяснение. Как будто не существовало справочных...

Лишь ночами, лежа в кровати, я, глотая слезы, обращался к теням: «Простите меня!»

После экзаменов, мучимый жгучей совестью, я пересилил себя. Решил все же пройтись по знакомым адресам. Наперво заглянул к Тоше. По крайней мере, я был твердо уверен, что он проживает именно там — я же неоднократно бывал у него в гостях. Кроме того, у меня теплилась надежда, что Тошин дядя как сотрудник правоохранительных органов смог выручить своего племянника, уберег от реформатория.

Дверь открыла Тошина мать — грузная растрепанная женщина в махровом халате. Одной рукой она придерживала отвороты халата, закрывая тяжелые груди, другой держалась за дверь. Раньше я Тошину маму не видел — мы зависали у Тоши, только если она была в разъездах.

Я, чуть смутившись, спросил:

— А можно Антона?

Женщина зло переспросила:

— Антона? А ты сам-то кто?

— Герман Рымбаев... — Чтобы не встретиться с ней глазами, я уставился на рваный тапочек женщины. Из дыры выглядывал розовый ноготь большого пальца, живой и подвижный, как собачий нос.

— Я только хотел узнать, как у Антона дела...

— К Антону он пришел! — тявкнула надо мной женщина. — Узнать, как дела!..

Я исподлобья глянул на Тошину мать. По ее точно треснувшему от злости лицу бежали слезы.

— Пошел! Вон! — Она отступила на шаг и захлопнула дверь с таким грохотом, точно сама при этом повалилась спиной на какие-то доски.

Я не винил ее. И все же мне было обидно. Она была уверена, что именно я заложил ее сына, а теперь у меня еще хватает совести справляться о его делах.

Я крикнул:

— Прошу вас, поверьте мне! Я не виноват, я не предавал Антона! Откройте, я вам все объясню!..

Тошина мать из-за двери визгливо предупредила, что если я сейчас же не уберусь, то она вызовет милицию.

Что я мог сделать? Ждать милиции? Я развернулся и ушел.

Случайным образом у меня сохранился Тошин голос. Когда я только купил «Маяк», мы проверяли, как он записывает. Дурачились, пели, а Тоша читал стих: «Птичка села на сирень и серень, серень, серень...» — рядом ржали Тренер, Боня, Козуб и Аня...

В тот же день я зашел к Шеве, благо он жил в соседнем доме. Как и раньше, входная дверь у него была открыта. Шева в прошлый раз объяснял, что мать и бабка всегда дома, поэтому запираться нечего, кроме того, мать глухонемая, звонка не услышит, а бабка дни напролет в телевизор пялится...

В драном полутемном коридоре пахло мочой, стиркой и каким-то особенно грубым табаком. Тянулись бельевые веревки, под ногами мешались сношенные туфли, взрослые и детские, точно растоптанные в грязи коробки. Из кухни тянуло жареным луком. В ванной лилась вода и гремел таз.

Через коридор пробежали две девочки — худенькие и некрасивые, в одинаковых застиранных платьицах. Увидев незнакомого человека, они прекратили догонялки и остановились. Первая девочка хотела что-то спросить, непростительно отвлеклась и тут же получила от сообразительной сестры по голове пластмассовым медведем, взвыла и бросилась в погоню за обидчицей.

Я заглянул в нищую ободранную комнату. Перед телевизором в кресле, похожая на лопнувший мешок картошки, сидела бабка Шевы. Она дымила сигаретой без фильтра, удушливой, как торф. Рядом с ее ногой стояла керамическая пепельница в виде башмачка. Я поздоровался и спросил:

— А где Сергей?

Бабка обрадовалась компании, тыча сигаретой в экран, сообщила:

— Этого убил, а сам на машине едет...

Ничего путного от нее я не узнал. В коридоре мне попался младший брат Шевы, мальчик лет восьми. Несмотря на солидный детский возраст, из одежды на нем была только майка. В руках писклявo кудахтала электронная игрушка. На маленьком экране волк ловил выпадающие из куриц яйца. У меня самого пару лет назад была такая же «электроника».

— Тебя Ромой зовут? — Я вспомнил имя. Шева когда-то говорил, что младшего Ромку хотят отдавать в специальную школу, потому что в обычную не берут.

— Это тебе Сережа подарил, брат? — спросил я, присаживаясь рядом.

— Да, — кивнул Рома. «Электроника» в его руках пискнула, затем издала финальную трель. —

Ну, еб же твою!.. — по-взрослому огорчился он. — Разбил яйцо! Третье... — Мимолетную печаль сразу сменила улыбчатая надежда: — А если набрать тысячу очков, то покажут мультик!

По моей спине пробежал грозный ледяной сквозняк.

— Ромка! — высунулась из комнаты девочка. — Ты, сука, кукле в кроватку нассал?

— Нет! — возмутился мальчик. — Дед Бабай! Прилетел, нассал и улетел!

— Сережу видел? — спросил я. — Где он?

— Сережа не дома... — Рома склонил голову на плечо, балуясь, высунул язык. — Сереже в милиции показывают мультик... — Тут Ромка нехорошо, сумасшедшим баском, рассмеялся.

Я же был готов зарыдать от его слов...

Гнетущее впечатление на меня произвело посещение Бормана. Я навестил его в больнице. Нянечка меня вспомнила, даже чуть пожурила, мол, что же мы так долго не навещали своего приятеля. Я соврал ей, что было много учебы. Спросил, как самочувствие больного, нянька вздохнула и сказала, что не очень — умственная деятельность так и не восстановилась, хотя даже приезжал специальный человек с каким-то аппаратом, но пользы это не принесло.

Уже с порога я догадался, кто именно приезжал к Борману. В палате неистребимо пахло нагретой кинопленкой и диапроектором. Только присутствие нянечки удерживало меня от постыдного желания заглянуть под койки и проверить, не притаился ли там Разум Аркадьевич, не схватит ли он меня за ногу, едва я сяду на стул...

Борман спал. Меня поразило его лицо — такое детское, беспомощное, с робким заячьим подбородком, плаксивым женственным ртом. Это сколько же мимических усилий прилагал Борман, чтобы преобразить эти трусливые черты в жестокую маску?! А ведь Борман казался мне чуть ли не эталоном злой мужественной красоты...

Я склонился над ним. Борман во сне начал хныкать, жалобно и тонко, как маленький мальчик, которому снится кошмар. Я тронул его за плечо. Борман неожиданно открыл глаза. Я готов поклясться, что в первую секунду Борман узнал меня, потому что он попытался придать своему лицу свирепое выражение. Затем зрачки его точно вспыхнули ужасом и превратились в горелые спичечные головки. Борман заблеял, негромко, дребезжаще, как игрушечный барашек.

Я испугался и позвал нянечку. Но когда она прибежала, это блеяние перестало быть надрывным. Борман издавал звуки просто так. Из его перегоревших глаз улетучились последние отблески разума. Бормана я больше не навещал...

Со мной еще дважды случались совестливые рецидивы. Я побывал на квартире у Кули. Его соседка сказала, что Юрочку в марте забрали. Кажется, в армию.

Отец Саши Тренера, увидев меня за калиткой, пообещал спустить кавказского пса...

Больше я никуда не ходил. Что-то подсказывало мне, что рано или поздно я увижусь и с ребятами, и с самим Разумовским. Ведь говорил же Разум Аркадьевич на прощанье нарисованному Герману, что вслед за расставанием обязательно бывает встреча...

Летние каникулы я провел у бабушки в Краснославске. Родная с детства обстановка, старые приятели — все это помогло если не забыть, то подретушировать пережитый кошмар. Ушли тягостные мысли о реформатории, а вместе с ними и головные боли.

Я быстро втянулся в режим, однажды предложенный Божко: подъем в шесть тридцать, легкая зарядка, пробежка; отбой — в одиннадцать вечера. Телевизор — по минимуму и в освещенной комнате. И разумеется, никаких «мультиков».

Позже, по четным годам, я хитрил, наведывался и в видеосалоны, а когда славная эра видеосалонов завершилась, в кинотеатры, но при этом я всегда прикрывал один глаз, чтобы не позволить мерцанию овладеть мной — все, как учил Артур Сергеевич Божко...

За лето я здорово вытянулся. Рост придал мне уверенности. Я предпринял в сентябре попытку подружиться с Наташей Новиковой, но был показательно отвергнут. Впрочем, я особо не страдал. После известных событий в Детской комнате милиции Новикова воспринималась мной больше как нарисованный персонаж, чем реальный человек. С таким же успехом я мог бы обижаться на мою «семерку треф»... Поэтому я на удивление легко пережил вроде бы болезненный для моего самолюбия факт, что Новикова вскоре закрутила с Алферовым. Клянусь, вместо ревности я испытал лишь приступ болезненной жалости к несчастной паре. При взгляде на Новикову и Алферова мне неизменно вспоминались отрезанные головы Валерки Самсонова и Тани Санжеевой...

Учился я все лучше и лучше и к концу школы наверняка дотянул бы до медали, если бы классная, Галина Аркадьевна, не подгадила с географией — влепила четверку. Так что медалистами у нас в классе стали только Алферов и Лившиц. Но я не расстраивался. Я был уверен, что и так, без всяких позолоченных железяк сдам вступительные экзамены в педагогический...

В девяносто седьмом году до меня дошла грустная новость, что Алферов и Новикова трагически погибли в автокатастрофе. По словам бывших одноклассников, их хоронили в закрытых гробах — тела были полностью изувечены аварией, так что даже головы пришлось пришивать. Тогда я подумал, что ведь еще в девятом классе подозревал, что Алферов и Новикова приговорены и обречены...

В ту ночь со мной случился очередной приступ, но произошел он во сне. Меня снова окружал мрак детской комнаты, разреженный лишь желтым рассеянным лучом и прямоугольником экрана. Я падал, как подкошенный, навзничь, и моя отрубленная неморгающая голова смотрела на пустой перекошенный кадр с дырами перфорации. За моим затылком тарахтел, словно мотороллер, диапроектор. Пульсирующий луч с каждой секундой креп и наливался светом.

Но я не беспокоился. По опыту я твердо знал, что когда белая ослепительная яркость поглотит все пространство, я заново открою глаза и наступит утро.

Литературно-художественное издание

Михаил Елизаров

Мультики

Роман

Зав. редакцией *Л. Захарова*
Литературный редактор *Н. Кочарова*
Ответственный редактор *Е. Агафонова*
Технический редактор *Т. Тимошина*
Корректор *И. Мокина*
Компьютерная верстка *Ю. Анищенко*

ООО «Издательство Астрель»
129085, г. Москва, пр-д Ольминского, 3а

ООО «Издательство АСТ»
141100, Московская обл., г. Щелково, ул. Заречная, 96

Вся информация о книгах и авторах
«Издательской группы АСТ»
на сайте: www.ast.ru

Заказ книг по почте:
123022, Москва, а/я 71, «Книга — почтой» или на сайте:
shop.avanta.ru

По вопросам оптовой покупки книг «Издательской группы АСТ»
обращаться по адресу:
г. Москва, Звездный бульвар, д. 21, 7-й этаж
Тел.: (495) 615-01-01, 232-17-16

Доп. тираж 4000 экз. Заказ № 1297
Отпечатано в соответствии с предоставленными
материалами в ЗАО «ИПК Парето-Принт», г. Тверь
www.pareto-print.ru

ИЗДАТЕЛЬСКАЯ ГРУППА аст

ПРИОБРЕТАЙТЕ КНИГИ ПО ИЗДАТЕЛЬСКИМ ЦЕНАМ
В СЕТИ КНИЖНЫХ МАГАЗИНОВ буква